À PROPOS DE L'AUTRICE

Dans ses romans, Michelle Styles nous fait découvrir sa passion pour l'Histoire grâce à des récits qui mêlent avec art véracité historique et souffle romanesque. D'origine américaine, elle vit actuellement en Angleterre, où elle partage son temps entre sa famille et l'écriture de ses romans.

Un Viking pour époux

3

MICHELLE STYLES

Un Viking pour époux

Traduction française de
PIERRE ALEXIS

Les Historiques

HARLEQUIN

Collection : LES HISTORIQUES

Titre original :
TO WED A VIKING WARRIOR

HARPERCOLLINS FRANCE
83-85, boulevard Vincent-Auriol, 75646 PARIS CEDEX 13
Service Lectrices — Tél. : 01 45 82 47 47 - www.harlequin.fr
ISBN 978-2-2804-7244-9 — ISSN 1159-5981

Composé et édité par HarperCollins France.
Imprimé en décembre 2022 par CPI Black Print (Barcelone)
en utilisant 100% d'électricité renouvelable.
Dépôt légal : janvier 2023.

FSC www.fsc.org MIXTE Papier issu de sources responsables FSC® C159065

Pour limiter l'empreinte environnementale de ses livres, HarperCollins France s'engage à n'utiliser que du papier fabriqué à partir de bois provenant de forêts gérées durablement et de manière responsable.

Chapitre 1

Septembre 875
Entre les domaines de Baelle Heale et de Wulfhere's Clearing, forêt d'Arden, ouest de la Mercie (près de l'actuelle Solihull, Midlands de l'Ouest, Angleterre).

Ce n'était pas un héros chevauchant sur la colline qui allait la sauver. Ni elle ni, bien sûr, le manoir de Baelle Heale appartenant à son père. Elle seule devait s'en charger. Jusqu'à une période toute récente, Elene, la plus jeune des filles du représentant de comté Wulfgar de Baelle Heale, avait gardé espoir en l'homme qu'elle considérait comme l'amour de sa vie. Puis elle avait appris abruptement que les hommes faisaient des promesses au goût de miel qu'ils oubliaient vite. À partir de maintenant, c'était décidé, elle ne dépendrait plus que de sa propre intelligence pour construire l'avenir qu'elle désirait, au lieu d'espérer l'amour.

— Mon avenir à moi. Celui de personne d'autre.

Le pas fier et déterminé, Elene longeait la piste bordant la prairie humide, emportant avec elle le baluchon empli de vêtements et autres affaires personnelles qu'elle avait rassemblés en hâte, ce matin-là, avant le chant des coqs.

Dans sa tête, elle savait qu'elle devait épouser quelqu'un d'acceptable aux yeux du roi de Mercie afin de sécuriser ces terres que sa famille détenait depuis le commencement des temps. Dans sa dernière déclaration, le roi Ceolwulf avait été très clair : les Vikings devaient prêter serment de loyauté pour pouvoir acquérir des terres en Mercie. Or, les exploitations des beaux-frères d'Elene se trouvaient dans les Cinq Bourgs, eux-mêmes sous contrôle du Nord. Elle savait que, en tant que *jarls* de cette région, ils avaient à leur disposition d'importantes bandes de guerriers et ne jureraient jamais fidélité à un roi étranger comme Ceolwulf. Pas quand le gros de leurs exploitations dépendait du droit danois. Le premier témoignage de leur loyauté s'était d'ailleurs porté sur leur peuple et non sur le père acariâtre d'Elene.

Quant au neveu d'Elene, beaucoup trop jeune pour être propriétaire en titre de ses terres, il se trouvait en ce moment aux Cinq Bourgs, avec Cynehild, la sœur aînée d'Elene. Partie enfouir l'épée de son défunt mari à l'endroit où étaient enterrés ses ancêtres, Cynehild avait fini par épouser Kal Randrson, un chef de guerre danois qui contrôlait aujourd'hui ces terres. Kal avait adopté le garçon, et il se racontait aujourd'hui que l'enfant pourrait hériter des anciennes terres de son père une fois le temps venu.

Baelle Heale réclamait un guerrier loyal à la Mercie et à son peuple. Le père d'Elene avait insisté sur ce point après qu'elle avait pris connaissance de la Grande Trahison. Au bout du compte, elle avait cédé à Nerian, guerrier du Wessex, à qui elle avait adressé les requêtes de son cœur et avec lequel elle s'était unie dans la grange la dernière fois qu'il lui avait rendu visite. Elle avait pensé que, après cela, il souhaiterait obtenir sa main et se rendrait directement chez son père afin de faire une offre à ce dernier. Elle avait trouvé leur union plutôt insatisfaisante et vaguement douloureuse, mais, de son côté, Nerian avait paru l'apprécier. C'était pourtant l'une des plus riches héritières du Wessex qu'il avait ensuite épousée en cachette.

Jusqu'à ce que cet événement se produise, Elene s'était plutôt considérée comme le prix à remporter que comme la pièce de rechange et avait ensuite continué, malgré ce revers, à penser qu'elle se verrait donner le choix d'hommes éventuellement épousables, le moment venu, sans se faire imposer un candidat unique.

Jusqu'à hier, songea-t-elle.

La veille, en effet, elle avait surpris l'intendant et sa nouvelle femme en train de parler de ses propres fiançailles avec Lord Pybba d'Etone comme s'il s'agissait d'un fait établi et non d'une sorte de cauchemar fantastique, teinté d'une surconsommation d'hydromel.

Le visage empreint de contrariété, Elene baissa les yeux vers Bugge, son chien de chasse, qui patrouillait à son côté dans le brouillard de l'automne débutant.

— Je peux faire cela, n'est-ce pas ? Je peux bloquer moi-même cette idée folle que j'ai eue, sans avoir besoin que mes sœurs viennent me porter secours comme à l'enfant errante que j'étais et qui était demeurée coincée dans le fumoir quand la porte s'était refermée par accident. J'ai besoin de temps pour m'éclaircir les idées, et ne pas paniquer comme les poules qui refusent de réintégrer le poulailler.

Un petit frisson la traversa. Après cette expérience, elle avait toujours haï les espaces clos. De son côté, Ansithe, sa sœur, lui avait offert quelques rayons de miel tout en s'excusant et en proclamant que l'incident de la porte n'avait pas été intentionnel de sa part. Pour autant, ce n'était pas elle qui avait tambouriné contre le battant jusqu'à ce que ses poings se mettent à saigner.

— J'édifie mon propre avenir. D'autre part, je ne suis ni gâtée ni obstinée ainsi que l'intendant le disait à sa femme. J'avais mes raisons de refuser ces autres guerriers… la première n'en étant d'ailleurs plus une aujourd'hui.

Bugge lui donna un autre petit coup de museau contre la main comme pour prévenir un nouvel accès de larmes. Prête à pleurer, Elene serrait les dents, gémissant sur ses années perdues à attendre un homme qui en avait épousé une autre.

Jusqu'à la veille, elle s'était sentie prête à mener une vie correcte, dont la première étape devait être une visite bien préparée à la cour pendant l'automne. Elle avait beau ne plus être aussi jeune, elle avait toujours ses cheveux blonds, était l'héritière de plusieurs terres et conservait sa jolie silhouette.

Ainsi qu'une « cervelle de moineau », comme cette femme l'avait dit à son mari… ?

Elle supplia intérieurement qu'il n'en fût rien.

— Quand mon père aura fait l'expérience de l'arrogance de Lord Pybba dans toute son horreur, il le chassera des terres de Baelle Heale au lieu d'insister pour qu'il devienne son beau-fils. J'ai bien l'intention que cela se passe ainsi, Bugge. D'une manière ou d'une autre.

Elene releva le bas de sa robe dans une tentative pour préserver celle-ci de la rosée du petit matin qui baignait la prairie humide de larmes. Oui, la dernière chose qu'elle voulait était arriver à destination éclaboussée de boue. Surtout maintenant qu'elle visait une immense faveur : résider à Wulfhere's Clearing pendant quelques jours, assez près de chez elle pour repartir si la situation le justifiait mais aussi suffisamment loin de toutes les machinations susceptibles de la mener à d'accidentelles fiançailles ou, pire, au mariage.

— Lady Elene ? Il est beaucoup trop tôt pour vous trouver déjà ici. De plus sans escorte. Ou serait-ce que vous aimez prendre des risques ?

Lord Hafual de Wulfhere's Clearing venait de sortir de la brume, les traits plissés dans un effrayant froncement de sourcils. Il était l'une des dernières personnes qu'elle voulait ou avait imaginé rencontrer. De plus, il était censé se trouver à de nombreux miles d'ici en train de s'occuper des affaires du roi, et Elene savait que la réussite de son propre projet dépendait de cela.

Les pieds d'Elene s'immobilisèrent sur un rocher moussu couvert de feuilles humides. Pensant qu'il s'agissait d'un jeu, Bugge se mit à courir derrière elle en lâchant de petits cris et la bouscula. Elle s'écroula à terre avec rudesse tandis que le contenu du baluchon qu'elle avait tenu contre elle s'éparpillait sur le sol.

Un petit juron s'échappa doucement de ses lèvres. La journée était d'un seul coup en train de se transformer en désastre.

— Je… je… Au… au secours…

— Êtes-vous blessée, my lady ? Les rochers peuvent se montrer glissants en cette période de l'année.

Le ton de l'homme laissait entendre qu'il s'attendait à ce qu'elle se soit bel et bien fait mal, et que, dans ce cas, il l'aiderait, mais que cela lui causerait un grand désagrément.

— Permettez-moi de reprendre mon souffle.

Elle fit tourner sa cheville droite au bout de son pied en essayant d'ignorer la douleur lancinante qui venait de se manifester.

Hafual avait autrefois appartenu à la Grande Horde païenne. Il était l'un des Vikings ayant envahi la Mercie comme une tempête d'été avant de forcer, en fin de compte, les habitants à une sorte de paix. La moitié occidentale de la Mercie et toute l'Anglie de l'Est avaient ainsi été cédées aux envahisseurs du Nord.

Peu de temps après qu'Ansithe, la sœur d'Elene, eut épousé son Viking, Moir Mimirson, Hafual avait sauvé la vie de Ceolwulf, le nouveau roi de Mercie, lors d'une chasse au cerf, au cours de l'été des négociations de paix. Ceolwulf lui avait alors offert une position à la cour, celle de chef des gardes du corps. Moir Mimirson avait libéré Hafual de son serment de Viking en lui disant que la faveur du roi ferait sa fortune. Hafual avait juré fidélité éternelle à la Mercie, et on l'avait récompensé en lui attribuant Wulfhere's Clearing dont les terres couraient jusqu'à l'est de Baelle Heale. Le nouvel arrivant s'était révélé être un lord capable mais, depuis la mort tragique de sa femme, il passait son temps à la cour ou au loin à traiter les affaires du roi, laissant à sa sœur la responsabilité de s'occuper de son jeune fils et de son domaine.

Quand elle se sentit satisfaite de s'être tordu la cheville plutôt que de se l'être cassée, Elene leva le menton et tendit la main, optant pour une voix traînante et languide :

— Lord Hafual, je n'avais pas réalisé que vous étiez de retour. Comme… Quel plaisir pour toutes les personnes que cela concerne.

L'air renfrogné de Hafual le devint encore plus.

— Je ne savais pas que vous deviez être tenue au courant de mes faits et gestes.

— Les ragots sont comme les ajoncs : de toutes les saisons.

Serrant les dents, Elene laissa sa main retomber.

Tout en construisant son avenir, elle allait devoir trouver un autre endroit où se cacher. Hafual ne permettrait pas à une femme non mariée comme elle de demeurer dans son manoir. Pas pendant qu'il s'y trouvait en résidence. Depuis la mort de son épouse, il refusait d'y accueillir les femmes, à l'exception de sa sœur et des servantes.

— Êtes-vous en train de me dire que quelqu'un a propagé des ragots sur moi ? Sur nous deux ? En tant que couple ?

Pendant qu'il parlait, se plaquait sur son visage le granit dur de la réprobation.

— Qui a osé répandre *cette rumeur-là* ? poursuivit-il.

— Il ne s'agit pas de *cette* sorte de rumeur, repartit Elene en déglutissant avec difficulté.

Lord Hafual et elle ? Tout le monde savait qu'il n'avait pas de temps à consacrer à la romance. Ni maintenant ni jamais. D'après la belle-sœur du lord, le cœur de celui-ci gisait, enterré avec sa femme.

— Je ne parle de personne que je connaisse, reprit-elle. Mais les gens font toujours grand cas des femmes récemment arrivées.

— Je vois. Et qu'est-ce que « les gens » diront de vous et moi nous rencontrant comme cela ? Et de cette façon ? À moins que vous ne saluiez toujours ainsi les guerriers étrangers ?

Suivant le regard de l'homme à la froideur glaciale, Elene

remarqua alors que l'ourlet de sa jupe s'était enroulé sur lui-même, dévoilant ainsi son mollet. Nu sur la mousse. Ce fut d'un geste rapide qu'elle rabattit son vêtement avant de tenter de se relever. Mais une douleur soudaine lui traversa la cheville. Elle plia cette dernière avec circonspection. Marcher doucement devrait être possible. Elle allait retourner à Baelle Heale et trouver un autre moyen. Dans sa bouche se diffusa un goût de cendres. Celles de son rêve évanoui.

— Non. Rien… Personne ne saura rien.

Hafual eut un geste péremptoire de la tête.

— Bien. Et quelle était l'affaire que vous veniez entreprendre sur ce chemin, si je puis me montrer assez audacieux pour poser la question ?

— J'étais… en route pour rendre visite à votre sœur.

Elle tenta un sourire éblouissant, celui indiquant à qui le recevait qu'il pouvait disposer et qu'il n'y avait plus rien à voir ni à méditer.

— Tout va bien. Il ne s'est rien passé. Juste une légère torsion de ma cheville. Rien qui vaille d'être mentionné.

Hafual arqua un sourcil.

— Asida n'a parlé devant moi d'aucune visite imminente de votre part. Le baluchon que vous transportez est-il un cadeau pour elle ? Quelque merveilleuse coutume des Merciens ? Votre générosité continue à être stupéfiante, mais ma sœur n'a besoin ni de défroques ni de charité.

Elene serra les dents. Ignorant le ton sardonique de la voix de Hafual, elle rassembla aussitôt ses affaires éparpillées. Aujourd'hui plus que n'importe quel jour, le mépris de Lord Hafual était la dernière chose dont elle avait besoin.

— Je désirais être préparée au cas où il arriverait quelque chose et s'il fallait que je reste un peu. En cette période de l'année, la pluie peut être terrible. Mais je ne voulais manquer de respect ni à vous ni à votre famille.

Devant l'expression incrédule de son vis-à-vis, elle ajouta :

— Pure précaution de ma part… à cause du temps.

À ces mots, l'expression de Hafual se fit encore plus sévère.

— Je vois que vous avez pris ces dispositions quand ma sœur n'avait même pas idée que vous projetiez d'être notre invitée. Vous aviez prévu un long séjour… ?

Elene opta pour le haussement d'épaules. Hafual ne devait en aucun cas être conscient du désir de son interlocutrice d'éviter à tout prix des fiançailles non désirées.

— Pourquoi voudrais-je cela ?

Les yeux qu'il posa alors sur elle lui rappelèrent l'épervier de son père, froid et prêt à réagir au moindre mouvement.

— Cherchez-vous à semer le trouble dans mon domaine, my lady ?

— Le trouble ?

Elle hocha la tête avec vivacité.

— La dernière chose que je veux est de poser problème à quiconque.

— Vous aviez l'intention de demeurer sous mon toit sans que votre père le sache. Les gens auraient donc pu raconter que je vous avais enlevée ou attirée d'une quelconque manière contre votre volonté. La médisance, comme vous le disiez, est de toutes les saisons.

— Votre retour signifie donc que ma visite durera moins longtemps. Quant à l'enlèvement, il fait partie de ces notions extravagantes…

Sa voix était plus haute et plus essoufflée qu'elle l'aurait voulu. Après avoir dégluti avec difficulté, elle tenta autre chose. Provoquer la colère de Hafual n'était vraiment pas ce à quoi elle aspirait.

— Votre fils sera ravi de votre retour.

Les lèvres de Hafual se firent simple trait :

— Mon fils s'est caché dans les jupes de ma sœur en me voyant arriver hier soir, et le *ravissement* ne faisait pas partie de ce qui l'habitait à ce moment-là. Ou aurais-je encore une fois mal compris le célèbre sens de l'humour mercien ?

— Au moins aurez-vous remarqué que les Merciens ont le sens de l'humour…

— Difficile de passer à côté de votre amour des galéjades. Que ce soit ici ou à la cour. Donc, je ris et prétends saisir la plaisanterie. En tant que Mercien, je dois toujours saisir les plaisanteries.

Cette fois, impossible de ne pas recevoir le sarcasme. Elene savait que, lors de la première venue de Hafual à la cour, le jeune aide du porcher lui avait joué un tour qui aurait pu tourner de manière bien pire pour tout le monde si le chef des Vikings n'avait pas découvert la supercherie.

— Pour ce qui s'est passé à la cour, je vous crois sur parole, dit-elle. En ce qui me concerne, les devoirs qui m'incombent à Baelle Heale font que je suis souvent absente de la résidence royale.

À cela, il fallait ajouter que, la dernière fois qu'elle avait résidé à la cour, elle s'était débrouillée pour trébucher et renverser une chope de bière sur la reine. Son père lui avait alors soufflé qu'elle pourrait avoir envie de rester absente pendant un certain laps de temps…

— Ma joie, devant la foi que vous avez en moi, est sans limite, rétorqua Hafual.

La main d'Elene se crispa sur les ciseaux suspendus à sa ceinture à côté de son couteau de repas. Hafual avait l'art et la manière de lui tendre sans arrêt l'image d'une gosse au visage barbouillé plutôt que celle d'une adulte.

Comme si elle était une fille qui s'évanouissait à la vue du sang et non la femme qui avait assisté le prêtre-médecin pendant ses trois dernières opérations, dont une trépanation.

Pour autant que ce fût possible, la glace, au fond des yeux de Hafual, se fit encore plus froide.

— La légende de la famille veut que, quand j'avais environ votre âge, je criais à m'en rendre malade jusqu'au retour de mon père. Mais merci de nouveau pour ces miettes inattendues de tentatives de réconfort. Je vais les méditer et les garder à l'esprit comme un fanal.

— J'essayais d'être gentille.

— La gentillesse est ce qui vous a amenée en cet endroit ? Je vois…

Elene serra les dents. Le sentiment subit et écœurant que Hafual était au courant de sa situation fâcheuse et attendait d'elle qu'elle se conduise de manière impulsive plutôt que de réfléchir de manière sensée l'emplit.

— On pourrait aussi se poser des questions à votre sujet, rétorqua-t-elle. Pourquoi vous dirigiez-vous vers Baelle Heale au lieu de demeurer avec votre fils et de mettre vos droits en place, Hafual ? Dernièrement, votre sœur m'a dit qu'il existait un certain nombre de choses dont seul un lord pouvait décider.

Elle lui fit un tout petit sourire avant d'ajouter :

— Elle et moi nous sommes d'ailleurs entendues pour ne pas être d'accord là-dessus…

Hafual inclina la tête et son geste conféra aux minuscules gouttelettes de brume prises dans ses cheveux l'éclat du diamant.

— Un problème est venu accaparer toute mon attention, déclara-t-il. Comme un furoncle, il doit maintenant être percé.

Elene fit une petite grimace tandis que la joyeuse ignorance qu'elle avait du projet de son propre père se révélait.

— La visite proposée et l'offre de fiançailles venant de Pybba…, lança-t-elle, vous les considérez comme préjudiciables pour les alentours. Eh bien, moi aussi !

— Pybba et moi sommes loin d'être amis. À la cour, la rumeur avait circulé qu'il cherchait une nouvelle union depuis que sa femme avait succombé à la fièvre. Mais je n'avais pas réalisé que ce projet irait aussi loin que de véritables fiançailles.

Le regard de Hafual aurait pu geler une flaque d'eau par une journée d'été. Avait-elle jamais considéré cet homme comme quelqu'un d'abordable, fût-ce l'espace d'un battement de cœur ? Ce fut la question qu'elle se posa.

— Même vu de cette manière, je ne m'attendais pas à ce que vous preniez la fuite.

— Je ne fuis pas. J'ai besoin de temps pour trouver un plan.

— Je m'attendais à ce que vous patientiez jusqu'à ce que le problème de votre transport soit résolu, poursuivit-il comme si elle ne venait pas de s'exprimer. Mais, des trois sœurs, vous avez toujours été la plus impétueuse. Acceptez mes excuses pour mes erreurs de calcul dont nous pourrons nous remettre. L'aide se trouve à portée de main au moment où vous avez besoin de secours.

Elene serra les poings.

— Pourquoi tout le monde s'imagine-t-il que j'ai besoin d'être aidée ? Je suis une femme accomplie, aujourd'hui. Le temps que Lord Pybba arrive, tout sera sous contrôle.

Hafual arqua un sourcil de manière exaspérante tandis que, sur sa joue, se creusait une légère fossette. Décidément, elle avait l'impression que, d'une manière ou d'une autre, la femme qu'elle était n'existait que pour l'amusement de cet homme.

— Toujours est-il que vous couriez, my lady, et cela, quelle que soit votre volonté de le nier. Vous avez même trébuché et vous êtes blessée à la cheville dans votre hâte. Ou bien êtes-vous une habituée de ce genre de chose ?

— Vous m'avez surprise. Et si vous êtes en train de faire allusion à mon dernier séjour à la cour, je m'étais pris le pied dans le bas de ma robe.

Quelqu'un lui avait fait un croche-pied, mais Elene savait que Hafual écarterait cette idée ainsi que ses propres sœurs l'avaient fait.

Il s'inclina comme s'ils se trouvaient à la cour et non sur un chemin boueux.

— Je veux juste faire remarquer que vos actes ont, d'une manière générale, des conséquences pour tout le monde dans le voisinage. Cette histoire avec Pybba lui fait plus de tort qu'à vous. Regardez plus loin que le bout de votre nez, comme ne manquerait pas de le dire l'une de vos sœurs si celles-ci se trouvaient ici à ma place.

— De quelle façon le fait que je rende visite à la vôtre pourrait-il avoir des conséquences ?

Elene serra ses doigts plus fort sur le collier en fer de Bugge. Songer à ce que dirait l'une de ses sœurs ? Elle avait passé toute sa vie à le faire et doutait d'être aujourd'hui dans de meilleures dispositions pour recommencer.

— Vous n'avez aucune idée de ma relation avec Pybba et ne savez pas davantage si contrecarrer son plan est une chose dans laquelle je souhaite m'impliquer. Vous cherchez à faire plier ma sœur selon votre volonté sans vous soucier le moins du monde de ce qui serait le mieux pour elle. Je vois que vous cherchez à ressembler à la reine et à ses ladies qui sont concernées par leurs propres idées à défaut de l'être par ce qui les entoure.

Elene leva les yeux au ciel. Puissent saint Etheldra ainsi que tous les autres saints la protéger. Et le ciel lui pardonner d'agir dans l'intention de sauver son avenir au lieu d'attendre que l'on se porte à son secours. Car il n'y avait aucun égoïsme à vouloir assurer sa sécurité en même temps que celle de son peuple. Au plus profond de son cœur, et malgré ce qu'avait proclamé l'intendant, elle savait que tout pacte passé avec Pybba signifierait la ruine de Baelle Heale à la place de son salut.

— Avez-vous fomenté une alliance avec cet odieux poseur de Lord Pybba ? demanda-t-elle de sa voix la plus sucrée, celle que l'une de ses sœurs avait appris à craindre.

Un muscle tressaillit sur le visage de Hafual.

— C'est depuis la campagne du printemps contre les bandes de guerriers Hwicce, qui ont incendié les fermes le long de la frontière, que Pybba mène une guerre larvée contre moi et cherche à saper mon influence sur le roi. À présent, il espère ouvrir un nouveau front pour vous prendre au piège, vous et votre père.

Le ton résolument supérieur de Hafual lui hérissa les nerfs.

Comme si la seule raison poussant Pybba à agir ainsi se centrait autour de Hafual plutôt qu'autour de la prospérité de Baelle Heale ou de l'influence dont sa famille à elle jouissait.

Ravalant sa réplique, Elene poursuivit sur un ton devenu plus doux, soutenu par de nombreux battements de cils :

— Pybba serait une erreur à tous les niveaux pour Baelle Heale. Cependant, mon père a besoin d'apprendre cette leçon par lui-même et hors de mon intervention. Je veux lui donner du temps pour m'assurer qu'il l'a bien digérée puis que la révulsion la lui a fait cracher.

Un muscle battit sur la joue de Hafual comme si celui-ci tentait de se retenir de rire.

— Pybba d'Etone prend facilement offense pendant que votre père peut vite perdre son sang-froid. Dans des circonstances normales, cette combinaison pourrait faire office de combustible. Sauf, my lady, que les conflagrations de ce genre mènent parfois à des conséquences inattendues.

Elene ramena une mèche de cheveux derrière son oreille et s'exhorta à choisir la dignité plutôt qu'à se laisser glisser dans le genre d'attitude imprudente qu'elle affichait d'habitude. L'été dernier, quand Hafual, Moir et Ansithe les avaient sauvés, elle et Nerian, de l'attaque de hors-la-loi, elle s'était montrée étourdie et surexcitée.

— Vous pensez que je possède la maîtrise de la nuance et la subtilité d'un ours qui danse. Mais je ne suis pas du tout de cet avis.

— Qui a dit cela ?

— L'intendant et son épouse… J'ai surpris le couple en train de parler des fiançailles et de ce qu'ils devaient faire pour s'assurer que je les accepte.

Laisser poindre son amertume lui était indifférent.

— Apparemment, pour eux, il suffirait de pas grand-chose : d'une babiole ou d'une nouvelle robe. Après tout, depuis mon faux pas en présence de la reine, mon père ne se retrouve pas précisément submergé par les demandes.

Un minuscule sourire étira les traits de son interlocuteur, le rendant plus doux, le faisant redevenir le guerrier amène qu'elle avait tout d'abord vu et apprécié, avant que la femme de Hafual meure dans un accident.

— Si l'intendant de votre père pense cela, c'est qu'il est aveugle. Ou qu'il a perdu l'esprit. Vous et vos sœurs êtes entêtées et plus astucieuses que la plupart des guerriers. Je porte encore les cicatrices de ma première rencontre avec vous trois.

— Ecgbert s'est marié il n'y a pas longtemps avec une habitante d'Etone. Très épris, il répète tout ce qu'elle dit comme un perroquet, comme s'il s'agissait d'une sagesse venue d'en haut.

Elene secoua la tête.

— Je soupçonne que des promesses d'avancement ont été faites dans l'éventualité où les fiançailles demeureraient secrètes. Vous connaissez l'ambition d'Ecgbert... Avant que Cynehild parte enfouir la dernière épée de son mari au pays danois, il avait même envisagé d'épouser ma sœur aînée.

Hafual se tordit la bouche de curieuse façon :

— Quand les écailles tombent, elles tombent vraiment toutes.

— La proposition de fiançailles était censée me saisir comme lorsque l'on met quelqu'un devant le fait accompli. Selon la femme d'Ecgbert, c'était le meilleur moyen pour que j'obtempère.

Elle secoua de nouveau la tête.

— Comme si cela avait pu se faire !

— Ils se sont vraiment trompés sur vous.

Hafual tendit la main, la paume dressée vers le ciel. Quelques gouttes d'eau y rebondirent et s'écrasèrent sur le sol.

— Le ciel va s'ouvrir et même les femmes décidément les moins... Comment avez-vous dit ? Celles que l'on distrait le moins facilement... devraient demeurer au sec. Vous pourrez tout expliquer une fois que nous serons arrivés dans mon manoir. Nous discuterons alors d'un moyen approprié pour progresser.

Elene ouvrit la bouche pour expliquer qu'elle, et elle seule, déciderait de son propre avenir, mais, devant l'air hostile de Hafual, elle préféra s'abstenir.

— Bugge n'aime pas l'humidité, déclara-t-elle à la place.

Une étincelle d'un bleu profond passa dans les yeux de Hafual.

— C'est finalement votre chien qui aura réglé la question. Vous acceptez mon aide. Donnez-moi ce baluchon que vous portez.

Elle resta là où elle était.

— Ai-je le choix ?

— Avec moi, il y a toujours le choix, répondit-il en haussant vaguement les épaules avant de poursuivre : mais je n'ai jamais compris pourquoi une femme pouvait aimer porter toute seule un lourd baluchon.

— Parce que je préfère ?

— Raison suffisante, admit Hafual en s'inclinant. Je voulais seulement me montrer utile.

— Je n'ai pas besoin que l'on se porte à mon secours, asséna-t-elle en ignorant la main tendue. Je me débrouille de mon côté, et désire que cela soit parfaitement clair.

— Pour le moment.

La moue d'Elene fut déterminée. Non, elle n'avait pas besoin que ses sœurs ni quiconque vienne à sa rescousse. Ce qu'il lui fallait, c'était du temps, celui nécessaire pour que son père réalise l'erreur que ce serait de lui faire épouser Lord Pybba. Pour ce qui était de l'instant présent, pour une raison inconnue, la tension qui lui oppressait la poitrine s'atténuait à mesure que le grand Viking évoluait à son côté.

— Pour toujours.

— Je vais devoir réfléchir à ce que vous venez de dire. Vous avez la mauvaise habitude, Lady Elene, d'avoir besoin de secours à des moments inopportuns.

— Cela n'arrive plus. J'ai appris ma leçon.

Elle croisa les doigts en imagination tout en poursuivant :

— Mon plan pour empêcher Pybba de prendre le contrôle de Baelle Heale va fonctionner. Il ne me manque plus que de pouvoir ajuster le détail le plus fin. Or, j'ai espoir que votre sœur…

Elle s'interrompit, leva les yeux vers les traits sévères de Lord Hafual et conclut :

— Et, à partir de maintenant, vous vous assurerez que je bénéficie de vos deux sagesses réunies.

Chapitre 2

À l'instant même où Hafual vit sa demi-sœur émerger du hall, il sut qu'il avait commis une erreur tactique. Avoir amené Lady Elene à Wulfhere's Clearing allait inciter Asida à commenter la manière dont il devait mener son existence. Maintenir sa vie en troncs séparés uniquement liés par du fer, ainsi qu'il l'avait toujours fait depuis la mort de Svala, plutôt que permettre aux choses de se chevaucher et s'entremêler, signifiait pour lui, en effet, qu'il en gardait le contrôle. L'étincelle visible dans l'œil de sa sœur et la moue un peu supérieure qu'elle affichait, comme parfois, montraient, à n'en pas douter, qu'Asida avait établi un plan les impliquant, Lady Elene et lui. Il jura en silence.

S'il échouait à retenir sa sœur, celle-ci allait lui proposer d'entreprendre quelque chose qu'il n'avait pas l'intention de faire. Comme devenir le futur marié jusqu'à ce que la tempête soit passée. Or, il existait d'autres moyens de contourner l'ambition de Pybba que de se charger du fardeau d'un nouveau mariage. La suggestion qu'Asida lui avait faite, suivie d'une remarque à demi taquine sur le fait que Narfi avait besoin d'une mère digne de ce nom, l'avait amené à quitter sa maison avant le petit déjeuner.

En cet instant, ce fut avec le sourire qu'Asida forma un mot en silence :

— Runes…

Dès leur enfance, Asida l'avait informé qu'il devait faire ceci et cela au prétexte qu'elle avait interrogé les runes et possédait le don de *voir*, comme sa mère. Depuis qu'il était jeune homme, il se moquait d'elle chaque fois. Malheureusement, elle avait souvent raison.

Épouser qui que ce fût pour donner une mère à Narfi, ou sous tout autre prétexte qu'Asida prendrait soin de trouver, ne se ferait pas. Il devait bien cela à la mémoire de Svala et à leur mariage raté.

— Ainsi, Lady Elene est arrivée, remarqua Asida. Bien… J'ai prévu une potée en plus car je doute que vous ayez mangé, my lady.

Asida eut un geste en direction du hall pour ajouter :

— Hafual va veiller à ce que vous soyez bien nourrie. Il a quelques côtés positifs, comme celui de savoir proposer une bonne table.

— Et une bonne table est l'un des plaisirs de l'existence.

Le rire de Lady Elene monta dans un tintement clair, comme si la vie contenait quelque chose de bien au lieu d'être la suite d'épreuves qu'il connaissait.

— Narfi a-t-il dit bonjour aux vaches ? s'enquit-il sur un ton brusque, déterminé à reprendre un certain contrôle de la situation.

Tenir Elene et Asida éloignées l'une de l'autre empêcherait en effet sa sœur de mettre en œuvre le moindre stratagème.

— Vous savez combien il aime aller les saluer, insista-t-il.

Asida battit des cils.

— Nous accueillons notre invitée, Hafual.

— Les vaches, Asida…

Celle-ci demeura adossée au chambranle de la porte, l'enfant posé en équilibre sur sa hanche. Hafual se sentit bien ennuyé de voir celui-ci babiller d'un air heureux en direction de Lady Elene, avec les mains tendues vers elle, alors que la réaction de Narfi en le voyant avait été de porter son pouce à sa bouche et de le fixer de ses yeux qui ne cillaient pas. Des yeux qui lui rappelaient de plus en plus Svala. Ces iris fixes et cette cicatrice en forme de croissant de lune sur la tempe, celle qu'il s'était faite le jour où sa mère était morte.

— Narfi n'éprouve aucun intérêt pour les vaches, frère. Il n'ira donc pas les voir, ni ce matin ni jamais.

— Asida, je connais bien mon fils. Les vaches lui plaisent beaucoup.

Du moins l'espérait-il. Avant de partir pour la cour, il avait entendu son fils prendre grand plaisir à émettre des meuglements. Oui, de cela, il était certain. C'était donc Asida qui avait mauvaise mémoire. Et non lui.

— S'il vous plaît.

— Narfi et moi nous rendrons à l'écurie. Tôt le matin, il adore aller voir les *chevaux*, déclara Asida en chatouillant le petit sous le menton.

Le pouce toujours dans la bouche, l'enfant continuait à le considérer de ces yeux qui ne cillaient pas.

— Les chevaux…

Hafual serra les dents.

— Évidemment… Erreur de ma part.

— Lady Elene et vous devez parler.

Asida baissa la voix en le dépassant :

— Le faire seul, sans moi, va compliquer les choses. Elle est venue ici dans une intention précise. Or, dès ce matin, avant votre départ, j'avais prévu que cela se produirait.

— Vous pensez que je demeure ignorant de votre aptitude à faire des prédictions ? l'interrogea-t-il en ajoutant une touche de sarcasme à sa voix. Cherchez-vous à regarder de nouveau vers le Nord où règne notre demi-frère ? Si oui, soyez honnête et allez-y.

Il attendit, conscient que le dernier désir d'Asida était de se rapprocher du Nord et de retourner sous le règne de leur demi-frère. Même si elle pouvait trouver parfois Narfi difficile, elle craignait leur demi-frère et les menaces qu'il proférait, quand il était ivre, de la tuer si elle posait une seule fois le pied sur la terre qu'il possédait, parce qu'elle avait prédit qu'il connaîtrait un jour une fin violente.

Asida fit passer Narfi sur son autre hanche :

— Ce sera moins une prédiction qu'un constat si je déclare que Lady Elene a besoin de prendre un petit déjeuner.

— Sœur, vos talents ne laisseront jamais de me surprendre. Pouvez-vous nous informer du temps qu'elle a l'intention de passer ici ?

— Mon don de voyance échoue à répondre à cela.

Les jupes d'Asida bruissèrent quand elle s'éloigna vers l'écurie avec Narfi dans les bras.

— Votre sœur ne prédit pas vraiment l'avenir, n'est-ce pas ? interrogea Lady Elene en laissant de nouveau fuser l'un de ses rires.

Le point de tension que Hafual éprouvait à la poitrine céda. Il remarqua la longueur des cils d'Elene et la manière dont elle battait des paupières. Presque en même temps, il se demanda pourquoi il les avait remarquées alors qu'il mettait précisément un point d'honneur à ne jamais constater de telles choses. Cela depuis que Svala était morte. Toutes ces sensations se trouvaient dans un endroit qu'il avait profondément enfoui au fond de sa tête et où il n'allait jamais voir. En son for intérieur, il maudit sa sœur pour les allusions qu'elle avait faites un peu plus tôt, sur le fait qu'il devait se montrer humain et se remarier.

Haussant les épaules, il fit entrer Lady Elene dans le hall.

— Ma sœur sait que j'ai trouvé Lord Pybba particulièrement éprouvant, cet été. Mais rien de plus. Elle ne met pas son nez dans mes *affaires de cour*, comme elle dit.

Un petit pli apparut entre les sourcils de Lady Elene.

— Oh ! je vois. Elle vous taquinait donc…

— Les sœurs sont envoyées sur terre pour juger leurs frères et leurs sœurs…

— J'en ai deux plus âgées que moi, vous savez.

Au cours du silence inconfortable qui suivit, Hafual prit

conscience des défauts de la salle principale, que Lady Elene devait remarquer aussi : le mur du fond, plutôt raté, à l'enduit barbouillé, n'était pas au niveau qu'Hafual s'était fixé, le foyer ne se trouvait pas bien au centre et, à terre, les joncs trop anciens n'avaient pas été remplacés parce qu'Asida s'était trouvée occupée à d'autres choses. La maison était, certes, en bien meilleur état que celle dans laquelle il avait grandi, mais elle n'atteignait pas la grandeur de Baelle Heale.

Avec un petit bruit sourd, Lady Elene s'assit sur le banc finement sculpté avant de renverser la tête en arrière contre le mur rugueux. Son chien s'assit à ses pieds, le menton posé sur les pattes de devant, mais toujours vigilant. Hafual eut le sentiment de voir la peinture parfaite d'une jolie lady mercienne attendant de se faire dorloter. Mais il en avait rencontré suffisamment à la cour et n'avait pas l'intention de mettre sa succession en péril pour une autre lady du même acabit.

— Quels sont vos projets, Lady Elene, à part provoquer votre propre disparition dans l'intention d'amener votre père à envoyer Ecgbert chez l'une de vos sœurs, et, par là même, à vous débarrasser de l'un des principaux instigateurs du mariage ? Car votre père ne renverra pas à la fois Ecgbert et son épouse, ce qui fera subsister le problème, tandis que vous ne serez plus là pour tout superviser. Ou bien réapparaîtrez-vous soudain ?

Les lèvres généreuses de Lady Elene dessinèrent une moue têtue.

— Je continue à entretenir l'espoir que le cauchemar tout entier se dissipera, telle la fumée qui s'envole vers le toit, le jour où mon père fera l'expérience des exigences détestables de Lord Pybba dans toute leur ampleur : le feu qui est trop fort, les oreillers qui ne sont pas assez confortables, le combat qui est mal mené…

— Quelle excuse avez-vous donnée pour justifier votre absence actuelle ? Répondez de manière précise et sans tergiversation.

— J'ai laissé un mot au père Oswald indiquant que j'avais besoin de temps pour une contemplation dans la prière.

Appuyant alors les paumes de ses mains contre ses yeux fermés – incarnation de l'innocence blessée –, Lady Elene poursuivit :

— J'ai tourné et retourné tout cela dans ma tête. Voilà comment j'ai pensé que trouver une raison pour demeurer quelques jours ici serait une bonne excuse. Sauf que vous êtes de retour, maintenant…

— J'ai obtenu des terres en guise de bénédiction après avoir sauvé la vie du roi lors de l'été où lui et moi nous sommes rencontrés. Ces terres sont à présent devenues mon foyer.

— Vous recevez peu de visites depuis la mort de votre femme…

La mention de Svala provoqua à Hafual une douleur sourde à la poitrine. Mais ce n'était plus celle qui l'avait brûlé à vif à l'instant où il avait trouvé le corps sans vie de Svala. À présent, quand il ouvrait les yeux le matin, il ne la cherchait plus, couchée à son côté, n'entendait plus, résonnant à ses oreilles, les horreurs qu'ils s'étaient alors proférées et ne ressentait plus la culpabilité qui lui étouffait la gorge de ne pas en avoir fait davantage pour l'empêcher de se précipiter au-dehors ce jour-là.

— La prospérité de ces terres dépend des services que je peux rendre au roi, déclara-t-il en repoussant tout souvenir de ses échecs. Devrais-je mettre tout cela en péril alors même que ma sœur se revendique capable de gérer le domaine ?

— D'après Ecgbert, repartit Elene, Pybba passe pour être l'un des plus proches compagnons du roi. Ces dernières années, mon père a perdu la faveur de Pybba quand ses deux filles aînées ont épousé des Vikings au lieu de Merciens.

Hafual peinait à garder son sang-froid.

— Votre père a-t-il un problème avec son domaine ? Il ferait mieux de s'adresser à moi ou à ma sœur avant de courir adresser une requête au roi.

Les joues de Lady Elene virèrent au rose.

— Je fais toujours cela : parler trop vite. Pour autant que je sache, mon père n'a rien à vous reprocher. Ni à vous ni à votre sœur. Et il est toujours ravi quand elle lui rend visite. Je voulais juste expliquer ce qu'il en était par rapport à Pybba, toujours d'après Ecgbert.

— Je sais qui est cet homme et ce qu'il représente.

Hafual avait bien séparé chaque syllabe pour éviter tout malentendu. La dernière chose qu'il demandait était qu'une personne comme Lady Elene lui explique les nuances de la politique de la Mercie comme si le fait de ne pas y être né en faisait automatiquement un ignorant sur le sujet.

S'éloignant, il alla attiser le feu avec vigueur jusqu'à le ramener à la vie. Cela valait mieux que de donner libre cours à sa colère… Il savait comment Pybba avait essayé de l'affaiblir et de miner son autorité sur toute la frontière ouest de la Mercie lorsqu'ils s'occupaient à deux de faire face à l'incursion des Hwicce. Pour autant, il ne disposait pas des preuves matérielles de l'implication de Pybba, que réclamait le roi Ceolwulf.

À plusieurs reprises au cours de l'été, Hafual avait même essayé d'organiser un combat contre cet homme pour régler la question, mais celui-ci trouvait toujours le moyen d'éviter la confrontation. Malgré cela, Hafual avait bien l'intention d'obtenir cette rencontre au moment de Yule ou, éventuellement, quand il retournerait à la cour. La dispute entre Pybba et lui n'était pas censée toucher Wulfhere's Clearing ni sa famille. Il regarda les flammes le temps de plusieurs respirations et sentit sa colère s'apaiser. La situation était loin d'être du fait de Lady Elene. Celle-ci était, au contraire, l'une des personnes innocentes prises dans cet enchevêtrement.

— Heureusement, le roi n'est pas totalement sa créature. Pas encore, et il ne le sera jamais, si vous voulez mon avis, reprit-il sur un ton plus calme.

— Cherchez-vous à détruire Pybba ? interrogea Elene. Est-ce la raison pour laquelle vous désireriez m'assister ?

Hafual regarda les flammes scintiller puis mourir. Pas question de déverser ses ennuis maintenant, songea-t-il. Il avait les épaules assez larges pour en porter le poids et avait appris à la dure comment maintenir les différentes parties de son existence complètement séparées.

— Dans cette affaire, mon raisonnement n'a guère d'importance. Ce sont mes actes qui en ont.

Lady Elene regarda par-dessus son épaule :

— Asida et votre fils seront-ils encore longs ? Je ne vais certainement pas pouvoir attendre jusqu'à ce qu'ils reviennent.

Elle leva vers lui ses yeux aux longs cils, le genre de regard dans lequel un homme pouvait facilement se perdre.

Hafual pressa deux doigts à la naissance de son nez. Dans cette histoire, Lady Elene avait l'intention de mettre Asida de son côté. Or, il soupçonnait que celle-ci pencherait en faveur du plan proposé, surtout si elle ne comprenait pas la situation à la cour ou que ce qu'il tentait de réaliser à travers son nouvel engagement nécessitait le consentement du roi.

— Hier, après avoir appris les nouvelles, je dirais que vous étiez trop contrariée pour vous restaurer et qu'aujourd'hui vous avez sauté votre petit déjeuner pour vous glisser dehors avant que presque tout le monde soit réveillé. Or, il est difficile de penser correctement avec un estomac qui grogne.

Il fit un geste vers le foyer de cuisson et son pot de porridge bouillonnant.

— Ma sœur a tout préparé, my lady, ajouta-t-il. Laissez reposer votre cheville et mangez. Nous déciderons ensuite de l'action la plus appropriée. Si ce n'est la cour du roi Ceolwulf, votre estomac, en revanche, sera bientôt plein.

— Ce n'est pas ce que je voulais dire. Je peux… En fait, je… Je ne suis pas vraiment ce que l'on peut appeler une belle dame impérieuse comme celles que vous rencontrez à la cour et qui ne savent penser qu'à leur robe.

Lady Elene tendit une main minuscule aux longs doigts effilés.

— Non, Hafual. Nous sommes de vieux amis. Prions pour que nous nous comportions comme tels et que nous ne nous en tenions pas aux cérémonies.

Hafual se concentra sur la cuisson du porridge et ignora la main. *De vieux amis*… Les mots de Lady Elene suintaient la flatterie. Et Asida utiliserait cela contre lui s'il se comportait comme un hôte moins que parfait.

— Vous vous êtes tordu la cheville et blessée. Je dois insister pour vous aider.

Il inclina la tête.

— À moins que vous préfériez ne pas chercher d'assistance auprès d'un homme du Nord.

La lèvre inférieure de Lady Elene avait pris la couleur d'une aube de printemps. Hafual fronça les sourcils. Il n'avait pas à remarquer la teinte des lèvres de Lady Elene. Elle essayait de contracter un mariage intéressant, or un mariage était la dernière chose qu'il lui offrirait. Elle méritait mieux que lui.

— À l'âge où je grandissais, c'était tout le temps : « Elene ne peut pas faire ceci ou cela parce qu'elle est trop jeune. » Aujourd'hui, je n'aime pas que l'on m'aide, en particulier quand ce n'est pas nécessaire.

Comme elle faisait le geste de se lever, il lui tendit un bol fumant de porridge.

— Écoutez votre hôte, conseilla-t-il.

Leurs mains s'effleurèrent brièvement. Une chaleur inattendue se propagea vers le haut du bras de Hafual. Après avoir failli lâcher le bol juste avant qu'Elene s'en saisisse, il retira très vite sa main.

— Je déteste me montrer gênante.

— Vous auriez pu me duper.

Il vit qu'elle essayait de se composer un visage sévère, mais elle produisit soudain une gerbe de sourires.

— Ce que vous dites contient une forme de vérité, mais je n'ai pas l'intention d'être une fauteuse de troubles.

— Vous n'êtes pas une bonne patiente, my lady, n'est-ce pas ? interrogea-t-il dans le silence qui suivit.

— Je m'y entends en effet beaucoup mieux pour soigner les gens et pour m'occuper des herbes médicinales de mon jardin, même si mon père dit que ce n'est pas une occupation de lady. Il préférerait de loin que je ressemble à ma sœur aînée, Cynehild, et me sente seulement concernée par la couture, le tissage et la cuisine. C'est peut-être pourquoi…

Retrouvant le banc, Lady Elene examina son bol.

La lumière du feu capta l'or bruni de ses cheveux. Seraient-ils doux à toucher ? Hafual posa de nouveau deux doigts à la naissance de son nez. Le manque de sommeil et la voix d'Asida lui murmurant que le temps de se remarier était venu étaient la raison de ces pics d'attirance envers Lady Elene. Rien à voir avec elle personnellement, se persuada-t-il.

— Votre rivalité avec votre sœur n'a aucun rapport avec l'histoire qui nous occupe maintenant.

Lady Elene reposa son bol avec bruit.

— Mon père a perdu patience envers moi. La femme de l'intendant déclarait que j'avais repoussé trop d'hommes pour trop de raisons fallacieuses. Sauf que j'en avais, des raisons. Pour commencer, je voulais épouser un homme qui me respecterait. Et je pensais en avoir trouvé un qui valait la peine d'attendre… Mais j'avais tort.

— Nous n'avons pas besoin de parler de l'homme en question. Certaines choses n'auraient pas dû exister.

Hafual se concentra ensuite sur son porridge. L'homme, Nerian de Wessex, avait été autrefois un ami proche, mais leur amitié s'était refroidie après que Hafual avait reçu ses terres en récompense. L'été suivant, cependant, Hafual avait assisté à l'éclosion de leur jeune amour et appris que Nerian avait besoin d'acquérir un domaine convenable pour subvenir aux besoins de la fiancée qui lui était destinée. Quelque temps plus tard il s'était trouvé surpris de constater que rien ne se réalisait, puis, dans l'année, que Nerian avait épousé une autre lady. Cet homme avait fait à une jeune femme des promesses qu'il n'avait pas tenues. Et ce genre de comportement existait depuis le commencement des temps.

— L'autre jour, mon père a fait remarquer que je vieillissais et me flétrissais.

Hafual leva les yeux. La peau encore toute fraîche de rosée de Lady Elene, ses yeux comme la mer du Nord par un jour d'été et la lumière du feu qui dorait ses cheveux… L'attirance revint, toute chaude, et s'enroula autour de ses entrailles.

— Si votre père pense cela, c'est que sa vue baisse. À la cour, vous éclipseriez les autres ladies.

Elene détourna la tête.

— Est-ce ce que vous me suggérez de faire ? De me rendre à la cour ? De demander de l'aide au roi ? De me mettre sans attendre à la merci de la reine ?

L'ouverture qu'il avait tant attendue… Elene allait suivre son avis, et le problème serait résolu.

— Nous allons nous rendre chez vos sœurs. Aucune d'elles ne vous repoussera.

— Vous et moi ? Ensemble ?

— Oui. Maintenant.

Il se leva et lui tendit la main.

— Vous devez avoir retrouvé votre bon sens, Lady Elene, maintenant que votre estomac est plein et que vous pouvez penser avec logique. Votre meilleure ligne de conduite se situe chez vos sœurs et leurs maris.

Meilleure ligne de conduite. Elene cligna des yeux très vite, tentant de se raccrocher à quelque chose qui pût valoir la peine. La salle, bien aménagée avec son feu douillet, ses colonnes sculptées et son aspect à la fois convivial et engageant, s'ouvrait devant ses yeux.

L'offre était d'une générosité inattendue. Bien plus qu'elle ne le méritait.

Chacune des trois sœurs proposerait une méthode différente. Cynehild, la plus âgée, suggérerait une solution diplomatique comme demeurer avec elle et pour toujours aux Cinq Bourgs, tandis qu'Ansithe recommanderait une action directe comme donner des coups de pied à Pybba là où cela fait mal et en tirer les conséquences. Mais, une fois encore, cela signifierait que la petite sœur demanderait l'aide de ses aînées. Or, elle avait cessé de le faire depuis déjà quelque temps…

Non, elle devait trouver sa propre solution au dilemme sans se reposer sur ses sœurs ni sur leurs maris.

Elle releva le menton et plongea directement dans les yeux bleu profond, aux ombres changeantes, de Hafual. Il avait le visage plus marqué par les intempéries que dans son souvenir, et l'expression de ses lèvres contenait une certaine dureté qui n'existait que depuis la mort tragique de son épouse. Il fallait qu'elle trouve une raison plausible.

— Je ne peux pas laisser mon jeune ami penser du mal de moi parce que je l'aurai de nouveau privé de son père, si vite après son retour.

— Ce que mon fils en pensera ne vous regarde pas, répondit Hafual. Arrêtez de trouver des excuses et dites-moi ce que vous comptez faire.

Il commença à énumérer les options sur ses doigts :

— Pas de sœurs… Pas de cour… Où désirez-vous donc aller ?

Elene leva la main pour l'empêcher de continuer.

— Inutile d'ajouter les couvents, même s'ils représentent la manière traditionnelle d'éviter un mariage dont on ne veut pas. Je manque d'une vocation sincère, et mon père le sait.

— Vous déshériterait-il, vous et vos sœurs ? Pourrait-il désigner Pybba comme son héritier ? Vous devez vous préparer au pire, my lady, si vous suivez votre inclination. Êtes-vous prête à accepter les conséquences qui résulteront du combat à mener pour votre avenir ?

Elene serra les lèvres. Hafual avait trouvé la faille du plan qu'elle avait élaboré. Car, oui, son père pourrait agir ainsi, en particulier si Ecgbert, l'intendant, et sa femme le pressaient de le faire. Par temps de crise, Ecgbert avait toujours encouragé les pires accès qu'elle avait connus chez son père.

Se forçant à sourire, elle se leva. Dans l'instant, Bugge fut à son côté. Une truffe fraîche poussa sa main qu'elle posa sur le collier de l'animal. Ce fut alors qu'elle sut qu'elle passait vraiment à l'âge adulte et qu'elle allait faire le bon choix, le seul possible.

— Vous parler m'a révélé que cacher les choses cause toujours plus de problèmes que les résoudre.

Elle releva la tête, croisa le regard froncé et refusa de flancher.

— Je préfère rester bien campée sur mes pieds que m'appuyer sur mes sœurs ou leurs maris, poursuivit-elle. Et je vous remercie pour votre confiance. Mais ce n'est pas la peine de veiller sur moi. Je vais me battre pour mon avenir.

Les yeux de Hafual devinrent deux éclats de glace.

— Ma sœur sera ravie que je me sois montré d'une quelconque utilité. Envoyez un mot si vous changez d'avis à propos de la possibilité de vous rendre chez les vôtres.

— Votre avis compte plus que vous ne pouvez le croire, mais ma décision est prise. Et je peux parfois me montrer têtue…

Elle attendit un sourire en réponse, mais elle vit au contraire les sourcils de Hafual se froncer davantage.

— Mon père m'a chargée de préparer un festin pour Lord Pybba, reprit-elle. Comme il l'annonce dans le mot qu'il a envoyé, il sera là demain. Et je vais trouver un moyen pour qu'il s'emporte contre Pybba.

Relevant le menton, elle rencontra le regard de glace fixé sur elle :

— Si mon père s'imagine que je vais tomber dans les bras de Pybba parce que j'ai souffert d'une déception amoureuse, il se trompe gravement. Tout ce qui s'est passé n'aura servi qu'à me déterminer encore davantage à trouver le genre de mari que je veux et à ne pas accepter celui que l'on essaie de m'imposer. En particulier s'il a les mains baladeuses et un sourire lubrique.

— Pybba a une certaine réputation auprès des femmes. Du moins, c'est ce qu'il proclame.

Comme Hafual terminait sur un rire grinçant, Elene fronça les sourcils. S'agissait-il d'une remarque tranchante ou d'une simple plaisanterie ?

— Tout ce que je demande est du temps, Hafual. Rien de plus, rien de moins.

— Voulez-vous de moi et de mes hommes au festin ? Au cas où votre dernier plan échouerait…

Le sourire en coin qui accompagna la phrase de Hafual transforma tout de suite celui-ci en l'homme qu'elle avait rencontré avant qu'il perde sa femme, celui qui avait toujours le sourire aux lèvres et un mot gentil pour elle.

Une profonde lassitude lui envahit l'âme. Ce qu'elle voulait faire risquait d'être beaucoup plus difficile que ce qu'elle avait d'abord cru. C'était d'alliés qu'elle avait besoin, pas d'ennemis.

— S'il vous plaît, oui. Vous pourriez imaginer quelque chose pour que mon père perde son sang-froid vis-à-vis de Pybba. Quelque chose qui m'aura échappé…

— Ce n'est pas moi qui ouvrirai les hostilités, mais mon épée est à vous, my lady.

Elle pencha la tête sur le côté et essaya d'atténuer le sentiment de soulagement qui montait en elle quand elle dit :

— Le simple fait de votre présence au festin peut suffire à irriter mon père. Il réalisera tout de suite que l'intimidation ne fonctionnera pas sur moi si j'ai un allié tel que vous à mon côté. Excellent.

Comme elle lui tendait la main, Hafual la saisit et la porta à ses lèvres. Dans un battement de cœur, elle prit alors conscience de la haute taille, de la large carrure, et de la lèvre supérieure en forme d'arc de Hafual. Et elle oublia comment l'on respire.

Les lèvres du lord contre sa paume furent du contact le plus doux. Un éclair de chaleur fusa vers le haut de son bras.

— Votre allié, my lady. Toujours. À la réflexion, je vous verrai chez vous. Assurez-vous de ne pas faire de détour en chemin.

— Un détour ? Pourquoi en ferais-je ?

— Ce sont des choses qui peuvent arriver et je suis bien décidé à ce que rien de malencontreux ne vous arrive.

Il détacha ses doigts.

Elene retira sa main, les yeux fixés sur lui, et demeura, le temps d'un long battement de cœur, à suivre la pomme d'Adam de Hafual qui se déplaçait de haut en bas.

— Alliés, my lady.

Comme elle faisait brusquement un pas en arrière, le charme se rompit. Ses joues devinrent toutes chaudes. Elle serra les dents. Il existait tant de raisons pour lesquelles elle ne devait pas se sentir attirée par Hafual, à commencer par la mort de la femme qu'il avait épousée, le vœu qu'il avait fait de ne pas se remarier et la détermination qu'elle avait de ne devenir un prix de consolation pour personne par le biais du mariage.

La dernière chose qu'elle requérait était une alliance vite conclue avec un homme qu'elle connaîtrait à peine. Elle avait assez souffert de sa folie d'avoir perdu la tête pour Nerian, de lui avoir donné son cœur, son corps, tout ce qu'elle était, et de ne rien avoir reçu en retour. S'il était permis de faire une erreur, il était interdit de la répéter.

Tout ce à quoi elle aspirait était trouver l'homme approprié et l'épouser : celui qui aurait à cœur de la chérir et de protéger le domaine contre les ennemis ; celui dont elle saurait qu'il ne se trouvait pas loin, qu'il était là, quelque part. Mais cet homme ne serait pas Hafual.

— « Alliés » sonne très bien, conclut-elle.

Chapitre 3

— Lady Elene est-elle partie, avec son chien ? Ou bien l'accompagnerez-vous plus tard chez l'une de ses sœurs ?

Asida se glissa à l'intérieur avec Narfi blotti contre son épaule. Cela ne faisait pas longtemps que Hafual était rentré après avoir raccompagné Lady Elene en toute sécurité dans son domaine.

Il leva les yeux du pilier de bois qu'il avait commencé à travailler. Depuis la mort de Svala, il n'avait plus eu le goût de sculpter quoi que ce soit et c'était la première fois qu'il ressentait de nouveau l'inspiration. Les feuilles enroulées étaient un début, mais le hall et ses piliers étaient encore beaucoup trop peu élaborés. Au pays du Nord, des feuilles d'argent et d'or, venant de visiteurs notables, ornaient les piliers du hall des *jarls* importants. Mais Hafual avait découvert, avec déplaisir, que la Mercie ne respectait pas les mêmes coutumes.

— Lady Elene a pris la décision de retourner chez son père et d'attendre les événements. Je me suis assuré qu'elle rentre saine et sauve. Mais je ne voulais pas perdre de temps. Au cas où elle changerait d'avis…

— Je m'étais demandé où vous étiez, mais, comme il est rare que vous m'ennuyiez avec vos allées et venues, qui suis-je pour vous questionner ?

Hafual fit glisser une longue boucle de bois le long du pilier et l'en détacha. Bientôt, il sculpterait un cheval pour Narfi mais, d'abord, il devait en finir avec ces tâches.

— Si je devais partir pour plusieurs jours, je vous en avertirais. Je vous dirais au revoir.

Ce fut un Narfi déjà endormi qu'Asida coucha dans son petit lit.

— Lady Elene aurait dû rester ici. Les runes étaient très claires. Je croyais que vous l'aviez compris quand je vous ai envoyé la chercher. J'espère qu'elle a apprécié le porridge. Le porridge vous conduira à l'avenir que vous désirez.

Hafual regardait son fils dormir. Les cheveux blonds de l'enfant lui frôlaient les tempes. Il songea que, quand Narfi se réveillerait, Hafual récolterait peut-être un sourire. Puis, plissant le nez, il se rappela qu'il avait cessé de croire à l'impossible depuis longtemps. De son côté, Asida tentait de le distraire en lui parlant de porridge.

— Mon idée est de me rendre là-bas, dit-il, et le porridge ne m'apportera rien.

— Agissez comme vous l'entendez, mais vous savez bien que j'ai raison.

Sur ces mots, Asida l'entraîna hors de la chambre qu'elle partageait avec Narfi.

— Vous êtes si concentré que vous oubliez que le monde contient d'autres personnes que vous.

Hafual eut du mal à garder son sang-froid. Asida se trompait. Il avait bel et bien empêché Lady Elene de commettre une imprudence. Et le fait d'être retournée à Baelle Heale l'aiderait à mettre la menace qui pesait sur elle en perspective. Quant aux retombées, il s'en occuperait quand elles se manifesteraient. Aucune raison d'aller au-devant des ennuis. Il suffisait d'être bien conscient de sa propre puissance.

— Vous m'aviez promis de ne pas lancer les runes. Pensez au danger. Pensez à mon fils.

Asida inclina la tête sur le côté.

— Vous vous faites trop de mauvais sang, frère. Quand je lance les runes, elles me disent des choses. Ce que vous ne faites jamais.

Hafual croisa les bras.

— Les conditions liées au cadeau du roi étaient entre autres que ma famille et moi devenions chrétiens. Svala l'avait compris. Lancer les runes est interdit dans ce foyer.

Asida tendit le doigt vers lui.

— Pour vous, mais pas pour moi. Le Nord coule dans les veines de Narfi. Lui refusez-vous ce droit qu'il a de naissance ?

— Plus tard, Narfi cultivera ces terres de Mercie. Il ne retournera pas dans le pays du Nord, sur ce territoire épuisé qui produit à peine plus que des pierres et de la boue, sous le commandement de suzerains cruels et capricieux. Ces terres-là appartiennent au passé.

Il tapota son front de la main.

— Pourquoi n'arrivez-vous pas à comprendre cela ?

— Je suis votre sœur et entêtée. C'est de famille…

— Vous ferez ce que je demande.

Asida croisa les bras.

— Trouvez quelqu'un d'autre à qui prodiguer votre enseignement si vous me trouvez inappropriée. Au battement de cœur qui suivra, j'arrêterai de m'occuper de votre fils et de lui emplir la tête de ce que vous considérez comme des non-sens. Mais vous ne le ferez pas. Alors autorisez-moi à l'élever comme je l'entends.

Une fois encore, Hafual dut lutter pour ne pas perdre son sang-froid. Quand il réprimandait sa sœur, elle finissait toujours par lui dire qu'il allait devoir trouver quelqu'un d'autre. Et elle avait raison : il n'avait pas le choix. Il lui était impossible de garder Narfi avec lui en permanence.

— Un jour, vous irez trop loin, Asida.

Celle-ci haussa les épaules.

— Pourquoi Lord Wulfgar voudrait-il un homme tel que Pybba comme beau-fils quand il pourrait vous avoir, vous ? Vous risquez de faire pire que Lady Elene. Et d'agacer Pybba.

Hafual fronça les sourcils.

— Juste. Cela fait trop longtemps que Pybba est une épine dans mon pied, mais…

— Précisément.

Ils étaient arrivés dans la salle principale. Asida s'installa devant le métier à tisser qu'elle entreposait là et se mit à l'œuvre. Bien qu'il existât un cabanon réservé au tissage, elle disait souvent préférer travailler dans cette pièce, d'où elle pouvait garder un œil ouvert sur tout, que dans un lieu clos à bavarder avec les autres femmes.

La salle s'emplit bientôt des claquements de la navette qui fixait les fils de chaîne à mesure qu'Asida créait du tissu. Mais, quel que serait l'endroit où Asida s'installerait pour tisser, Hafual savait qu'elle était réticente à l'idée de discuter avec lui.

— J'irai au festin à Baelle Heale avec mes hommes, mais vous resterez ici avec Narfi. Vous pourriez être tentée de dire quelque chose que vous et moi regretterions ensuite.

— Quelque chose comme quoi ?

— Comme évoquer un lien quelconque entre Lady Elene et moi.

Il s'éclaircit la gorge.

— Nous n'avons nul besoin d'un mariage, Asida.

Le métier à tisser émit plusieurs nouveaux claquements.

— C'est vous qui l'avez dit, pas moi.

— Cela n'arrivera pas.

— Laisserez-vous Lady Elene se faire utiliser comme contrepoids dans les plans de son père ou par cet horrible intendant et sa femme ?

— Non, répondit Hafual. J'espère la convaincre d'aller rejoindre l'une de ses sœurs. C'est la solution la plus simple. Je leur aurais, du reste, bien envoyé un mot mais elle m'a fait promettre de n'en rien faire. Une fois que le festin sera terminé, Lady Elene comprendra la sagesse qu'il y avait à tenir compte de mes conseils.

Asida immobilisa sa main. Puis elle baissa les paupières pour cacher ce qu'exprimaient ses yeux.

— Vous vous attendez à des problèmes…

— Je m'attends à ce que Pybba soit rien moins que mécontent de me voir, mais, s'il y a des provocations, elles viendront de lui. Une bagarre se prépare, Asida, mais elle aura lieu au moment que je choisirai, moi.

Sa sœur posa les mains sur le métier à tisser.

— Svala n'aurait pas été heureuse que vous ayez Pybba comme voisin. Elle avait planté ses racines dans ce sol.

Asida gardait les doigts immobiles.

— Svala n'aurait pas non plus aimé vous voir seul. Voilà, je l'ai dit. Elle aurait voulu que vous soyez heureux. Elle aurait voulu que Narfi ait une mère à lui et non une tante.

— Comment pourrais-je être seul lorsque j'ai mon devoir à remplir concernant ces terres, le roi et, bien sûr, ma famille ?

Il voulait qu'Asida comprenne. Il n'avait aucune idée de ce qu'aurait voulu Svala, en fait. Et Asida non plus, qui était arrivée après que l'on avait découvert le corps de Svala au pied de la falaise.

Il espérait aussi qu'Asida allait tolérer l'utilisation de contre-vérités. Le bonheur appartenait au passé. Aujourd'hui, la satisfaction était ce qu'il pouvait espérer de mieux. Et il ne pourrait en avoir que lorsqu'il se serait éloigné de ses souvenirs.

Asida fit de nouveau fonctionner la navette. Plus vite, cette fois, signe qu'elle était sur le point de le renvoyer.

— Et Lady Elene, qu'allez-vous faire à son propos ? Songez à l'avis que vous donnerait Svala si elle pouvait parler, si je pouvais la faire revenir de sa tombe tourmentée.

— Arrêtez de me pousser, Asida ! Arrêtez de parler de Svala et de ce qu'elle aurait voulu !

Hafual se saisit du métier à tisser, empêchant ainsi sa sœur de poursuivre.

Elle le regarda en retour.

— Je pourrais le faire, vous savez.

— C'est au-delà de vos pouvoirs mêmes, Asida !

Il lâcha la navette, provoquant un énorme bruit.

Un léger gémissement monta du petit lit de Narfi. Asida alla dans sa chambre rejoindre l'enfant et le souleva de sa place. Au son de la berceuse du Nord, le petit s'arrêta de pleurer, glissa le pouce dans sa bouche et regarda de nouveau Hafual avec les yeux de Svala. Hafual eut besoin de beaucoup de volonté pour ne pas flancher. Il avait échoué avec la mère de l'enfant quand celle-ci l'avait supplié de la suivre pendant l'éclair de lucidité ayant précédé l'instant où, cédant à sa pulsion, elle avait jeté Narfi en direction du feu. Il avait sauvé son enfant des flammes et c'est alors qu'il avait perdu Svala de vue, ne découvrant le corps brisé de sa femme que beaucoup plus tard, ce soir-là, au pied de la falaise. Et maintenant, c'était avec son enfant qu'il échouait. Il demeura parfaitement silencieux, les yeux rivés sur les joncs recouvrant le sol, jusqu'à ce que les sanglots de Narfi, qui avaient repris, s'arrêtent.

— Quelqu'un doit vous dire la vérité, Hafual, et je suis la seule qui puisse le faire, déclara Asida dans le silence qui s'était établi. Svala ne reposera pas en paix avant que vous puissiez parler avec elle en toute simplicité. Je vous le garantis. Vous ne pourrez pas avancer tant que vous n'aurez pas regardé votre passé en face.

Il expira longuement.

— Je protégerai Lady Elene du mieux que je pourrai. Nous sommes alliés contre la prise de pouvoir de Pybba, de manière temporaire. Rien de plus.

Des alliés à Baelle Heale… Elene avait laissé entendre à Hafual qu'elle en avait, mais la vérité était assez différente. Elle n'avait remarqué la rotation intervenue au sein des servantes du foyer depuis le retour d'Ecgbert que lorsqu'il avait été trop tard. Et Ecgbert avait toujours eu une raison plausible à avancer pour ce roulement important : une mère malade concernant l'aide-tisseuse, une personnalité inappropriée pour ce qui était de la cuisinière. Même une histoire d'amour et un mariage au sujet de l'aide du gardien des cochons. Les servantes, elles aussi, étaient devenues des personnes devant leur position à Ecgbert et non plus à elle ou à ses sœurs. Aujourd'hui, elle était quasiment certaine qu'aucune des domestiques s'affairant en cuisine ou travaillant dans le nouveau cabanon à tissage ne se trouvait déjà là avant le mariage d'Ansithe.

Elle aurait dû prêter plus d'attention à ces femmes, mais elle s'était absentée. D'abord pour le mariage de Cynehild puis pour aider Ansithe qui avait eu un nouveau bébé après la Grande Trahison. De plus, avant cela, elle pensait encore que Nerian finirait par l'épouser. Comme toujours, la tête dans les nuages et inconsciente du danger. À présent, tout ce qu'elle possédait comme alliance était le Viking à l'imposante carrure et aux yeux froids, avec la demi-promesse qu'il lui avait faite de l'aider de l'épée qu'il portait sur lui si elle parvenait à trouver le moyen de provoquer, contre son propre père, la colère de Lord Pybba.

— Lady Elene, attention à votre derrière, lança la femme de l'intendant tandis que l'aide du gardien des cochons entrait en titubant avec l'animal qui serait rôti dans la soirée.

— J'avais vu, répliqua-t-elle entre ses dents serrées.

La femme renifla.

— J'ai préféré m'en assurer pour vous apporter mon aide, my lady. Je pensais que vous vous employiez de nouveau à faire de la laine. Mais demeurer ainsi au milieu de la pièce sans vous activer…

— J'essayais de calculer le nombre de tonneaux de bière dont nous aurions besoin pour le festin de ce soir.

— Ecgbert l'a fait.

— Avec tout le respect que je lui dois, votre mari a tendance à se tromper. Ma sœur Cynehild y a d'ailleurs fait allusion lors de sa dernière visite.

Sur ces mots, Elene posa les mains sur le haut de ses reins tout en se cambrant légèrement en arrière pour tenter de soulager sa tension. Les différentes servantes la fixaient d'un regard méfiant et peu apitoyé tandis que l'épouse d'Ecgbert commençait à vanter les qualités de celui-ci, à le défendre et à expliquer pourquoi il était nécessaire de ne pas avoir trop de bière pour le festin.

— My lady, my lady, venez vite !

L'une des servantes, qui œuvrait d'habitude dans le cabanon réservé au tissage, venait de se précipiter dans la cuisine, provoquant, ce faisant, un regard dans sa direction de la part de la femme de l'intendant.

— Y a-t-il un souci ? Lord Pybba est-il installé ? s'enquit Elene en s'emballant sur la nature possible du problème.

La dernière chose qu'elle aurait voulue était que Lord Pybba ou n'importe lequel des hommes de celui-ci causent des problèmes aux servantes. Les femmes avaient d'ailleurs reçu des instructions très strictes sur la nécessité d'éviter les coins sombres et de crier à pleins poumons si elles subissaient des avances abusives, jusqu'à ce que du secours arrive.

— Votre père requiert votre présence, répondit la servante, et Lord Pybba vous a fait demander. En ce moment, il est dehors dans la cour réservée à l'entraînement.

— Mon père sait où je me trouve, et aussi que l'on a besoin de moi ici.

Elle n'avait pas du tout l'intention d'assister à un entraînement à l'épée entre deux hommes.

— De quoi qu'il s'agisse, cela peut attendre, ajouta-t-elle.

— S'il vous plaît, my lady, c'est important.

La servante fit une brève révérence et poursuivit en baissant la voix :

— C'est tout ce que je sais. Vous devez venir seule et sans attirer l'attention. S'il vous plaît, my lady. Après une altercation avec Lord Pybba, votre père a mal réagi dans la cour d'entraînement et il s'est retiré dans sa chambre. Il veut que personne ne le sache.

Ainsi, son père s'était battu contre Lord Pybba ? Alors le plan qu'elle avait élaboré risquait de fonctionner mieux qu'elle l'avait annoncé. Et, au bout du compte, elle pourrait ne pas avoir besoin du grand Viking.

Elene s'efforça de garder le visage impassible. Après avoir fait signe à la cuisinière de continuer à remuer la sauce, elle quitta la cuisine à la suite de la servante.

Elle trouva son père assis sur un tabouret dans la pièce qu'il occupait. Des filets de sueur coulaient sur son visage, lequel, devenu pourpre, était comme tacheté.

S'agenouillant, Elene prit les mains froides de son père entre les siennes. Son esprit bouillonnait tandis qu'elle essayait de se rappeler tout ce que le père Oswald lui avait conseillé de faire si son père se mettait à se comporter de manière curieuse.

— Père ! Qu'est-ce qui ne va pas ? Dois-je aller chercher le père Oswald ?

Wulfgar retira les mains de celles de sa fille.

— Ce vieil inquiet ? Pour qu'il me dise de garder le lit et de me reposer ?

— Si vous savez comment agir, alors pourquoi ne pas vous exécuter ?

— J'en ai trop fait aujourd'hui.

Son père essuya la sueur de son front avant d'ajouter :

— J'ai voulu montrer à Pybba que j'avais encore ce qu'il fallait pour commander une bande de guerriers, que je pouvais être performant et que je n'avais pas davantage besoin maintenant ni de mes beaux-fils ni de leurs guerriers pour maîtriser ce territoire.

Il serra les poings :

— Pourquoi a-t-il fallu que tes sœurs épousent des membres de la Grande Horde païenne plutôt que des hommes ayant prêté serment à notre roi ? Ce sont elles qui ont causé ce problème. Pourquoi quiconque douterait de ma disponibilité à lever mon épée pour défendre ce pays ?

— Avez-vous défait Pybba ? interrogea Elene, refusant de paniquer.

Celui-ci avait-il apporté la nouvelle d'un nouveau décret

royal, quelque chose ayant un rapport avec la loyauté envers la couronne ?

Les beaux-frères d'Elene ne possédaient pas de terres en Mercie mais chacun commandait de vastes bandes de guerriers de taille importante, maintenant installées aux Cinq Bourgs, eux-mêmes cédés à la Grande Horde païenne.

— Avez-vous pu montrer à Pybba que de telles rumeurs à propos de votre force étaient infondées ? insista Elene.

— Il a mis fin à notre combat en insistant sur le fait qu'il n'avait nullement émis le souhait de surpasser son aimable hôte.

La mâchoire inférieure de son père se crispa.

— Mais je savais… que je l'avais cassé et qu'il n'aurait pas résisté plus de quelques minutes. Il n'a pas le jeu de jambes qu'il faut. On n'arrive pas à l'âge que j'ai sans avoir appris une chose ou deux sur les guerriers.

— L'admirez-vous maintenant comme vous l'admiriez au printemps dernier ?

— « Admirer » est le mauvais mot, ma fille. Disons que j'apprécie chez lui certaines qualités. D'après Ecgbert, les domaines que Pybba possède à Etone produisent beaucoup plus de laine que les nôtres.

— Il est vrai que le commerce de la laine progresse chaque année, mais les méthodes de Pybba ne sont pas nécessairement meilleures que les nôtres.

Elle s'éclaircit la gorge.

— Hafual est rentré. Peut-être pourriez-vous l'interroger sur une manière éventuelle de développer notre commerce ?

— C'est un homme bien, Hafual. Et il dit souvent des choses sensées. Je n'arrivais pas à comprendre à quoi Pybba faisait allusion lorsqu'il évoquait la manière dont on devait édifier un mur de protection. Alors je lui ai dit… que les Hwicce nous déborderaient en un rien de temps.

Elene étudia les traits du visage de son père tout en se réjouissant intérieurement. Pybba avait beau n'être arrivé que le matin même, cet arrogant était déjà parvenu à hérisser son père. S'il l'énervait de manière suffisante, des fiançailles imminentes ne seraient plus à craindre.

— Je suis sûre que Hafual sera d'accord avec vous. Dois-je le convier au festin ?

En guise de réponse, son père produisit un son très fort qu'Elene décida de considérer comme l'expression d'une approbation. Peut-être étaient-ils finalement arrivés à un stade où il lui suffisait de se montrer patiente et de laisser son père arriver tout seul à la bonne conclusion sur l'incapacité de Pybba à s'adapter.

— Je suis sûre que vous avez raison sur la crise que vous avez traversée avec Pybba.

Elle avait forcé la note joyeuse dans sa voix et se mit à se déplacer dans la pièce tout en redressant quelques coussins. Cela valait mieux que de laisser ses mains trembler.

— Lord Pybba devait être exténué pour avoir dit cela, poursuivit-elle. C'est vous qui lui avez montré la porte de sortie en lui concédant la fin du combat. Comme toujours, vous vous êtes comporté en hôte délicieux.

— Il n'a pas vu les choses de cette manière, Elene, car il n'a pas arrêté de faire allusion au mouvement trop lent de mon épée qui le gênait.

Il tira sur ses manches avec irritation.

— Pourquoi les gens continuent-ils à faire comme si j'avais atteint mes vieux jours ? Je dirige ces terres et les garderai sous ma coupe.

— Père, vous êtes le doyen de Baelle Heale. Je défie quiconque de dire le contraire et de rester en vie.

Elle fit une brève révérence.

— À présent, puisque vous avez choisi de passer outre à mon conseil d'appeler le père Oswald, je vais regagner la cuisine et surveiller la cuisson du cochon.

— Toujours aussi impatiente, Elene.

Une toux terrible le secoua.

— Je voulais te voir un petit peu. Ecgbert m'a dit plus tôt

que sa femme avait eu vent de rumeurs selon lesquelles tu souhaiterais entreprendre un voyage pour aller rendre visite à l'une de tes sœurs.

Un long frisson parcourut Elene. Elle se sentit au bord du précipice. Une seule erreur et elle tomberait en entraînant le domaine tout entier avec elle. Heureusement qu'elle n'avait rien fait d'irréfléchi comme de partir chez l'une de ses sœurs. Ecgbert et sa femme auraient aussitôt déformé les faits pour prétendre qu'elle était partie constituer une armée susceptible de vaincre Pybba.

— Pourquoi partirais-je ? Mes sœurs ne sont pas en danger et n'ont pas besoin de mon aide. Chacune d'elles est heureuse avec son mari et ses enfants.

Elle s'obligea à sourire.

— Mais je voulais vous dire… Ce soir… Enfin… Pendant le temps que durera le festin, il vaudrait peut-être mieux que je reste en cuisine pour bien m'assurer que rien ne brûle.

— Quel non-sens ! Depuis quand es-tu devenue timide, Elene ? Tu devras te trouver assise à ma droite. Et dans ta plus belle robe.

— Ma plus belle robe ?

Elle recula d'un pas.

— En ce qui concerne ce soir, j'avais plutôt songé à l'une de mes autres robes. La plus belle devrait être réservée à la cour. Je n'apprécierais guère que Pybba fasse des remarques sarcastiques quand nous le rencontrerons là-bas, justement, au moment de Yule.

Son père frappa du poing sur la table.

— Veux-tu me faire honte ?

Elene secoua aussitôt la tête. À cause de l'état d'esprit dans lequel il se trouvait, son père avait envie de se battre. Avec qui ? Cela lui importait peu. Ce qu'il cherchait était une excuse pour se laisser aller.

Au contraire de sa seconde sœur aînée, qui se délectait de ce penchant de leur père à s'emporter, Elene n'avait jamais cherché à l'aviver. Elle préférait de loin vivre tranquille. Aussi demeura-t-elle stoïque et s'en tint-elle à une attitude extrêmement attentive, priant pour ne pas être amenée à faire quelque chose d'irréfléchi.

— Non, père. Je cherche à ce que vous arrêtiez de vous rendre malade. Sinon, je devrai m'adresser au père Oswald.

Wulfgar lui lança un regard plus que furieux mais continua néanmoins un ton plus bas :

— Fais ce que je demande. Pour la famille, Elene. Montre à Pybba que nous n'avons pas adopté les manières du Nord. À la cour, des rumeurs commencent à s'élever contre moi. Quelle erreur de la part de tes sœurs de m'avoir désobéi et de s'être mariées avec des Vikings.

Elene concentra son attention sur un nœud dans le bois de la table. Rappeler la vérité à son père… Elle en rêvait. Lui remémorer qu'il avait soutenu ces mariages à l'époque où ceux-ci servaient son ambition.

— Parlez-en avec Hafual. Il ne peut qu'être au fait de ces rumeurs.

— Tu parles sans arrêt de ce Hafual, subitement. Y a-t-il une raison ?

Elle battit des cils.

— Il est notre voisin le plus proche.

Son père pinça les lèvres avant de manipuler le coffret renforcé d'une ligature en fer posé près de lui. Elene lui trouva alors les doigts beaucoup plus déformés par l'arthrite qu'elle ne l'avait pensé.

— Voulez-vous que je vous aide ? La serrure risque d'être délicate à manier, surtout si vos mains sont demeurées un peu raides après votre passage dans la cour d'entraînement.

— Tu vas me traiter d'infirme à présent !

Le haut du coffret s'ouvrit. Ce qui restait des bijoux de la mère d'Elene se déversa sur la table. Elene retint une broche incrustée de joyaux avant qu'elle roule à terre.

— Père !

Il hocha la tête et s'affaira à rassembler les bijoux épars.

— Je n'avais pas l'intention de crier, dit-il à voix plus basse en s'emparant de la broche qu'elle avait rattrapée et posée dans sa paume ouverte. Mes mains souffrent de tenir l'épée, et personne ne m'aide.

— Quand j'essaie de le faire, vous dites que vous voulez vous débrouiller tout seul. Et vous m'accusez de vous contrarier. Regardez en vous, père.

Il libéra un long soupir.

— Je ne vais pas pouvoir m'occuper encore de ces terres seul pendant longtemps, ma fille. Avec elles, mon lignage pourrait s'étendre jusqu'aux brumes du temps, et je refuse d'être celui qui les perdrait toutes maintenant.

— Cela n'arrivera pas. Vous avez deux gendres puissants. Qui voudrait se battre contre eux ?

— Vos sœurs vivent dans un autre royaume qui pourrait ne pas avoir les intérêts de la Mercie comme point de mire.

Son père se mit à jouer avec la broche.

— Égoïste… Tu es tout ce que j'ai et tu ne peux même pas retenir un homme. Nerian n'était qu'un pauvre pari, ma fille. Un mauvais pari, mais on ne pouvait rien te dire, n'est-ce pas ? Et tu as gâché les années où tu as été la plus belle. Ecgbert en parlait justement ce matin.

Elene remit avec soin dans la boîte quelques bijoux encore éparpillés tout en maudissant en silence Ecgbert et l'épouse de ce dernier. Ils avaient versé le poison dans l'oreille de son père sans qu'elle s'en rende compte.

Optant pour un sourire radieux et quelques battements de cils, elle demanda :

— Pourquoi devais-je voir les bijoux de ma mère ? Ni Cynehild ni Ansithe ne sont là. Or, vous leur avez promis de garder ces bijoux en sécurité jusqu'à ce qu'ils puissent être répartis de manière égale.

— Je veux que tu portes celui-ci.

Son père saisit alors le collier en or incrusté de grenats :

— C'est celui que ta mère portait le soir de ses fiançailles.

Il ferma les paupières.

— J'aurais juré qu'elle était faite de poussières d'étoiles. Dans la famille, une légende raconte que, grâce à ce collier, l'homme à qui tu es destinée s'éprendra follement de toi, le soir de tes fiançailles.

Elene regarda le bijou qui s'enroulait comme un serpent venimeux.

— Qui va se fiancer, père ? Pourquoi dois-je porter cela, moi qui ai si peu l'intention de me marier bientôt ?

— Toujours à poser des questions, Elene.

Elle rapprocha ses mains l'une de l'autre et les maintint fermement sur ses genoux.

— Le festin de ce soir a été organisé en l'honneur de l'un de vos invités. Rien de plus. Je connais à peine Lord Pybba. À Noël, je prévois de me rendre à la cour. Il y aura là un nombre important d'hommes appropriés parmi lesquels je pourrai choisir.

— L'homme que tu avais choisi s'est marié avec une autre.

Son père haussa les épaules.

— Tu dois en trouver un autre, un Mercien, un homme fidèle au roi pour prouver à celui-ci que nous sommes également ses sujets loyaux.

— Cynehild a un fils.

— Beaucoup trop jeune. Il faut un guerrier. D'après Ecgbert, nous sommes sur le fil du rasoir. Nous pourrions plonger dans une nouvelle guerre. Les hommes du Nord, ces Vikings, ne sont jamais satisfaits.

— Vous devez parler avec Hafual, ce soir. Il vous dira la vérité. Vous savez à quel point Ecgbert peut déformer les rumeurs.

— Hafual est un homme qui ne se remariera pas, remarqua son père en rapprochant le collier d'Elene. As-tu autre chose à me faire connaître ? Quelque prétendue vocation ? Quelque autre raison pour laquelle tu n'accomplirais pas ton devoir et ne te marierais pas ?

Elene garda les bras bien croisés.

— Je ne prétendrai pas une chose qui n'est pas vraie.

— Fille intelligente. Ma sœur a passé de longues et tristes années, enfermée dans un couvent, jusqu'à sa mort.

Son père lui souleva le menton pour qu'elle le regarde droit dans les yeux.

— Donne une chance à cet homme au lieu de le repousser d'office. Pour moi ?

D'un air accablé, Elene passa le collier à son cou et le ferma. Il eut pour elle le poids d'une chaîne plus que celui d'une jolie parure.

— Mes sœurs…, commença-t-elle.

— Lors de leur premier mariage, tes deux sœurs avaient eu confiance en mon jugement.

Elene tapota sur la table du bout des doigts. Si le premier mariage de sa sœur aînée s'était finalement révélé pour celle-ci source d'un grand bonheur, elle savait aussi que son autre sœur avait été profondément malheureuse.

— Et si je le repousse ?

— Je te déshérite et fais de Pybba mon héritier. Il me faut un guerrier capable de s'occuper de ces terres, Elene, pas un feu follet du Wessex ou, pire, un guerrier du Nord qui ne comprendra ni la signification de ce sol ni ce que veut dire être Mercien.

— Est-ce que Lord Pybba est au courant ?

— Il a juré d'égorger tous ceux qui portent la broche du roi défunt. Il les considère comme des lâches qui se sont montrés incapables de garder la Mercie occidentale.

— Vous pensez à mes défunts beaux-frères en disant cela ?

— Ces deux échevins sont morts, enfant. Je dois garder les yeux dirigés vers l'avenir. Il est possible que je ne vive plus encore très longtemps, tu sais. Voilà pourquoi je voudrais savoir les choses bien établies.

Elene fixa son père. Il avait les lèvres presque exsangues et les yeux enfoncés dans les orbites. À un certain moment, et sans qu'elle le remarque, il avait glissé vers la vieillesse et, avec l'âge, la cruauté s'était immiscée en lui. Aurait-elle écouté Hafual qu'elle serait peut-être réfugiée dans la maison d'Ansithe ou à mi-chemin de chez Cynehild. Ici, en revanche, c'est Pybba qui détiendrait le pouvoir.

— Vous n'oseriez pas faire cela.

Les lèvres de son père s'étirèrent en un sourire sans joie.

— Tu n'as aucune idée de ce que j'oserais faire ou non. Montre-moi que tu es une fille dévouée. Et puis, sait-on jamais ? La légende familiale pourrait se révéler exacte. C'est en tout cas ce qui est advenu pour ta mère et moi.

Elene embrassa la joue flétrie de son père. Il avait la peau semblable au vieux vélin sur lequel le prédécesseur du père Oswald avait griffonné des remèdes contre les engelures.

— Ma mère me manque, père. Je porterai le collier en son honneur. Et pour nulle autre raison.

— Pas d'histoires, pas de jeux, pas de bras de fer et pas de chants bruyants, rappela Hafual à sa bande de guerriers triés sur le volet quand ils entrèrent en colonne par deux dans la salle de banquet de Wulfgar. Rien qui fournisse à Pybba une excuse pour nous attaquer.

— Mais vous savez comment il est..., gémit l'un d'eux. La façon dont ils nous ont tentés, l'été dernier... Lord Hafual, il est quasiment impossible de tenir sa langue et de conserver en même temps le respect de soi.

— Nous sommes ici pour assister Lady Elene si elle en manifeste le besoin. Rien de plus. Vous vous êtes engagés auprès de moi, et moi auprès du roi de Mercie, et j'assurerai le maintien de la paix.

Les hommes grognèrent avec bonhomie et Hafual sut qu'ils allaient lui obéir. Ils représentaient sa dernière ligne de défense si Pybba tentait de forcer Lady Elene à une alliance non souhaitée. Dans ce cas, il la conduirait chez Cynehild ou chez Ansithe même s'il fallait, pour cela, porter sur son épaule une Lady Elene criant et distribuant force coups de pied.

Mais il n'adopterait pas la suggestion d'Asida consistant à demander Lady Elene en mariage. De temps à autre, Asida devait reconnaître que sa lecture des runes avait été incorrecte.

Oui, épouser Lady Elene serait une erreur. Malgré cela, dans le fond de son esprit, une petite voix, devenue plus insistante, n'arrêtait pas de lui demander ce qui n'allait pas avec cette idée. Et, comme il ignorait la réponse, Hafual se focalisa sur le choix de la meilleure place possible dans la grande salle pour s'assurer de pouvoir tenir sa promesse.

Parmi les tables les plus basses, il repéra l'endroit qui lui offrirait la vue la plus dégagée sur la table d'honneur, celle où Wulfgar, Pybba et Lady Elene devaient prendre place. Il fit signe à ses hommes de le suivre.

— Vous êtes venu.

Portant quelques cornes de bière, Lady Elene venait de se matérialiser à son côté.

On lui avait fait deux longues tresses qui lui ceignaient le haut de la tête telle une couronne. Elle arborait une robe d'un bleu profond qui mettait en valeur deux grands yeux de la même couleur, et la ceinture dorée qui lui enserrait la taille en soulignait la finesse cependant que sa poitrine se révélait généreuse.

Hafual s'obligea à baisser les yeux, à les détacher des seins aux formes arrondies et à ignorer le parfum de romarin et de lavande qui semblait entourer la jeune femme. Les taquineries qu'Asida lui avait prodiguées un peu plus tôt, affirmant que la meilleure solution au casse-tête que représentait Pybba était que Hafual se fiance à Lady Elene, faisaient leur petit chemin dans son cerveau, l'amenant à remarquer un certain nombre de choses qu'il valait mieux laisser passer inaperçues.

— Je tiens parole. Toujours.

Les dents très blanches de Lady Elene vinrent mordiller des lèvres bien ourlées et les faire rougir tels les grenats qu'elle portait autour du cou. Des lèvres devenues d'un de ces rouges qui donnent envie de venir les goûter. Hafual s'éclaircit la gorge et redressa le dos. Il savait depuis toujours que Lady Elene était la beauté de la famille.

— Mon offre demeure, my lady, dit-il d'une voix toujours basse : un seul mot de vous et je vous emmène loin d'ici. Et vos sœurs vous accueilleront les bras ouverts.

Les longs cils noirs s'abaissèrent.

— Êtes-vous en train de me demander de me conduire comme une lâche ?

— Comment le pourrais-je quand nous connaissons tous les deux votre courage ?

Elle fit une petite révérence moqueuse.

— Je pense que vous essayez de me flatter, sir.

— Est-ce mal de ma part ?

— Partir serait une lourde erreur, répondit Lady Elene en baissant encore la voix jusqu'à ce que celle-ci devienne un doux ronronnement. Mes sœurs ne pardonneraient jamais ma défaillance si mon départ signifiait que Baelle Heale échappe à la famille simplement parce que j'aurais égoïstement refusé de me marier.

— Votre discussion avec votre père n'a pas réussi à vous mener là où vous l'aviez prévu. Je vous avais bien avertie, my lady, qu'il ne serait pas si simple de le mettre en colère.

Cédant à la tentation, il lui toucha le coude et ajouta :

— Les choses avancent bien, cela dit.

— Et ce n'est que le début.

Plutôt que de s'éloigner, Elene regarda vers la table d'honneur où Lord Wulfgar était assis et parlait en faisant valoir son opinion sur un sujet quelconque.

— Des rumeurs à la cour interrogent la loyauté de mon père envers le roi, déclara-t-elle, et d'aucuns laissent entendre que l'une des façons de les dissiper serait que sa plus jeune fille épouse un guerrier mercien.

— Je vais l'assurer de mon respect et lui garantir que de telles rumeurs n'existent pas. La dernière fois que j'ai vu le roi Ceolwulf, il disait le plus grand bien de votre père.

— Oui, cela pourrait l'aider. Merci, Lord Hafual.

Comme elle lui adressait une profonde révérence, Hafual aperçut les deux seins ronds, avec les grenats du collier blottis au milieu. Cette femme était désirable, et la prise de conscience de cette séduction déferla sur lui comme une vague. Elene n'avait jamais représenté pour lui plus qu'une relation. Au début de son histoire avec Svala, il avait estimé que la loyauté qu'il devait à celle-ci lui interdisait de porter son attention sur une autre femme. Puis il y avait eu le respect excessif qu'il avait porté à Nerian. Jusqu'à ce que, au bout du compte, l'habitude de ne pas s'intéresser aux femmes s'impose d'elle-même. Mais, à présent qu'il avait remarqué Elene, il savait que son propre corps continuerait à se montrer sensible au charme qu'elle dégageait.

— Je suis certain que ce sera le cas, acquiesça-t-il.

Et, sans attendre la réaction de Lady Elene, il se dirigea vers la table d'honneur.

— My lady ? Vous vous distrayez avec un Viking dans cette salle ? Après ce que le roi a dit…

Le geignement un peu nasillard, caractéristique de la voix de Pybba, le fit s'arrêter. Il adressa à ses hommes le signe de demeurer parfaitement calmes.

— Lord Hafual est notre voisin et sert bien notre roi, répondit Lady Elene en se dirigeant vers ses dames avec des cornes de bière destinées à la bande hétéroclite des parasites de Pybba.

— Cet été, Pybba et moi avons servi le roi, déclara pour sa part Hafual sur un ton doux tout en mettant Pybba au défi de le contredire.

Celui-ci empoigna une corne de bière, la lèvre supérieure retroussée :

— Je n'avais pas compris que vous étiez l'ami de Wulfgar aussi bien que son voisin.

— Des relations amicales entre voisins rendent l'environnement plus paisible.

Pybba émit un son qui ne l'engageait pas, tout en tentant de passer un bras autour de la taille de Lady Elene, geste qu'elle esquiva avec adresse en se détournant pour aller remplir d'autres cornes de bière. Sans marquer d'arrêt, Pybba saisit alors par la taille une servante qui passait, avant de tapoter les fesses d'une autre. Comme les deux femmes poussaient un cri de surprise, la main de Hafual s'abaissa vers son épée.

Lady Elene s'éclaircit la gorge avant de diriger les servantes vers un autre endroit.

— Lord Pybba, j'attends que vous vous souveniez que vous êtes un *invité* dans cette maison.

Le sourire que fit Pybba n'exprimait aucun remords.

— Quand je vois passer des délices comme cela…

— Les invités ne doivent pas abuser de l'hospitalité qui leur est faite.

Les mots avaient jailli de la gorge de Hafual avant qu'il ait eu le temps de les contrôler.

— Dois-je recevoir un sermon de votre part chaque fois que nous nous rencontrons ? grommela Pybba.

— Est-ce ma faute si vous continuez à commettre des erreurs basiques comme vous l'avez fait cet été ? Non, l'eau ne coule pas vers le haut, et il est rare que les Hwicce se cachent dans les meules de foin.

Le visage de Pybba prit une sorte de couleur tirant sur le violet tacheté.

— Il n'existait aucune preuve que quoi que ce soit de tout cela fût ma faute. Si nous n'étions pas invités dans cette maison, je vous défierais au combat pour cette insulte.

— Dommage, dit Hafual en haussant les épaules, mais vous savez où me trouver.

— Un de ces jours, peut-être le ferai-je.

— Je voudrais que règne l'harmonie dans cette salle, déclara Elene en se plaçant entre eux. C'est le moyen le plus simple de nous permettre d'écouter le scalde qui a promis de raconter un conte fort passionnant.

Pybba fit un salut élaboré.

— Je vous présente toutes mes excuses, my lady. Votre hospitalité est légendaire.

— Excuse entendue, repartit Lady Elene.

— De même, vous présenté-je les miennes, s'exclama Hafual. J'ai vraiment hâte d'entendre le conte de votre scalde. Les divertissements sont toujours d'un tel niveau à la table de votre père !

Pybba rougit et marmonna quelque chose à propos des Vikings qui auraient bien besoin d'apprendre où se trouvait leur place. Puis il se dirigea vers la table d'honneur en bousculant au passage Hafual d'un coup d'épaule. Ce dernier s'obligea à ne pas serrer le poing et à conserver un visage souriant. Suivant sa directive muette, ses hommes ne répondirent pas à la provocation.

— Merci, Hafual, d'être ici, murmura Lady Elene en passant à côté de lui. Mais vous n'avez aucune raison de vous battre.

— Je suis là pour assurer votre protection.

Elene ouvrit les lèvres comme si elle voulait en dire plus, mais une meilleure idée lui était visiblement venue :

— Puissé-je ne rien avoir à craindre dans la maison de mon père.

— Et les fiançailles ? La peur que vous en aviez s'est-elle éloignée ?

— Je dois espérer que mon père tiendra la parole qu'il a donnée, même s'il ne l'a pas formulée clairement…

Elle pressa une main sur son cœur.

— Sinon…

Hafual se composa une expression, mais en émit le vœu secret que Pybba ne le prive pas de ce qu'il avait de plus précieux, à savoir ses fonctions auprès d'elle, et que ce guerrier ne blesse Lady Elene en aucune manière. Quel que fût le jeu auquel ce dernier s'adonnait, il allait perdre, et perdre beaucoup. Car Hafual savait qu'il ne laisserait pas son ennemi devenir son voisin puis le chasser de ses terres. Il n'en viendrait pas non plus, comme son père, à passer le reste de son existence en lamentations sur ses chances perdues de neutraliser un ennemi avant que celui-ci soit devenu trop fort. Dès que l'occasion se présenterait, il frapperait.

Attrapant la main de Lady Elene, il la porta à ses lèvres. Elle avait la paume qui sentait le miel. Reculant en hâte, il reprit le contrôle de son corps. Quoi que pût devenir Lady Elene, elle lui serait toujours interdite.

Il connaissait son propre passé. Elle non.

— Les alliés gardent la foi, my lady…

Chapitre 4

— Tu n'as fait que picorer, ma fille !

Le père d'Elene fit un geste extravagant de la main avec sa corne d'hydromel et en renversa au passage sur la table en bois.

Elene tressaillit. Ce soir-là, la consommation de vin de son père dépassait largement celle dont il était coutumier lors de la plupart des festins, comme s'il était entré en compétition silencieuse contre Pybba, s'alignant sur chaque plaisanterie et chaque galéjade de celui-ci d'une voix toujours plus forte.

— Vas-tu dire quelque chose, ma fille, ou rester assise là, avec ton petit sourire supérieur aux lèvres ?

— Comme le faisait ma mère, père ?

— Peut-être.

Il éclata d'un rire chaleureux.

— En effet. Tu me rappelles de plus en plus ta mère. Une forte tête et pas facile à apprivoiser.

— Mais vous l'aimiez.

— Oui, ma fille. Ça, je l'aimais. À présent, mange, bois et sois joyeuse. Sinon, notre invité va te prendre pour une boudeuse.

Elene opta pour un sourire rapide plutôt que d'avouer la vérité. Malgré la présence de Hafual qui s'était engagé à la protéger et quoi que cela signifiât, elle s'inquiétait en effet de se retrouver, avant la fin de la nuit, mariée avec la mauvaise personne.

Un peu plus tôt, elle avait eu la vision de Hafual en train de la balancer sur sa large épaule pour la porter à l'extérieur de la maison, avant de s'éloigner à cheval, caracolant sur sa monture comme si toutes les Furies de l'enfer étaient à leurs trousses. Garder Baelle Heale devenait pour elle un rêve inaccessible car, poussé par le dépit, son père donnerait le domaine soit à Pybba soit même à Ecgbert, ce qui était peut-être le plan que ce dernier avait toujours eu en tête.

Elene se frotta le bout du nez pour tenter de mieux se concentrer sur son tranchoir. Ses inquiétudes n'avaient aucun sens. Son père allait lui donner un peu de temps pour qu'elle puisse arrêter sa décision. De son côté, elle serait capable de formuler les excuses appropriées. Jamais encore son cerveau ne l'avait trahie.

— Êtes-vous en train de vous sentir mal, Lady Elene ?

L'épouse d'Ecgbert lui avait posé la question avec un sourire trop empli de sollicitude.

— Vous avez à peine touché à votre nourriture, poursuivit la femme. Votre père répète souvent que vous êtes une bonne mangeuse. Encore qu'on ne puisse le déduire à l'épaisseur de votre taille.

Le rire de cette femme la hérissa. La femme de l'intendant était ainsi, avec ses faux compliments et ses piques. Sans doute se croyait-elle très maligne mais, parce qu'Elene avait enduré les moqueries de sa famille en grandissant, de telles attitudes avaient maintenant sur elle un pénible effet de contrecoup. Elle choisit son habituelle stratégie, celle de l'insouciance, en prétendant ne pas avoir saisi la pique contenue dans la remarque de l'épouse de l'intendant.

— Je suis trop préoccupée par les divertissements à organiser à l'issue du festin.

Elle transperça un morceau de viande avec son couteau de table personnel.

— Cynehild se sent tenue de demander à tout le monde ce que j'ai fait de mal lors d'un événement de ce genre et d'en discuter avec moi la prochaine fois que je la vois, ajouta-t-elle.

Elle est très pointilleuse, ma sœur. Toujours à vouloir contrôler les choses, même lorsqu'elle se trouve au loin.

La femme échangea un regard significatif avec son mari.

— Avez-vous l'intention de voir votre sœur bientôt ?

— Mes deux sœurs sont toujours les bienvenues dans cette maison.

Avec un signe de tête à son père, Elene ajouta :

— Mon père aimerait qu'elles me rendent visite plus souvent qu'elles ne le font. Il en parlait d'ailleurs un peu plus tôt. Pour lui, l'avis de mes beaux-frères sur la façon d'élever les moutons a beaucoup de valeur. La production de laine de mouton a augmenté de manière considérable ces dernières années, et nous sommes à la recherche de nouveaux marchés.

Son père poussa un petit grognement ne signifiant pas grand-chose et vida le contenu de son gobelet avant d'adresser un signe à l'une des servantes pour qu'elle le lui remplisse de nouveau d'hydromel.

Profitant de la diversion, Pybba mit la main sous la table et frotta la cuisse d'Elene.

Elle lui donna immédiatement un coup de son couteau. Celui-ci l'atteignit si bien que Pybba laissa échapper un cri et se frotta la main. Pour sa part, ce fut un sourire qu'Elene lui renvoya avant de se concentrer sur son tranchoir et de se découper un morceau de viande dans le plus grand calme.

— Vous devriez avertir votre fille qu'elle doit se détendre, dit Lord Pybba en renversant sur la table un peu du meilleur hydromel du père d'Elene. Elle se conduit comme un lièvre apeuré. Tout nerveux. Tout bondissant, ce petit lièvre. Sur les nerfs.

Le rire grossier de Pybba retentit et ses hommes y joignirent le leur. Mais tout le reste de l'assistance observa, sans bouger, un silence de plomb. Elene resserra les doigts autour de son couteau, prête à frapper au cas où les mains de Pybba reviendraient s'attarder sur elle. Et cette fois, ce serait du sang qui jaillirait. Du sang qui ne serait pas le sien.

Son père fronça les sourcils.

— Ma fille est en règle générale très équilibrée. Le père Oswald ne voudrait avoir, à son côté, personne d'autre qu'elle quand l'un de mes hommes se fait blesser. Elle lui a même apporté son aide pour une trépanation. L'un des gars du fermier était tombé de l'échelle et s'était fracassé le crâne. Il se porte comme un charme maintenant. Et c'est grâce à ma fille.

— Les ménestrels commencent à arriver, annonça alors Elene d'une voix claire, avant que Lord Pybba se mette à déverser d'aigres commentaires sur le fait que les ladies n'étaient pas censées faire des choses pareilles. Il serait malvenu de les retarder, père. Passons à la partie la plus agréable de la soirée : les chansons et les contes ! Peut-être que l'un des hommes de Lord Hafual nous récitera le poème *Beowulf.* Je crois me rappeler que l'un d'eux fait la mère de Grendel à merveille.

De l'endroit où il se trouvait, assis près de la porte, Hafual hocha la tête.

Presque en même temps, Elene vit son père agiter le bras pour réclamer encore de l'hydromel.

— Parfait, lança celui-ci. Musique ! Ensuite, ce sera au tour de *Beowulf* avec la mère de Grendel.

Elene fit signe au scalde de commencer et, en elle, quelque chose se détendit. Deux chansons plus une strophe ou deux de *Beowulf*, et elle pourrait s'en aller sans être fiancée. Pybba, avec cette façon qu'il avait de couper la parole à son père et d'argumenter sans arrêt, avait rendu les choses plus faciles qu'elle ne l'avait tout d'abord considéré. Tout ce qui lui restait à faire était attendre. Car son père finirait forcément par se battre avec Pybba.

Patience, donc, se dit-elle avec soulagement. Ensuite, elle pourrait remercier Hafual avec gentillesse pour l'offre qu'il lui avait faite de la mener jusqu'à ses sœurs, mais lui dire aussi que ce n'était pas nécessaire.

— Assez avec cette musique, Wulfgar ! En plus, je hais *Beowulf.* Venons-en à l'affaire qui nous intéresse.

Pybba venait d'abattre son poing sur la table. La première chanson était terminée.

— C'est d'une autre manière que nous devons célébrer notre rencontre, Wulfgar, continua-t-il. Dans l'amitié réciproque et le respect mutuel, ainsi que nous en avons parlé plus tôt.

Le père d'Elene tapota la table avec son gobelet. Aussitôt, la salle tout entière, jusqu'à la lyre du ménestrel, fut plongée dans le silence.

Wulfgar se leva, un peu instable sur ses jambes :

— Nous sommes rassemblés ici ce soir parce que j'ai une annonce importante à vous faire.

Elene joua un moment avec la tentation de se dresser d'un bond et de se précipiter vers la porte de sortie. Mais cela ne ferait qu'empirer les choses. Elle était bien consciente que, comme un faucon, Hafual la regardait, attendant qu'elle lui signale qu'elle voulait qu'il se porte à son secours.

Elle avala une nouvelle gorgée de vin aigre tout en retenant l'idée d'en asperger les bajoues de Pybba.

— Allez-y, mon ami, lança celui-ci au père d'Elene.

— J'ai l'honneur de vous annoncer les fiançailles de ma plus jeune fille avec…

Elene s'immobilisa, sidérée. Jusqu'à ce que Wulfgar prononce ces mots, elle avait continué à douter qu'il mettrait tout de suite sa menace à exécution, prévoyant même qu'elle disposerait de plusieurs jours pour gagner la partie contre son père, et que ce soir serait le prélude du moment où elle aurait enfin le dernier mot.

Hafual se leva d'un bond. Dans la lumière vacillante du feu, les épaules du Viking semblaient plus larges que jamais. Elene secoua vite la tête. Le visage de Hafual se fit simplement encore plus sévère.

— Je fais appel à votre indulgence, Lord Wulfgar, déclara-t-il. Permettez-moi de vous parler avant que vous disiez quelque chose d'irréfléchi.

— Parler ? Pour quelle raison ce… ce Viking parlerait-il de quoi que ce soit ? Son impolitesse est ahurissante.

Le timbre nasillard de la voix de Pybba hérissa les nerfs d'Elene déjà à vif. Mais celui-ci poursuivait :

— Se présenter là où on ne veut pas de lui et se révéler incapable d'une parole polie pour se retirer… Que devient votre table pour que vous autorisiez les Vikings à y dîner comme s'ils étaient des êtres civilisés ?

— Je pense que nous devrions écouter Lord Hafual.

Elene venait de prendre la parole.

— Tout comme vous, Lord Pybba, Lord Hafual se trouve être ici un invité. Mais je doute qu'il ait bu autant d'hydromel et de bière que vous.

Ce disant, elle regarda attentivement les éclaboussures de boissons ainsi que les taches de graisse qui constellaient maintenant la tunique de Pybba.

Comment quiconque, ici, avait pu penser qu'elle pourrait accepter un homme pareil ? Et elle fit la prière silencieuse que Hafual ait trouvé une excellente raison pour que son père diffère sa décision.

— Accusez-vous Lord Pybba de quelque chose, my lady ? intervint alors l'intendant Ecgbert. Il n'a pourtant fait que mentionner des vérités que tous les Merciens connaissent. À moins qu'il soit devenu impossible de les exprimer à cette table…

— Lord Hafual a prêté allégeance à notre roi. À ce titre, il est donc maintenant mercien, riposta Elene en s'efforçant de rester calme.

À l'évidence, Ecgbert avait déjà oublié que le roi devait la vie à un Viking…

— Lord Hafual et Lord Pybba ont servi ensemble, cet été, poursuivit-elle. Il serait donc grand temps que vous cessiez de parler de lui comme d'un Viking et que vous commenciez à le qualifier de lord mercien.

— Ma fille a raison, acquiesça son père en tapant du poing

sur la table. Lord Hafual a prêté serment d'allégeance au roi Ceolwulf. Je vais vous écouter, Hafual. Nous sommes voisins et liés par notre amitié ainsi que par notre fidélité au roi. C'est donc la chose juste et bonne à faire.

Elene laissa échapper l'air qu'elle retenait dans ses poumons. Il restait à son père un semblant de raison.

Hafual avança alors d'un pas ferme, l'œil brillant d'une lueur déterminée.

— Merci de bien vouloir m'écouter et entendre ma requête, Lord Wulfgar. Espérons que le sujet sera vite éclairci afin que nous puissions tous continuer à profiter du festin. Il se trouve que je connais le poème *Beowulf* et l'aime tout particulièrement. Mais, une fois que j'aurai parlé, je compte que vous aurez saisi l'urgence de ma requête.

Elene desserra doucement les doigts du manche de son couteau de table, sans pouvoir décider si elle devait courir se placer au côté de Hafual ou aller se cacher sous la table pour, ensuite, essayer de s'enfuir. Mais, ni l'une ni l'autre des deux options ne lui paraissant particulièrement dignes, elle demeura assise à sa place en priant pour qu'advienne le miracle.

— Pourquoi *l'urgence* ? interrogea son père. En quoi le statut marital de ma fille vous concerne-t-il ?

Hafual tendit les deux mains.

— Lady Elene et moi sommes arrivés à une entente profonde et durable.

Le choc de cette annonce fit tomber un silence total dans toute la salle.

Le père d'Elene se laissa aller en arrière contre le dossier de sa chaise tandis que le sang quittait le visage de l'intendant Ecgbert. Ce fut ensuite l'épouse de celui-ci qui fit tomber sa cuillère. Le bruit ainsi produit acheva de rompre le charme.

— Vous et ma fille ? dit Wulfgar. De quelle *entente* parlez-vous ? Depuis combien de temps cette relation se poursuit-elle sous mon nez ?

Hafual observa une pause et regarda Elene sans détour.

Bien qu'il gardât le visage parfaitement impassible, elle eut l'impression qu'il pénétrait son âme du regard bleu profond qu'elle connaissait déjà. Elle déglutit avec difficulté. Hafual savait ce que Wulfgar avait prémédité, mais il tentait quand même de la sauver. Et, parce qu'il avait compris que fuir maintenant serait la pire chose à entreprendre, il l'engageait à mentir d'une manière qu'elle n'avait jamais utilisée auparavant. Il lui demandait de prétendre que, ensemble, ils avaient conclu des fiançailles secrètes.

Elle leva les yeux vers le plafond et battit plusieurs fois des cils pour reprendre le contrôle de ses émotions.

Des fiançailles secrètes qu'ils briseraient plus tard ? Cela pouvait fonctionner… ou se terminer de manière désastreuse. Elene eut soudain l'impression d'être un oiseau chancelant sur la branche, prêt à prendre son premier envol.

Lorsqu'elle eut repris le contrôle de son cœur qui battait la chamade, elle hocha la tête et tendit les bras vers Hafual dans une supplique muette qui l'appelait à l'aide. En même temps, elle comprenait qu'elle était en train de mettre son avenir entre les mains de ce guerrier. Il hocha la tête d'imperceptible manière avant de se tourner vers Lord Wulfgar et Lord Pybba :

— Nous nous sommes prêté serment… dans le bois vert, à mon retour après l'été durant lequel j'ai fait la guerre au nom du roi. Et je suis venu ici aujourd'hui pour vous parler précisément de ce sujet.

Il s'éclaircit la gorge et ajouta :

— Votre fille n'est pas en position de se fiancer auprès de quiconque d'autre que moi.

— Vous ?

Le père d'Elene s'assit avec un bruit sourd.

— Ma fille vous a donné sa promesse de vous épouser ?

— Mettez-vous ma parole en doute ? demanda Hafual.

Elene risqua un demi-soupir. Hafual venait de s'engager sur une corde très fine dans l'intention d'essayer de faire disparaître Pybba sans, pour autant, conclure de son côté par l'annonce de fiançailles.

Son père tira sur le bas de sa tunique.

— Je n'avais pas idée de ce qui était en train de se jouer. Quand vous êtes rentré… il y a quelques jours… Cela explique pas mal de choses survenues depuis. Jusqu'à présent, je trouvais simplement Elene évasive quant aux endroits où elle s'était rendue.

— Il essaie seulement de vous rouler dans la farine, Wulfgar ! s'écria Pybba. Il n'existe aucun contrat entre eux qui scellerait un mariage. Demandez-lui d'être plus précis. Avec les Vikings, il faut toujours s'assurer d'être en train de leur poser la bonne question.

— Vous est-il si difficile de croire que le choix de votre fille se soit arrêté sur moi, Wulfgar ? interrogea alors Hafual dont le visage, qui semblait être devenu de pierre, avait perdu toute chaleur. Lord Pybba voudrait peut-être se battre pour avoir ce privilège, mais je soupçonne que vous donnerez à votre fille la permission de suivre son propre penchant.

— Elle n'a pas vraiment idée de ce qui est bon pour elle, intervint Ecgbert.

Le père d'Elene posa les mains à plat sur la table et se dressa :

— Mes filles ont toujours su ce qui valait le mieux pour elles, Ecgbert. Vous-même faites d'ailleurs de fréquentes allusions à la force de leur volonté. Elles tiennent de leur mère.

— En effet, et ma défunte mère serait d'accord avec moi, observa Elene en pressant la main sur le collier de grenats. Ses filles doivent avoir leur mot à dire sur ce que sera leur mariage. C'est du reste pourquoi je porte son collier ce soir, parce que je savais que Hafual venait, mais… je ne voulais pas gâcher la surprise.

Hafual inclina la tête sur le côté et lui adressa un regard voilé auquel elle sourit en retour. Encore quelques encouragements de la sorte, songea-t-elle, et Pybba perdrait son sang-froid, après quoi il partirait en courant. Les machinations d'Ecgbert seraient alors révélées au grand jour et ce serait de manière calme et recueillie qu'ils pourraient travailler sur ce qu'il fallait faire. Quant à l'histoire du serment, elle était un simple moyen de gagner du temps.

— Je crois que vous avez juré que les souhaits de votre fille seraient respectés s'ils impliquaient qui que ce soit ayant participé à l'obtention de votre liberté, continua Hafual comme si Elene était demeurée silencieuse. Êtes-vous un briseur de serment, Wulfgar ?

— Ce serment concernait…

Elene entendit la voix de son père s'éteindre. Il oscilla un peu avant de recouvrer un équilibre parfait et de tenter de récupérer sa dignité.

— Je demeure fidèle à mes serments, déclara-t-il enfin.

— Bien. Votre fille sera contente de l'entendre. Elle nous est précieuse à tous les deux.

D'un air absorbé, Elene étudia le tranchoir et ce qu'il restait de viande autour, tout en essayant de retenir son envie de rire, et sans regarder son père. Hafual savait avec précision comment se jouer de celui-ci…

Ce fut alors que Pybba frappa si fort sur la table qu'il fit sauter assiettes et plats.

— Votre fille s'est trouvée seule avec ce… cet impie ?

— De quoi êtes-vous en train d'accuser ma ravissante et innocente fille ?

Le regard maintenant rivé sur la table, Elene ne regardait plus personne. Le ventre serré, elle commençait à espérer sérieusement qu'il existât une solution effective à son problème autre que celle de partir en courant, d'entrer dans les ordres ou de se couper de ses proches.

Oui, une quatrième option existait : celle consistant à laisser Hafual diriger les choses et à permettre que certaines hypothèses soient énoncées. Alors, les propres préjugés de Pybba feraient le reste : adieu à tous les enchevêtrements indésirables, bienvenue à la liberté et aux opportunités. Après avoir appris à se connaître comme il fallait, Hafual et elle pourraient décider qu'ils n'allaient pas bien ensemble, elle se rendrait à la cour et, là, elle trouverait quelqu'un qui lui conviendrait mieux.

Menteuse…, lui glissa alors une petite voix au fond de sa tête.

Jusqu'à ce soir-là, elle n'avait pas remarqué ou ne s'était pas autorisée à voir la largeur des épaules, la pomme d'Adam et la lumière qui scintillait sur les cheveux blond foncé de Hafual. Ni la manière dont il avait parfois les yeux qui brillaient. Sans parler de la façon dont il bougeait, solide et directe, qui lui avait échappé et qu'elle n'avait pu apprécier à sa juste valeur. Sans compter que Hafual était aussi homme à demeurer auprès de la femme qui se trouvait à son côté dans les moments difficiles.

Mais elle réduisit la petite voix au silence : Hafual avait également fait vœu de demeurer loyal à sa femme disparue.

— Lady Elene devrait parler et livrer sa version, déclara soudain Lord Pybba avec, sur le visage, un air suffisant. Je connais, d'amère expérience, le genre d'histoires que vous narrez, Hafual. Vous racontez une chose tout en voulant en dire une autre, le tout sans cesser d'arguer que vous n'êtes qu'un guerrier trop direct et non familiarisé avec notre langue.

— Toiles d'araignées et pièges, à présent, Pybba ? Tout ce que vous dites sonne comme si vous vous rapprochiez dangereusement du moment où vous allez me traiter de menteur…

— Je veux seulement faire en sorte que Lord Wulfgar soit bien conscient du genre d'homme que vous êtes.

— Ma fille ? interrogea Wulfgar. Confirmes-tu ce que Hafual vient de dire ?

Rassemblant toute la dignité dont elle était capable, Elene se leva et se dirigea vers le guerrier. Arrivée devant lui, elle se souleva sur la pointe des pieds et lui effleura à peine la joue d'un baiser. Comme il tournait légèrement la tête, leurs lèvres se frôlèrent l'espace du plus bref des battements de cœur.

Elle fit alors un petit pas en arrière pour que l'air s'infiltre entre eux. Son cœur cognait à présent dans sa poitrine comme si elle venait de grimper la colline en courant. Enfonçant les ongles dans la paume de ses mains, elle émit le souhait que son attirance pour Hafual disparaisse. Certes, elle devait faire en sorte de prouver leur prétendu engagement, mais, pour y parvenir, il fallait absolument qu'elle puisse s'entretenir avant, avec lui, en privé.

— Nous nous trouvions tous les deux dans les bois, commença-t-elle. Seuls.

Ses mots sortaient de sa bouche tel un murmure. Elle déglutit rudement et sentit la main chaude de Hafual au milieu de son dos. Sa propre voix monta alors, s'amplifiant jusqu'à ce que tous les murs qui les cernaient s'écroulent enfin en même temps.

— Nous avons prononcé des mots d'une nature très spécifique. Mais, entre votre arrivée soudaine et les préparatifs du festin, Lord Pybba, j'ai manqué l'occasion de discuter seule à seul avec mon père. Il vaut mieux aborder certains sujets en famille avant de les partager au sein d'un cercle plus élargi.

Hafual bougea la main de manière à lui encercler la taille et la rapprocha légèrement de lui. La senteur subtile des fleurs sauvages, celle de la fumée et quelque chose d'éminemment masculin la submergèrent. Elle était consciente de la façon dont le torse puissant de Hafual se soulevait puis retombait, comme une invitation à ce qu'elle y pose la tête.

Bouche bée, Pybba se leva et quitta la table dans une telle hâte qu'il faillit basculer en arrière.

— Vous avez passé un accord intime avec cet homme ? Un accord dont votre père ne sait rien ? Et que l'intendant de votre père ignorait ?

Ecgbert et son épouse échangèrent des regards paniqués. Ce fut à cela qu'Elene sut que l'intuition qui l'avait parcourue plus tôt ne l'avait pas trompée : tous deux cherchaient à les miner, elle et ses sœurs, pour leur profit personnel. Qu'est-ce qui sous-tendait ce comportement ? L'appât de terres ? De bijoux ? Ou s'agissait-il simplement d'un accord passé contre les Vikings ? Ecgbert s'était toujours montré intolérant vis-à-vis d'eux, quand bien même il employait un ton modéré à l'entour des maris des sœurs d'Elene. En l'occurrence, cependant, il sentait qu'il avait fait le mauvais calcul, et Elene soupçonnait qu'il ne mettrait pas longtemps à prétendre que c'était entièrement la faute de son épouse. Car la seule chose conséquente chez cet intendant était qu'il tentait systématiquement de commencer par sauver sa peau.

— Notre nouvel arrangement nous convient à tous les deux, déclara Elene en s'arrachant à l'appel du torse puissant de Hafual et en se tournant davantage vers son père. Nous sommes de si bons voisins.

— Elene a parfaitement saisi la situation, renchérit Hafual.

Les lèvres de Hafual frôlèrent la racine de ses longs cheveux blonds, faisant naître en elle l'émanation d'une profonde chaleur.

Elle leva les yeux vers ceux de Hafual et plongea dans deux lacs profonds. Quand étaient-ils devenus si bleus et si lumineux ?

— Contente que vous approuviez… mon cher.

De nouveau, il lui effleura les cheveux. Mais un peu plus longtemps, cette fois. L'impression de chaleur se reproduisit, rendant les genoux d'Elene faibles. Elle lui posa les mains sur le torse pour ne pas tomber.

— Pourquoi ? murmura-t-elle.

— Pour faire passer le message…, lui chuchota-t-il en réponse à l'oreille.

À cet instant, la salle se mit à résonner de vivats et de trépignements du pied des personnes voulant manifester leur approbation. Une vague de triomphe traversa Elene. Personne n'avait deviné que leur démonstration n'était pas authentique.

Se dégageant du bras que Hafual avait refermé sur elle, Elene tendit une main vers son père.

— Vous voyez de quoi il s'agit : d'une entente profonde. Ou bien Lord Pybba n'est-il pas d'accord ?

Celui-ci s'éloigna d'elle de manière ostentatoire et la considéra comme si elle était une motte de boue qu'il venait de retirer de sa botte.

— Ce que vous faites ne me regarde pas, mais votre père et tous les gens bien-pensants sont sûrement consternés.

Elene eut du mal à garder le visage impassible. Si elle laissait entrevoir le sentiment de triomphe qui l'habitait en cet instant, elle prendrait le risque de tout perdre.

— Père, dites quelque chose, le conjura-t-elle en mettant dans sa voix ce qu'elle espéra être la dose juste de plaidoyer et de supplication, comme si la comédie qu'elle venait de jouer n'en était pas une. Dites-moi que vous êtes fier de moi.

— Es-tu vraiment en train d'affirmer ce que je pense que tu dis, ma fille ? T'es-tu engagée auprès de ce lord mercien sans solliciter mon avis ?

— Y a-t-il quelque chose qui n'aille pas avec Lord Hafual, père ? interrogea-t-elle de sa plus petite voix.

Quoi qu'il se fût passé, elle devait coller le plus possible à la vérité et ne pas sombrer dans trop d'exagérations. Cette prudence permettait d'exprimer de petites contre-vérités avec plus de facilité. C'était ce qu'elle avait découvert lorsqu'elle était avec Nerian.

— Je pensais que vous l'admiriez, en particulier pour avoir renoncé à ses habitudes de païen et avoir juré allégeance à notre roi. Son maniement de l'épée se situe au-delà de toute comparaison. Et, alors que je ne me suis jamais considérée comme maternelle, son jeune fils me met le sourire aux lèvres lorsque je traverse des moments troublés.

Se dirigeant vers Wulfgar, Elene saisit les mains noueuses de son père.

— S'il vous plaît, père, ne me refusez pas cela.

Celui-ci resserra les doigts autour des siens. Avant de les lâcher.

— Toi et Hafual ? Arriver à votre propre arrangement concernant votre avenir ? Sans me consulter ? Pour leur part au moins, Cynehild et Ansithe ont attendu d'en être à leur second mariage pour ignorer mes désirs.

— Je tiens de ma mère.

Le visage de Wulfgar se plissa.

— Mon existence est devenue plus tranquille depuis la mort de ta mère.

— Le roi Ceolwulf m'a accepté comme vassal lorsqu'il m'a fait don de terres, intervint alors Hafual. Votre fille et moi… L'arrangement nous convient à tous les deux. J'ai découvert qu'elle était libre. Que son cœur n'était plus engagé auprès d'un autre. Je suis passé à l'action. Votre objection concernerait-elle l'endroit de ma naissance ?

Le père d'Elene pâlit de manière visible.

— Disons que c'est inattendu. Je ne veux d'ailleurs rien dire de spécial par là. Simplement, je n'avais jamais considéré cette éventualité.

L'expression de Pybba se faisait plus horrifiée chaque fois qu'il respirait.

— Et maintenant, Wulfgar, la considérez-vous ? Vous ne pouvez pas faire cela. Hafual est un Viking.

— Lord Wulfgar fait plus que réfléchir à ma proposition, répliqua Hafual sur un ton glacial. Il voit aussi l'intérêt d'avoir un beau-fils qui soit proche du roi.

— Ce sont des mensonges qui coulent de vos lèvres, déclara Pybba.

— Me jetez-vous un défi ? Alors, donnez-moi le moment et le lieu.

— Vous savez très bien que le roi Ceolwulf a écouté sa femme et que tous les duels au sein de son cercle sont prohibés jusqu'à ce qu'il annule cette ordonnance.

Hafual porta la main à son épée.

— Vous ne pourrez pas toujours vous cacher dans les jupes de la reine.

— Lord Hafual est un invité sous ce toit, au même titre que vous, Lord Pybba, intervint Elene en tapant fort du pied sur les joncs qui recouvraient le sol, avant de gagner quelques battements de cœur de silence.

Si les hommes rompaient leur serment, jamais le roi, elle

le savait, ne le pardonnerait à son père. Ouvrir les hostilités avec la famille de Pybba reviendrait à renvoyer Baelle Heale et la Mercie dans la spirale des dérèglements civils dont elle-même avait fait l'expérience pendant son enfance.

— C'est l'hospitalité qui importe, poursuivit-elle. Nous ne vivrons ni défis ni combats au cours de ce festin. C'est tous ensemble que nous avons rompu le pain.

— Oui, nous avons en effet fait cela, ma fille, approuva son père.

Et il parut comprendre le danger.

— Je vais avoir besoin de temps pour réfléchir, ajouta-t-il.

En silence, Elene souhaita alors que Pybba franchisse le dernier pas qui le ferait tomber de la falaise sur laquelle il vacillait, rendant ainsi son propre procès irrémédiable. Et cela, sans qu'elle ait besoin de rien accomplir de plus ni qu'il y ait une seule goutte de sang versé.

— Réfléchir à quoi ? demanda-t-elle.

— Honorez notre accord, Wulfgar ! tonna alors Pybba. Et forcez votre fille ou bien faites face aux conséquences.

— Dommage, mais ma lady a parlé, Pybba, dit Hafual du bout des lèvres. Nous ne forcerons personne aujourd'hui.

— M'avez-vous invité ici pour m'humilier ? questionna alors Pybba en plissant les yeux vers Lord Wulfgar. Ou s'agit-il de quelque chose d'encore plus sinistre ? Quelque chose de préparé entre vous et votre intendant ? Étais-je l'appât destiné à dissimuler le véritable enjeu qu'était le vôtre ? On dit de vous que vous êtes un courtisan problématique et que votre plus jeune fille est volage. Je comprends maintenant pourquoi, Wulfgar.

— Vous semblez exceller à humilier les autres sans avoir besoin de la moindre assistance, observa Hafual. À moins que ce ne soit l'hydromel qui parle ? J'accéderai aux souhaits de mon Elene. Pas de bataille ce soir, mais prononcez le mot, Pybba, et je vous rencontrerai avec joie au champ d'honneur. Indiquez le moment ainsi que le lieu et faites le choix des armes.

Pybba vira au rouge betterave et marmonna de nouveau quelques mots au sujet des ordres de la reine.

Elene s'émerveillait de voir la manière dont Hafual régnait dans la salle tout en se contentant de parler très simplement. Pybba craignait Hafual. En outre, celui-ci avait raison : Pybba se cachait à l'évidence dans les jupes de la reine. Et cela le rendait dangereux.

— Père, dit-elle à voix basse, il nous faut changer d'atmosphère et passer de la colère à la joie. J'ai fait comme vous l'avez demandé.

— Ma fille, tu es la voix de la raison.

Son père frappa dans ses mains.

— Davantage d'hydromel et davantage de chansons ! Nous devons nous réjouir pour ma plus jeune fille qui a finalement fait son choix.

— Le bon choix, ponctua Hafual.

— Wulfgar, allez-vous autoriser cet homme à m'insulter ? s'écria Pybba.

Et il leva les bras vers le plafond. Son double menton tremblait.

— Moi, qui suis un invité sous ce toit ? ajouta-t-il. Quelqu'un qui avait toutes les chances d'épouser votre fille ? Vous m'avez induit en erreur.

— Êtes-vous en train d'accuser mon père de tours sournois, Lord Pybba ? demanda Elene. S'agit-il d'un abus d'hospitalité de votre part ?

Le menton haut, elle tentait de garder une voix mesurée plutôt que de la laisser s'envoler comme cela lui arrivait quand elle était en colère.

— Père, personne ne m'a consultée sur une possibilité de fiançailles avec cet homme. Jamais. Or je ne l'aurais pas choisi même si je n'avais pas passé cet accord avec Hafual… Sa grossièreté à votre encontre a été inimaginable.

Elle avait hâte de rapporter ce coup de grâce final à ses sœurs. Quoi qu'il se passât avec Hafual et quelle que fût la façon dont les choses se termineraient entre eux, elle ne se marierait pas avec Pybba.

La main de son père tremblait.

— Penses-tu qu'il se montre grossier à mon égard ?

— J'ai bien entendu ce qu'il a dit, père, répondit-elle à voix basse. Et voyez comment il agit. Est-ce vraiment le genre d'homme dont vous avez besoin en tant que beau-fils et en tant que gardien de Baelle Heale ?

Pybba abattit sa main sur la table :

— Trois filles. Toutes mariées à de perfides Vikings. Vous ne méritez pas le titre de représentant du comté de Mercie.

— Vous insultez l'hospitalité de Baelle Heale et mon père ! s'écria Elene. C'est vous qui êtes indigne !

Aussitôt, s'éleva dans la salle un fort trépignement de pieds soutenu par un chœur de voix qui approuvait ce qu'elle venait de dire.

Avec un geste grossier, Pybba quitta alors la pièce, prestement suivi par ses hommes, et par Ecgbert auquel la tournure des événements donnait un visage couleur de cendres.

Elene, pour sa part, conserva une expression calme, tout en essayant d'ignorer le petit pic de panique qui venait de l'attaquer. Qu'est-ce qu'Ansithe et Cynehild avaient l'habitude de dire sur les projets qu'elle défendait, déjà ? Qu'elle finissait toujours par faire empirer les choses ?

Elle regarda l'expression distante de Hafual avec l'espoir qu'ils allaient tous deux se montrer capables de démêler les enchevêtrements de leurs prétendues fiançailles sans trop de difficulté.

Chapitre 5

Hafual attendit que Pybba et l'intendant aient quitté la salle pour libérer son souffle et prendre davantage conscience de sa douleur à l'épaule, désirant qu'elle disparaisse. Vaincre s'était révélé plus facile qu'il ne l'avait considéré en début de soirée, et son seul regret était que Pybba n'ait pas accepté le combat à mains nues qu'il lui avait proposé. Mais ce combat approchait, il l'appelait en silence, et c'était Hafual qui en fixerait les conditions.

Il jeta un coup d'œil au visage mutin d'Elene. Maintenant, il devait assumer les retombées de l'annonce qu'ils avaient tous deux faite, et prétendre comprendre ce qui suivrait. Laisser entendre qu'Elene et lui avaient passé un accord matrimonial n'était pas la même chose qu'épouser Lady Elene. Cependant, il se marierait avec elle si son sens de l'honneur et du devoir l'exigeait. Et cela, même s'il savait aussi qu'il n'était pas le genre d'homme à faire un bon mari pour une femme quelle qu'elle fût.

Il l'avait prouvé avec Svala. À l'époque, c'était lui qui l'avait forcée à venir en Mercie quand les tempêtes de fin d'automne avaient commencé, causant la mort de leur bébé au cours du voyage. C'était lui aussi qui avait décrété qu'ils devaient faire un nouvel essai, qui l'avait entreprise, la nuit même, puis l'avait regardée, impuissant, sombrer dans la léthargie après avoir appris qu'elle attendait un nouvel enfant. Ensuite, au lieu de demeurer près d'elle, il avait cherché du réconfort dans le travail qu'il accomplissait pour le roi. Et cette situation avait trouvé son point culminant au cours de leur dernière et terrible bataille, lorsqu'il avait fait le mauvais choix.

— My lady, dit-il à voix basse, je crois le temps venu, pour mes hommes et pour moi, de nous retirer. Il n'est plus grand-chose que je puisse faire de plus, ici, ce soir. Vous êtes sauvée à présent. Vous ne vous marierez pas avec Pybba. Je le jure sur ma vie.

— J'espère qu'Ecgbert va échouer dans sa mission de faire changer Pybba d'avis. Finalement, je trouve qu'il devrait partir avec lui pour ne plus jamais revenir. Cet homme a été un désastre pour Baelle Heale, mais mon père a une haute opinion de lui, murmura Elene en se penchant pour lui serrer la main.

Une fois encore, les charmes généreux de la jeune femme captèrent son attention, lui rappelant que Lady Elene était toute féminité ; le genre de femme qui méritait un mari comme il fallait et non une triste épave comme lui.

Une sensation de chaleur monta dans son bras, lui rappelant ce que voulait dire être vivant et non à moitié mort ou enterré par la culpabilité jusqu'à sentir sa gorge se serrer à étouffer. Il jeta un regard rapide vers l'endroit où le père d'Elene était assis, avec, sur le visage, un air spéculatif.

Le vieux renard rusé mijotait quelque chose. Un léger sentiment de malaise s'insinua le long de la colonne vertébrale de Hafual. Le prix de la mariée et le cadeau qu'il devait lui faire le matin des noces devaient être correctement négociés. Or, une partie du travail que Hafual avait exécuté pour le roi avait été de superviser divers contrats de mariage concernant des héritières.

— Nous sommes deux à le penser, répondit-il du bout des lèvres. Les environs seraient plus paisibles sans la présence d'Ecgbert. Cet homme vit pour le conflit et pour se remplir les poches, je peux le jurer.

— C'est vrai, nous sommes deux. Mon père, quant à lui,

écoute les cajoleries et les flagorneries d'Ecgbert. Il ne le mettra pas sur la touche. Moir et Ansithe ont déjà essayé... De son côté, Cynehild prétend qu'Ecgbert a Baelle Heale gravé dans le cœur. Mais elle voit toujours ce qu'il y a de meilleur chez les gens.

— Et vous ? Car c'est vous qui avez l'oreille de votre père.

Elene joua un instant avec le collier de grenats, à mesure qu'un regard distant apparaissait dans ses yeux.

— Un jour, déclara-t-elle, Ecgbert m'a sauvé la vie. Il a bravé des bandits et passé l'alerte qui a permis à Ansithe, Moir et ce qui restait du *félag* de se porter à notre secours.

Tout en cédant à la tentation de lui toucher le bras, Hafual déclara :

— Alors, ne l'autorisez pas à se servir de ce souvenir.

Le regard pensif de la jeune femme disparut.

— Un prétendant de moins. Merci. Vous avez tenu votre parole en vous comportant vis-à-vis de moi en allié.

Elle joignit les mains.

— Tout à l'heure, j'ai eu tort de penser que je n'avais pas besoin que l'on me secoure. Mais c'est fini maintenant.

— S'agissait-il vraiment de secours ? Cela a été beaucoup plus facile que je ne l'avais pensé, mais il est vrai que Pybba est d'une lâcheté à toute épreuve.

Hafual ponctua sa phrase d'un sourire avec le souhait de maintenir Lady Elene dans l'ignorance du péril qu'elle courait. Car Pybba était aussi un serpent. Encore plus dangereux quand il se sentait contraint. Jamais il n'avait vu Pybba renoncer facilement quand celui-ci voulait quelque chose. Cette fois, pourtant, il l'avait fait. À quel jeu jouait-on ? Qu'était donc venu chercher Pybba si ce n'était Elene ?

Une souffrance monta en Hafual. Il lui manquait quelque chose de vital, le rôle que jouait Pybba dans ce jeu de *tafl* auquel ils se livraient. Et il ne doutait pas que cette chose finirait par l'atteindre. Mais, pour le moment, c'était lui, le vainqueur.

Alors que le rire d'Elene montait, il y décela un soupçon de bravade.

— Allez-vous le suivre de près pour vous assurer qu'il ne commettra aucun méfait à la cour ? demanda-t-elle.

Hafual se tourna vers ses hommes, qui demeuraient assis. Bien sûr, son instinct profond lui soufflait que le méfait en question pouvait encore très bien être commis ce soir, mais il refusait d'inquiéter Lady Elene plus avant.

— Nous allons rester ici jusqu'après la récitation de *Beowulf*.

— Merci.

L'air soulagé de Lady Elene lui fit ressentir quelque chose qu'il avait pensé mort en lui depuis longtemps. Il fut surpris de constater que la place vide qu'il avait portée si longtemps à l'intérieur de lui s'était réduite. Elle s'était formée juste après que Svala avait confessé avoir jeté à la mer leur bébé qui criait. Parce qu'elle ne supportait plus le bruit qu'il faisait et qu'elle s'était convaincue que le nourrisson appelait les démons de la tempête. Aujourd'hui, Hafual se savait vivant et non simplement existant.

— Je vous en prie, répondit-il.

Puis, cédant à l'impulsion qui le traversait, il effleura des lèvres sa joue qu'il trouva douce.

— Allons-y. Que la fête recommence.

— Elene, pourquoi murmurez-vous ainsi ? Qu'est-ce qu'il se complote d'autre ? Lord Wulfgar a lancé un appel depuis la table d'honneur.

Tout en parlant, Hafual remarqua que la femme de l'intendant était revenue dans la grande salle et se tenait tout près du conseiller le plus âgé, avec, aux lèvres, un sourire lugubre. Il vit ensuite Ecgbert la rejoindre et pointer le doigt en direction de Lady Elene. Quelle quantité d'or Pybba avait-il promis à ce couple ?

— Nous nous sommes réjouis trop vite, murmura-t-il à son tour en tapotant la main d'Elene d'un air absent. Le pire reste peut-être à venir. Ecgbert et sa brave lady ont plus d'un tour dans leur sac. Dois-je m'asseoir à la table d'honneur ?

— Ecgbert se comporte de manière loyale envers mon père.

— Vous vous montrez naïve, my lady. C'est parce que Pybba l'a soudoyé avec quelque chose dont je n'ai pas idée. Mais cet homme a vendu son âme.

Elene s'obligea à lever la tête et à s'éloigner du corps de Hafual. Le visage de son père avait pris une couleur marbrée, et il avait les mâchoires qui s'activaient de haut en bas, dans le vide. Mais aucun mot ne sortait de sa bouche. N'en émergeaient que quelques sons inarticulés.

Le cœur d'Elene sombra. Quand avait-elle surpris son père aussi en colère pour la dernière fois ? Il lui fallut batailler pour s'en souvenir. Lorsqu'elle avait brisé l'épée qu'il préférait en la piétinant alors qu'elle tentait de sauter par-dessus ? C'était possible.

— Permettez-moi de m'occuper de cela, proposa Hafual. Un peu d'hydromel lui redonnera courage.

— Éloignons-nous pour discuter de ces choses en privé, répondit Elene en posant une main sur sa hanche.

Hafual était comme tous les autres guerriers qu'elle connaissait : dominateur.

— Vous doutez de mes capacités, poursuivit-elle. Mais rappelez-vous que j'ai su pousser Pybba à se mettre en colère.

— Ce dont je doute ne fait aucune différence. C'est pour votre sécurité que j'étais inquiet. Et puis, entre autres choses, votre rapidité de raisonnement et vos connaissances en matière d'herbes médicinales ont sauvé quelques-uns de mes camarades quand nous combattions les hors-la-loi.

Elle était *sauve*. Quel joli mot… À la vérité, elle se sentait effectivement plus en sécurité maintenant qu'auparavant.

Le demi-sourire de Hafual la fit vibrer.

— Et vous tenez vos promesses, ajouta-t-il.

— Je fais tout ce que je peux pour y parvenir.

Comme Hafual se rapprochait d'elle, elle le sentit respirer contre son oreille. Cette sensation la fit vibrer davantage.

— Je vous remercie pour le baiser, my lady.

Elene afficha son plus beau sourire tout en refusant de songer à ses genoux qui devenaient tout faibles. Claquant ensuite des mains, elle rejoignit le centre de la pièce pour que les servantes s'attellent au rangement et que le ménestrel commence à réciter *Beowulf*. Plus vite le festin se terminerait, mieux ce serait pour tout le monde.

Elle se dirigea vers l'endroit où le barde était assis, en cueillant sa lyre au passage.

— Vous aimez toujours le poème *Beowulf*, père. Peut-être le passage où la mère du monstre vient venger la mort de celui-ci… Maintenant que Lord Pybba n'est plus là pour émettre d'objection…

Les lèvres de son père s'entrouvrirent et se refermèrent à plusieurs reprises. Il leva un doigt en l'air tandis qu'un grognement s'échappait de sa gorge et qu'il répondait :

— Tu vas te marier. Je n'aurai en effet plus d'excuses, comme pour la récitation de *Beowulf*. Hafual a fait une offre que tu as acceptée. Tu ne déshonoreras donc pas la famille en la repoussant ainsi que tu l'avais fait avec ce Nerian.

Elene redressa le dos. Son père avait beaucoup trop bu. C'était Nerian qui l'avait éconduite et non le contraire. Pour sa part, elle avait attendu que ce dernier se rapproche de Wulfgar de manière plus formelle. Jusqu'au moment où, en fin de compte, Nerian avait épousé cette héritière. La partie rationnelle en elle lui répétait qu'elle ne pouvait pas contraindre Hafual à autre chose qu'à des fiançailles qui se rompraient au cours des négociations concernant la dot. À l'enterrement de son épouse, en effet, Hafual avait dit, de manière notoire, en avoir fini avec le mariage.

— Nous avons, oui, un arrangement dont Hafual peut expliquer la nature précise. Et nous avons tous deux accepté que des négociations se mènent à propos de la dot.

— En connais-tu la nature ?

Elene sentit son ventre se serrer. Il était temps de capter de nouveau l'attention de son père et de lui rappeler l'irritation qu'il avait lui-même ressentie contre Pybba.

— De toute façon, je la préférerai à tout ce que vous auriez pu arranger avec Lord Pybba. Cet homme me donne la chair de poule. Le manque de respect qu'il a manifesté à l'égard de votre hospitalité m'a stupéfiée.

— Ce projet de mariage est-il l'une des nouvelles frasques de ma fille, Hafual ?

Son père ponctua sa question en frappant la table de son gobelet. Avant de poursuivre :

— Vous la connaissez depuis assez longtemps pour les avoir repérées. Elle emmêle tout, après quoi elle attend que quelqu'un prenne la situation en main et arrange les choses. La question est donc de savoir si elle vous a entraîné dans l'un de ses plans les plus fantaisistes ou si vous avez véritablement envie de l'épouser.

Hafual fit un pas en avant. Ses cheveux blond foncé luisirent à la lueur de la torche. Sa mâchoire se tendit.

— Je ne suis pas un menteur, Lord Wulfgar.

Elene enroula en hâte un bras autour de celui de Hafual. Il l'attira alors plus près, jusqu'à ce qu'elle sente son propre corps entrer en contact avec le torse dur et plat du guerrier. Elle battit des cils.

— Pourquoi refuseriez-vous notre requête raisonnable de voisinage ? demanda-t-elle à son père. Hafual a tout ce que vous pourriez souhaiter d'un beau-fils. C'est d'ailleurs ma faute si vous avez tenté de créer une alliance avec un homme comme Pybba derrière mon dos.

— Si votre seigneurie le veut bien, intervint alors la femme d'Ecgbert avec une petite révérence, vous verrez, en consultant un prêtre, le problème que cela va poser. Ces derniers temps, le roi est devenu plus religieux, et Lord Hafual a la réputation de ne pas assez considérer les délicatesses de la messe.

Elene serra les dents. Cette femme, bigote absolue, racontait des histoires.

— Appelez le père Oswald, commanda-t-elle. Réveillez-le de son sommeil et voyons s'il a correctement préparé Hafual au baptême.

Wulfgar fit mander le père Oswald qui arriva presque en courant derrière le nouvel adjoint du gardien des cochons. Il s'appliquait à soulever le bas de sa soutane correctement et semblait avoir été arraché à un profond sommeil.

— Êtes-vous prêt à les marier ? l'interrogea Lord Wulfgar.

Le père Oswald cligna des paupières comme un hibou surpris.

— Qui ?

— Elene et Lord Hafual. Êtes-vous prêt à les marier ? Ce soir. Existe-t-il une entrave à leur union ?

Le prêtre ouvrit de grands yeux :

— Lord Hafual a été baptisé il y a sept ans et demeure un chrétien dévot.

— Pas d'entrave, donc. Bien. Dans ce cas, vous pouvez les marier.

— Vous voulez dire *tout de suite* ? Je pensais que nous pourrions peut-être attendre… jusqu'à…

Le père Oswald se tourna vers Elene avec une expression suppliante :

— Jusqu'à ce que frère Palni revienne de chez mes sœurs ? proposa Elene tout en récapitulant très vite dans sa tête les raisons pour lesquelles un mariage pouvait être ajourné. Frère Palni a instruit Hafual en notre religion pour s'assurer que sa conversion irait plus loin que quelques mots marmonnés. Mais vous savez comment il est : toujours à vouloir vérifier que tout le monde a bien compris l'importance des opportunités que le christianisme apporte. Il est clair qu'il voudrait se trouver ici. Tout comme mes sœurs, d'ailleurs.

Le père Oswald s'inclina bas.

— Précisément. Frère Palni est le confesseur de Lord Hafual.

Elene vit le visage de son père se voiler.

— Ma fille est capricieuse comme le vent. Je requiers qu'on la marie le plus vite possible.

Elene se détacha alors de Hafual. L'air froid s'engouffra entre eux. Il lui était impossible de supplier le guerrier de l'épouser. Elle avait sa fierté.

— Et si je veux que mes sœurs assistent à mon mariage ? Une telle cérémonie devrait s'adresser à toute la famille.

Dans ces conditions, le temps que prendraient ses sœurs pour arriver dans cette maison lui donnerait celui de trouver une solution décente au casse-tête concernant le genre de mariage qu'elle et Hafual voudraient faire si, évidemment, mariage il devait y avoir…

— Je t'avais prévenue, Elene : tu devais trouver ce soir un homme correct à épouser.

Comme son père commençait à tousser, Elene remarqua, une fois encore, combien il avait la peau parcheminée.

— Hafual convient. Mais pourquoi se hâter ?

Son père eut un rire sans joie :

— Bien. Je vais envoyer un cavalier chercher Pybba. Ensuite, j'informerai celui-ci que je n'ai pas de fille et que je désire faire de lui mon héritier.

— Vous ne pouvez pas faire cela. Mes sœurs…

— Tes sœurs possèdent leur propre domaine et leurs maris ont prêté serment à un autre roi.

Wulfgar haussa les épaules.

— Pour conserver nos terres, tu dois épouser quelqu'un de fidèle à notre roi et qui ait son oreille. Elene, tu n'es plus une enfant à qui je doive livrer une longue explication sur ma santé.

Elene serra les poings et serait partie si Hafual ne l'avait pas retenue.

— Doucement…, souffla-t-il contre ses cheveux. Souvenez-vous que Pybba a soudoyé Ecgbert. Il veut le domaine pour lui…

Le père d'Elene tapa du poing sur la table.

— Tu as rejeté trop d'autres hommes bien sous des prétextes stupides, pour la simple raison que tu t'étais éprise de ce guerrier du Wessex. Et ensuite, tu as eu l'audace de le repousser !

— Je n'ai pas fait cela. Je le jure. Je pensais encore qu'il allait revenir.

— Toutes ces chances que tu gâches… Au lieu de les saisir grâce à tes charmes féminins.

Elene préféra examiner les joncs qui couvraient le sol plutôt que regarder le visage choqué des serviteurs et des hommes d'armes de son père. D'habitude, celui-ci gardait ses mots durs pour leurs conversations privées et ne l'humiliait pas de cette manière, devant les invités, comme il le faisait maintenant.

— Elene, pourquoi gardes-tu le silence ?

— Les choses se sont déformées dans votre esprit, et vous avez bu trop d'hydromel, père, commença-t-elle en lui jetant un regard dur.

Ce genre de regard qu'utilisait l'une de ses sœurs quand leur père prenait la parole de manière un peu trop hâtive.

— Nous en reparlerons demain matin quand vous vous serez reposé et que nous pourrons à la fois tout expliquer et donner les ordres qu'il faut.

— Elene, dit alors Hafual à voix basse en lui posant la main à plat dans le dos.

Elle trouva aussitôt à cette main quelque chose de sûr et de solide.

Quand elle se retourna, Hafual lui plaça un doigt sur les lèvres :

— Laissez-moi parler. J'ai mon avis sur la question, j'ai personnellement très peu bu, et nous ne gagnons rien à attendre. Pouvez-vous donc faire cela pour moi ?

Elle acquiesça de la tête avec l'espoir qu'il venait de

trouver un moyen d'amener son père vers une situation où ils pourraient se fiancer et le rester jusqu'au moment où une solution bien concrète se présenterait.

Tout en regardant son père, elle vit que Hafual se tournait vers lui et lui tendait les mains :

— Wulfgar, il n'est pas besoin d'envoyer quérir Pybba ni d'attendre Palni. J'épouserai votre fille ce soir si le père Oswald est d'accord et si vous insistez, mais seulement si vous insistez. Et vous devez accepter la dot que je demande pour elle.

Le brusque silence qui tomba dans la pièce fut assourdissant. Elene fixa Hafual, médusée. Hafual, l'homme qui avait juré de ne jamais se remarier, était en train de lui demander de l'épouser. Le soir même. En outre, aux joues roses et à l'air soudain bien réveillé du père Oswald, il paraissait clair que celui-ci serait d'accord.

Faisant un pas en avant, le père indiqua d'un geste qu'il accorderait sa bénédiction si Lord Wulfgar le jugeait nécessaire.

Poussant un petit cri, l'épouse de l'intendant se cacha la tête dans les mains. Ecgbert ne cessait plus de déglutir, sa pomme d'Adam montait et descendait dans sa gorge cependant qu'aucun son n'en sortait. Puis il commença à gesticuler de façon désordonnée.

— Y a-t-il un problème, mon gars ? interrogea aussitôt le père d'Elene. Votre femme m'a pourtant assuré qu'en forçant le mariage, j'aurais le moyen de savoir si ma fille ment.

— Ils mijotent quelque chose, Lord Wulfgar, souffla alors Ecgbert. J'en suis sûr. Lord Hafual et votre fille ? Impossible. Je connais l'histoire de Hafual, comment il a exprimé son vœu de ne plus jamais se marier après l'accident survenu à sa femme et comment, de son côté, Lady Elene a toujours répété qu'elle ne serait, en aucun cas, un second couteau.

— Ce n'est pas Lady Elene ni moi qui manigançons quelque chose ! tonna alors Hafual. Qu'est-ce que Pybba vous a promis ? Combien vous a-t-il personnellement payé ?

L'intendant recula en pleurnichant sur l'injustice de tout cela. Il avait seulement essayé de trouver ce qui vaudrait le mieux pour Baelle Heale. Il ne s'occupait que du commerce de la laine. Et c'était tout.

— Insistez-vous pour que j'épouse votre fille ce soir, Lord Wulfgar ?

Le père d'Elene cligna rapidement des yeux.

— Vous désirez donc vous marier aujourd'hui, Hafual… sans même prendre le temps de négocier la dot. Pour quelle raison ?

Les traits du visage de Hafual se durcirent, son expression se fit plus distante.

— Ainsi que vous le disiez, votre fille peut se montrer capricieuse. Et je sais que sa dot doit être Baelle Heale. Pourquoi laisserais-je passer ma chance d'augmenter mes avoirs et de garder mon ennemi juré à distance du seuil de ma porte ?

— Vous n'êtes, en effet, pas du genre à rater une opportunité, c'est certain ! s'écria l'épouse de l'intendant.

Tournant la tête vers Elene, elle ajouta :

— Vous avez été jouée, my lady. Rappelez-vous bien ce que je vous dis là : vous allez le regretter. Et plus vite que vous pourriez le penser. Il vaudrait beaucoup mieux pour vous que vous appeliez Lord Pybba maintenant. Avant d'être mariée à ce barbare qui complote déjà derrière votre dos.

— Je pense que vous noterez que je négocie au vu et au su de Lady Elene, rétorqua Hafual. Pourquoi, en effet, dissimulerais-je mes raisons de désirer obtenir la même gestion des affaires de ma femme que Lord Pybba ?

Elene leva les yeux vers lui, mais il avait une expression indéchiffrable. Quand pourrait-elle lui demander pourquoi il avait fait cela ? Et à quoi allait ressembler leur mariage ? Les questions bourdonnaient dans son esprit comme les abeilles dans les ruches de sa sœur. Hafual ne l'épousait-il que pour devenir propriétaire du domaine ? Pour quelle raison lui et Pybba étaient-ils devenus des ennemis jurés ? Tenait-il à elle en tant que personne ou représentait-elle pour lui un atout supposé lui permettre d'évoluer dans la carrière politique ?

— Qu'en dis-tu, ma fille ? lui demanda son père. Vas-tu te marier avec cet homme ? Ou feras-tu ce que je propose ?

Elle tendit la main. Dans l'instant, les grands doigts de Hafual se refermèrent sur les siens, lui conférant une certaine stabilité. Elle dégagea mieux son cou et se leva avec la fierté même que toutes les femmes de sa famille avaient montrée avant elle.

— Étant donné que le père Oswald est d'accord, il me ferait plaisir d'épouser Lord Hafual ce soir pour commencer mon existence de femme mariée. À présent, si vous voulez bien m'excuser, je dois trouver le petit bracelet rond qui appartenait à ma mère. J'aime à penser qu'elle aurait voulu que je le porte pour la cérémonie.

— Il faut que je trouve cette broche représentant un aigle et qui appartenait à Ansithe. Je veux porter quelque chose de chacune de mes sœurs tout autant que le petit bracelet rond de ma mère.

Elene adressa un signe de tête aux servantes qui montaient la garde.

— Il sera inutile de venir avec moi. Je sais de manière très précise où Ansithe a laissé cette broche.

Sans attendre leur réponse, elle se glissa hors de la salle en faisant la prière silencieuse de pouvoir découvrir toute seule l'endroit où se trouvait Hafual afin d'avoir avec lui une conversation sensée. Il fallait absolument régler les choses avant qu'ils se marient. Elle savait qu'elle devrait confesser que Nerian lui avait pris sa virginité et combien cet acte l'avait déçue. Cela signifierait aussi confesser à quel point Nerian avait changé d'attitude envers elle et que cela avait été son échec à elle plutôt qu'à lui si l'expérience avait été d'une telle indigence.

Elle se pressa la main sur le front. Il allait aussi falloir trouver une raison pour justifier le report de la nuit de noces.

— Lady Elene…

La lumière des étoiles argentées soulignait la haute taille, le torse large et les hanches étroites de Hafual dont elle prenait de nouveau pleinement conscience. Elle n'avait toujours vu en lui que le visage ami et ne parvenait à présent qu'à le percevoir en tant qu'homme. Redressant les épaules, Elene essaya de ne pas penser à ses échecs amoureux. Si elle avait été meilleure au lit, elle aurait pu retenir Nerian, car il avait soupiré après elle jusqu'à ce qu'il l'ait eue.

— My lady, est-ce que tout va bien ?

— Nous devons nous entendre sur les termes du mariage, dit-elle avec beaucoup plus d'énergie qu'elle ne l'aurait voulu.

— Les termes ? Votre père et moi nous sommes mis d'accord sur la dot et le cadeau du matin.

— Je parle de fixer les limites de notre union. De ce que chacun de nous attend. Pas besoin de faire semblant, Lord Hafual, notre mariage est davantage un mariage de raison qu'un mariage désiré.

— La plupart des mariages entre les familles nobles de Mercie ont à voir avec la propriété plus qu'avec le cœur.

Hafual inclina la tête.

— Le temps que j'ai déjà passé à la cour m'a donné l'occasion d'étudier cela de près.

— Nous devons juger si nous sommes compatibles avant de…

Elle fit un pli à sa robe entre ses doigts.

— … de faire quelque chose d'irréfléchi.

— Votre cœur appartient-il toujours à Wessex, my lady ?

Les mots de Hafual n'avaient pas dépassé le ton du murmure.

— Que savez-vous de cette affaire ?

— La cour bruissait de rumeurs lorsqu'il s'est marié. Et, de votre côté, vous n'êtes apparue à aucune des fêtes ayant suivi ce mariage au cours du printemps dernier.

Elene déglutit avec difficulté.

— Je n'ai pas l'intention de vous interroger sur votre défunte femme. Offrez-moi, je vous prie, la même considération concernant Nerian.

Comme Hafual demeurait silencieux sous la clarté des étoiles, elle préféra garder également le silence plutôt que se lancer dans des observations sans intérêt sur le temps.

— Désirez-vous que le mariage ne le soit que de nom ? demanda-t-il enfin lorsque le silence fut devenu insupportable.

— Il semble que ce soit la meilleure manière de procéder... jusqu'à ce que nous sachions si nous nous convenons bien.

Un jour, elle trouverait un moyen de raconter la vérité sur son histoire avec Nerian et de dire combien son union avec lui s'était avérée douloureuse.

— J'ai pensé au lit conjugal, ajouta-t-elle, et à ce qu'il serait possible de faire au cas où mon père déciderait de regarder les draps le lendemain matin.

— Bien sûr.

— Le mieux est d'être préparés.

Elle lui posa la main sur le bras.

— Tout le monde connaît la dévotion dont vous faisiez preuve à l'égard de votre femme.

— Svala est morte, repartit-il en lui retirant sa main.

Elene déglutit avec difficulté. Elle venait de tout gâcher.

— Pourquoi voulez-vous m'épouser ?

— Vous devez bien reconnaître que Baelle Heale a une valeur considérable. Le fait de la posséder m'assurera de pouvoir protéger mes terres avec plus de facilité.

— C'est seulement pour la terre que vous allez le faire ?

— Quelle autre raison pourrait-il y avoir ?

Elene ramena complètement sa main.

— Vous acceptez donc le type de mariage que je propose...

— Pour le moment.

Ce fut alors qu'elle entendit la voix de l'intendant qui l'appelait, se demandant apparemment où elle avait disparu.

— Allez-y, à présent, my lady. Tout se passera bien, j'en fais la promesse.

Ramassant ses jupes, Elene partit avec empressement. Le fait de croire vraiment ce qu'il venait de dire la dérangeait.

— C'est ici que je vous trouve, cher frère, en train de déambuler sans but dans une église comme une âme en peine.

Hafual retint un grognement quand la voix d'Asida résonna dans l'église presque vide où il s'était rendu après son échange peu satisfaisant avec Lady Elene. Celle-ci éprouvait encore des sentiments pour Nerian. Le fait de convenir d'un mariage blanc leur octroierait, à Elene et à lui-même, davantage de temps. Jamais il n'avait forcé une femme et jamais il n'avait voulu que l'une de celles avec lesquelles il avait entretenu une relation physique avant son mariage songe à un autre homme en se trouvant entre ses bras.

Épouser Lady Elene était une bonne chose pour l'avenir de Narfi, pour sa terre et pour empêcher Pybba de s'implanter trop près de sa famille. Que la chevelure de Lady Elene luise à la lumière des torches ou que ses lèvres aient la couleur d'un petit matin d'été au soleil levant n'avait aucune incidence sur sa décision. Cette partie de sa vie était morte quand Svala avait rendu son dernier souffle. Oui, quand il avait découvert le corps de sa femme sans vie, c'est la glace qui s'était emparée de son âme. Il savait que toutes les choses que Svala avait dites lors de leur dernière querelle étaient vraies. Il l'avait éloignée de son cousin au troisième degré pour contrarier cet homme, au lieu de retourner avec elle et son bébé vers le Nord. Puis il s'était contenté de lui envoyer un message et d'attendre d'elle qu'elle entreprenne seule la traversée sur une mer déchaînée. Rester au loin pour suivre les ordres du roi quand il aurait pu rentrer… Non, il n'avait pas été le mari qu'il aurait fallu à Svala. Eût-il été un homme meilleur qu'elle ne se serait jamais jetée du haut de la falaise.

— Hafual, êtes-vous content de me voir ?

— Asida. Ma sœur.

Il avait utilisé son ton le plus froid et lui avait jeté un regard qui aurait fait trembler l'un de ses guerriers dans ses bottes.

— Vous aviez reçu l'ordre de rester avec mon fils. Loin d'ici.

— Narfi dort en toute sécurité entouré des servantes. Je lui ai donné un baiser avant de partir et, cette nuit, il va faire les rêves les plus doux au lieu des rêves agités qui l'ont habité ces derniers temps. Il serait grand temps qu'il ait enfin une vraie mère.

— Merveilleux… Vous connaissez les rêves de mon fils, à présent.

— Et vous, vous êtes un grincheux, Hafual. Vous devriez être content de me voir. La grande salle résonne de ce que vous avez promis de faire. Il vaudrait d'ailleurs mieux que vous portiez ce manteau-ci plutôt que votre cape habituelle, que vous avez sur vous aujourd'hui…

— J'aime bien mon manteau.

— Votre future femme a pris le temps de se changer.

— Comment savez-vous cela ?

— J'ai des oreilles, cher frère, et j'ai écouté ce qui se disait autour de moi avant de venir vous trouver. Arrêtez de vous montrer difficile.

Tout en parlant, Asida s'était glissée jusqu'à lui avec, dans les bras, le meilleur caftan de Hafual, celui qu'il avait acheté à Ludenwic, avec ses broderies d'or et d'argent sur les revers et sur les poignets. Un manteau qui convenait parfaitement au genre de lord qu'il était destiné à devenir. C'était en tout cas ce qu'avait proclamé Svala quand elle avait vu le vêtement et qu'elle lui avait demandé d'attendre afin de l'étrenner à Noël, lors de la fête qui devait avoir lieu à la cour et à l'occasion de laquelle il pourrait rendre honteux tous les lords merciens. Mais, en l'occurrence, l'enfant que portait Svala l'avait trop affaiblie et ils n'avaient pu se montrer aux réjouissances.

En revenant de l'enterrement de Svala, Hafual avait

emballé son manteau précautionneusement dans son plus petit coffre cerclé de fer, avec l'intention de ne jamais l'ouvrir pour regarder ce vêtement, non plus que ses rêves ridicules, rangés avec, à l'intérieur.

— Vous avez fouillé dans mes affaires ? demanda-t-il en regardant le manteau avec circonspection.

— Vos cachettes sont si évidentes…

— Mes cachettes ne sont pas… Donnez-le-moi, puisque vous êtes si décidée.

Asida lui tendit le manteau. Celui-ci pesait plus lourd que dans son souvenir, chargé d'une rançon royale d'or et d'argent.

La révérence que sa sœur lui adressa fut moqueuse.

— Avant que vous le demandiez, non, je ne me doutais pas que vous alliez vous marier ce soir.

— Votre *fylgjur* ne vous l'avait pas dit ? Quelle négligence de sa part !

Asida sourit, se mettant alors à ressembler à ces chats domestiques au moment précis où ils découvrent le bol de crème qu'ils n'attendaient pas.

— Non. Silence total sur ce point particulier. À présent, enfilez le manteau et cessez de vous montrer aussi bizarre. Vous ne voudriez pas faire honte à la famille…

— À vous en croire, je l'ai déjà assez fait.

— À en croire notre demi-frère, si vous voulez être d'une stricte précision. Mais, comme vous le savez, il est rare que j'écoute ce qu'il dit.

Hafual enfila le manteau sur son épaisse tunique de laine. Légèrement trop serré aux avant-bras, le vêtement lui allait, à part cela, comme à l'époque où il était retourné à Constantinople, persuadé que le monde offrait des possibilités. Et, si sa mémoire était bonne, la couleur de l'habit mettait en valeur celle de ses yeux.

— Vous recommencez à interférer dans mes affaires.

Asida lui donna un petit coup, pour rire, sur le bras :

— Reconnaissez-le donc, vous voulez de moi ici ! Vous

avez besoin de moi avant de faire quelque chose qui va compliquer l'existence de tout le monde. Vous voudriez en outre vous montrer sous votre meilleur jour à votre épouse. Elene est du reste le genre de femme que je veux pour sœur.

Hafual s'était concentré sur les fermoirs d'argent du devant :

— Je suis parfaitement capable de m'occuper moi-même de mes intérêts. Le domaine se portera bien si c'est moi qui l'exploite.

Un petit sourire plana sur les lèvres d'Asida. Elle dépoussiéra le manteau aux épaules et en redressa le col comme si Hafual avait l'âge de Narfi et non celui d'un demi-frère aîné. Hafual serra les dents mais, quand Asida était d'humeur à organiser les choses, il savait qu'il valait mieux ne pas risquer de provoquer une scène.

— C'est bien que quelqu'un de la famille soit là pour vous soutenir, dit-elle avant de reculer d'un pas et de hocher la tête. Vous pourriez avoir besoin de moi avant la fin de la soirée, Hafual. Si cela vous arrivait, je consentirais à jouer les garants.

Hafual serra les mâchoires. Dans toute cette histoire, Asida était si pénétrée de sa propre importance…

— La Mercie n'est pas comme le pays du Nord, répliqua-t-il. On ne réclame pas que le marié laisse quelqu'un en otage avant son départ. Mais votre *fylgjur* pourrait ne pas le comprendre en constatant que vous refusez d'apprendre quoi que ce soit sur le pays où nous vivons maintenant.

Sa sœur écarquilla les yeux.

— C'est vous qui mentionnez la possibilité que l'on vous demande des otages, pas moi. Si je suis ici, c'est parce que je fais partie de votre famille et que j'ai pensé que vous pourriez avoir besoin d'assistance à un titre quelconque que j'ignore.

— Celui de porteuse de manteau.

Asida rit.

— Vous avez fait une plaisanterie. C'est la première fois depuis…

— Vous êtes ma sœur. Essayez de ne pas rendre les choses plus difficiles.

— D'après tout ce que vous m'avez confié au cours de…, disons, l'année dernière, Lord Pybba semble être une épine dans votre pied à titre permanent et un redoutable ennemi potentiel. Je le soupçonne d'ailleurs d'avoir reçu de l'aide de certains territoires…

— Vous ne devez rien faire à ce sujet. Laissez-le-moi.

Elle battit des cils.

— Quelle sœur serais-je si je ne réussissais pas à vous aider ? J'aime bien Elene. Et j'ai hâte que vous agrandissiez la famille.

Hafual détesta le nœud qui venait de se former dans sa gorge. Asida savait ce qui pouvait advenir lors des mariages célébrés dans le pays du Nord et elle voulait veiller au grain.

— Laissez-moi agrandir ma famille au moment qui me conviendra.

Sa demi-sœur se mit à lisser les plis de sa robe.

— Si vous voulez savoir, c'est la curiosité qui me fait agir ainsi. Après votre mariage, vous aurez une nouvelle femme qui dirigera la maison et s'occupera de votre enfant. Ma vie prendra un nouveau départ. Et j'ai déjà fait mes plans.

— La curiosité est un vilain défaut, vous savez. J'apprécie d'autre part que vous soyez vivante…

Asida produisit un petit son ennuyé.

— Vous n'avez jamais eu le sens de l'aventure.

— Je me protège.

Sur ces mots, Hafual se tourna vers le prêtre, auprès duquel se tenaient maintenant Lady Elene et le père de celle-ci. Un diadème ceignait le front d'Elene, elle portait à la main un bouquet de fleurs de fortune et sa robe d'un magnifique rouge cramoisi faisait plus qu'épouser ses formes généreuses. Elle se tenait bien droite, la tête fièrement relevée. La lady parfaite. Hafual, qui la contemplait comme s'il était ivre, réalisa avec beaucoup de retard qu'il la dévorait du regard, au grand amusement silencieux d'Asida.

— Ainsi, vous ne porteriez aucun intérêt à votre lady, mon frère ? Je soupçonne, pour ma part, que votre famille s'agrandira très vite. Une partie de votre anatomie est d'ailleurs d'accord avec moi…

— Asida…

— Je viens du Nord, je ne suis pas une glacée telle une nonne prude. Mais je ne vous embarrasserai pas, cher frère.

Étouffant un bâillement, le père Oswald fit signe que l'on se rapproche de lui. Un sourire trembla sur les lèvres d'Elene comme si elle venait de se dire que la vie allait la décevoir. Ce fut à ce moment que l'envie de la protéger déferla sur Hafual comme une vague. En silence, il se fit la promesse de veiller à ce que son mariage se déroule en fonction des principes dont ils avaient convenu tous les deux. Cette fois, il allait se montrer un meilleur mari.

Il posa la main sur l'épaule d'Asida.

— La prochaine partie de ma vie m'attend.

— Il faut vraiment que nous fassions quelque chose pour votre sens de l'humour, mon frère… On dirait que vous vous préparez à affronter une centaine de *berserkers*, ces terribles guerriers adorateurs du dieu Odin, en lieu et place de votre épouse avenante…

Chapitre 6

La cérémonie de mariage proprement dite se déroula, pour Elene, comme dans un brouillard. Presque comme une suite d'images fixes : l'église éclairée aux flambeaux ; le père Oswald entonnant les chants de sa voix profonde tandis que Hafual demeurait à côté d'elle, les yeux rivés sur le prêtre ; le moment où ils avaient passé l'alliance en or sur la lame de l'épée, séculaire coutume mercienne signifiant que le marié faisait à la mariée le serment de l'honorer toujours.

Cet anneau au motif complexe avait retenu la chaleur subtile des doigts de Hafual lorsqu'elle le passa à son propre doigt.

Hafual s'était vêtu d'un manteau de cuir bleu nuit, dont les revers et le col étaient brodés d'ornements d'or et d'argent. Ce manteau était beaucoup plus fin que ceux qu'elle avait vus auparavant, et lui rappela qu'elle en savait finalement très peu sur les projets de son mari.

Quant à Asida, elle se tenait juste derrière Hafual avec, aux lèvres, un large sourire. Mais pourquoi la sœur de Hafual avait-elle apporté le manteau, si tard dans la journée ? Le projet de ce mariage avait-il été travaillé bien plus en détail qu'elle ne l'avait cru ?

Pour sa part, le choix qu'elle avait dû faire entre Pybba, qui ne se serait pas révélé bon du tout pour Baelle Heale, et Hafual, dont le domaine prospérait, était derrière elle. Elene posa une main sur son ventre. Quand Hafual se tourna vers elle, elle chercha l'étincelle de chaleur qu'elle avait remarquée dans les yeux bleu nuit un peu plus tôt, mais tout ce qu'elle y perçut fut une dureté froide comme l'acier.

— Vous pouvez embrasser la mariée, dit le père Oswald, en l'interrompant dans ses pensées et en lui rappelant ainsi ce qu'il convenait de faire.

Elle leva sagement la tête et tendit un peu les lèvres, dans l'attente d'un très léger frôlement, d'un geste symbolique, sans plus, tout en espérant en silence que ce contact serait quand même suffisant pour satisfaire son père, et que celui-ci n'exigerait ensuite pas de preuves révélant davantage l'engagement de Hafual dans ce mariage. La dernière chose qu'elle voulait était que quelqu'un vienne inspecter les draps ou attende, à l'extérieur de la chambre nuptiale, que la tâche soit accomplie.

— Nous devons donner à notre baiser une véritable signification, murmura Hafual en prenant le visage d'Elene entre ses mains.

Des yeux, Elene suivit le tracé de la légère cicatrice argentée qui soulignait la joue de Hafual, relique d'une bataille passée, puis céda à la tentation de la toucher, soyeuse et lisse, contre l'extrémité plus charnue de ses doigts. À cet instant, tout semblait tenir dans un battement de cœur.

— Oui, c'est ce que nous devons faire.

Elle trouva sa voix beaucoup trop essoufflée à son goût.

— Je veux dire... oui, répéta-t-elle en passant le bout de la langue sur ses lèvres desséchées.

Hafual se pencha vers elle. Le contact était léger comme celui d'une plume, mais de plus en plus prometteur à mesure que Hafual bougeait les lèvres sur les siennes. Une chaleur inattendue traversa Elene. Écartant un peu les lèvres, elle le goûta... Goût du miel et de quelque chose qui évoquait Hafual d'une manière indéfinissable.

Relevant légèrement la tête et haussant un sourcil un peu railleur, son époux réitéra sa performance sous les vivats des personnes rassemblées dans l'église.

Puis ce fut fini. Quand Hafual s'arrêta et s'écarta d'elle,

ce fut alors qu'Elene réalisa qu'elle l'avait saisi par le revers de son manteau. Elle dut s'efforcer d'ouvrir les doigts pour le libérer avant de reculer d'un pas.

Les baisers qu'elle avait échangés avec Nerian lui paraissaient soudain si pâles et rabougris en comparaison ! Bons pour des rêves de fillette. Malgré cela, Elene savait d'instinct qu'il ne s'agissait, entre eux, que d'un contact superficiel et des plus légers, quelque chose ne représentant rien pour Hafual qu'un simple signal censé rappeler aux espions de Pybba qu'elle et lui étaient mariés et qu'elle lui appartenait à partir de ce jour.

Elle se tourna vers l'endroit où se trouvait son père et remarqua qu'un petit sourire satisfait lui étirait le coin des lèvres.

— Voilà, c'est fait, père, dit-elle d'une voix un petit peu trop forte, histoire de ne pas montrer à quel point son baiser avec Hafual l'avait déstabilisée.

Il n'était pas question de répéter les erreurs d'appréciation qu'elle avait commises des années plus tôt, en pensant qu'un frottement d'épaule accidentel, un frôlement de la main, un baiser volé – ou les trois – représentaient quelque chose de profond et non des tentatives délibérées de séduction parce que tout ce que cherchait l'homme qui s'y adonnait était un corps chaud dans la nuit.

Cette fois, elle ne demanderait pas davantage que ce que Hafual était prêt à lui donner. Cette fois, elle ne montrerait pas ses sentiments. Et, cette fois, elle ne serait pas séduite avant d'acquérir la certitude que Hafual tenait à elle en tant que personne et non en tant que moyen pour parvenir à ses fins. Elle allait mettre son cœur en sécurité.

— Qu'est-ce qui est fait, ma fille ? interrogea son père sur le même ton assuré qu'Elene, tandis que d'autres cris grivois retentissaient, saluant la puissance de ce baiser.

Le père Oswald fronça les sourcils.

— Nous sommes dans un lieu de culte et non dans une salle où l'on raconte des histoires.

— Devez-vous tuer notre joie, père Oswald ? demanda

alors Asida. Nous sommes tout de même en train de célébrer un mariage, celui de mon frère.

— Nous devrions regagner la maison, remarqua alors Hafual, sur un ton un peu plus bas. Dans ses meilleurs moments, ma sœur peut se montrer plutôt ferme dans ses opinions…

Elene hocha la tête pour montrer qu'elle comprenait.

— Nous allons retourner dans la grande salle.

— C'est cela ! s'écria Hafual, sans retenir sa voix, en saisissant subitement la main d'Elene et en l'élevant au-dessus de leurs têtes. Pour porter des toasts ! Qui va boire à notre bonne santé et à notre bonheur ?

— J'aime bien votre sœur, Hafual…, déclara le père d'Elene en se penchant vers le guerrier après que l'hydromel eut été versé et le premier des toasts porté dans la grande salle.

Au cours de la première partie du festin, en présence de Pybba, le bruit avait été modéré comme si tout le monde s'attendait au pire. Mais, à présent, il résonnait contre les murs. Quant aux personnes présentes, elles paraissaient authentiquement ravies de ce qui était en train de se passer. Pourtant, en dépit de ses regards insistants, Elene remarquait que Hafual ne l'avait pas embrassée de nouveau. Et le vague sentiment de déception qui s'était installé au creux de son ventre la gênait.

— J'entends l'objection que vous contenez au fond de votre voix, lança alors Asida de l'endroit où elle se trouvait assise, le visage rougi par l'hydromel. Ne soyez pas timide, Wulfgar. Nous sommes parents, à présent. Finissez votre phrase.

— … mais elle devrait trouver un mari, termina Wulfgar. Quelqu'un qui puisse lui faire tenir sa langue.

Ce disant, le père d'Elene frappa du poing sur la table avant de jeter un regard autour de lui comme s'il venait de dire quelque chose de drôle.

— Que mon mariage sonne la fin de toutes vos intrigues,

déclara alors Elene avant qu'Asida pût répliquer et faire empirer la situation.

Son père avait bu beaucoup plus d'hydromel que ce qui était bon pour lui.

— Vous avez fait votre devoir, père. Toutes vos filles sont mariées. Baelle Heale est maintenant en sécurité pour les années à venir.

Wulfgar tendit les bras. Il avait les yeux brillants de larmes. Étaient-elles réelles ou simplement induites par l'hydromel ? Elene n'avait pas envie de le savoir.

— J'ai tout ce que je pouvais souhaiter. Ma plus jeune fille a épousé un guerrier capable de défendre sa terre s'il était appelé à le faire. Quelqu'un de loyal envers notre roi.

Bien qu'elle demeurât parfaitement immobile, Elene aurait adoré pouvoir frapper fort sur quelque chose. Son père se montrait dur à suivre et adressait des louanges à tort et à travers.

— Mes beaux-fils sont des hommes bien et sauraient défendre ces terres, poursuivit celui-ci. Mais, à partir du moment où ils n'ont pas porté allégeance à notre roi, ils ne me sont d'aucune utilité. Même mon petit-fils est aujourd'hui élevé au Danelaw et non en Mercie.

Wulfgar fit glisser un doigt à la naissance de son nez.

— Et voilà, Elene, tu me mets dans le pétrin. Je ne veux pour toi que le meilleur. Simplement, ainsi que l'a mentionné Ecgbert, tu es d'un naturel beaucoup trop têtu qui t'empêche d'agir pour ton propre bien. Mais tu es mariée maintenant, et tout va bien se passer, même si le mariage s'est décidé de manière un peu brutale.

Elene pressa les lèvres l'une contre l'autre et retint un commentaire direct qui aurait posé la question de savoir à qui en revenait la faute. Hafual, remarqua-t-elle, évitait son regard avec soin.

— Père, ce n'est ni le moment ni l'endroit.

— Pourrions-nous porter un autre toast à la santé de l'heureux couple ? proposa Asida. Ou sommes-nous déjà arrivés au bout de l'hydromel ?

— C'est ici chose impossible, chère dame, répondit le père d'Elene en faisant immédiatement signe qu'on les resserve. Il faut aussi préparer la chambre pour l'heureux couple. Afin qu'il puisse partir sur de bonnes bases.

Elene retint une petite grimace. Les traditions d'une nuit de mariage mercienne lui étaient bien connues. Dans son corps, tous ses os lui faisaient mal. Et la dernière chose qu'elle voulait était que Hafual fût forcé de se comporter comme on l'attendait de lui.

Hafual lui posa une main ferme sur l'épaule après avoir attendu, toutefois, que l'on ait porté un nouveau toast à la santé et au bonheur des mariés.

— Mon épouse et moi allons vous souhaiter bonne nuit et vous laisser boire le délicieux hydromel, annonça-t-il.

— Bien sûr, rétorqua alors la femme d'Ecgbert de sa voix nasillarde, le mariage va devoir être consommé. Je me suis assurée que les draps de votre chambre étaient propres, Wulfgar. Il ne doit y avoir ici que le meilleur pour votre fille. Ces choses-là doivent être accomplies selon la tradition mercienne.

— Les traditions merciennes sont barbares, répliqua Asida sans s'adresser à personne en particulier. Quand de telles situations se présentent, je me sens chaque fois désolée pour la pauvre mariée. Mais que sais-je de tout cela, moi qui suis une femme célibataire ?

— C'est précisément cela, repartit l'épouse d'Ecgbert en reniflant sans discrétion. Nos traditions sont nos traditions. Pas de coutumes étrangères ici.

Les yeux bleu nuit de Hafual brillèrent d'une flamme sombre :

— Asida, ma sœur, lança-t-il, ne contrariez pas nos hôtes. Leurs traditions sont maintenant nos traditions. Nous sommes merciens.

Asida hocha la tête.

— Je vous présente mes excuses, Lord Wulfgar, mais il

doit exister un meilleur moyen pour que votre fille conserve sa dignité et que vous, Hafual, vous puissiez dormir dans votre propre lit.

— Asida !

La voix de Hafual contenait un avertissement.

— Nous avons déjà parlé de cela un peu plus tôt. Les coutumes prévalent.

Elene fronça les sourcils. Hafual avait donc discuté des termes avec Asida…

Celle-ci fit une profonde révérence pendant laquelle Elene vit son père, tout ivre qu'il fût, fixer les seins de la femme.

— Je voulais simplement suggérer de suivre les traditions du Nord. C'était une proposition, rien de plus, pour donner davantage de dignité à la femme. Je suis désolée si ce n'est pas bien. En tout cas, cela me vient du cœur.

Le père d'Elene s'essuya les lèvres du dos de la main.

— Vous avez prévu de faire quelque chose de différent de l'adieu habituel, Hafual ?

— Là d'où je viens, l'habitude est que le marié ravisse la mariée, l'enlève à sa famille. Ils passent ensuite la nuit ensemble. Seuls.

Il désigna sa sœur d'un geste.

— Asida s'est portée volontaire pour rester ici jusqu'à notre retour.

— Pendant autant de temps qu'il le faudra, mon frère, confirma celle-ci en lui retournant son geste et en l'accompagnant d'un sourire radieux. Lord Wulfgar et moi allons devenir d'excellents amis. Nous partageons tous deux le même intérêt pour l'hydromel et, peut-être aussi, pour le *tafl*. De plus, j'ai grand hâte que quelqu'un m'enseigne les subtilités du jeu tel qu'on le pratique en Mercie.

Le père d'Elene agita son gobelet.

— Quelle charmante créature !

Ecgbert et son épouse donnèrent aussitôt l'impression qu'ils venaient d'avaler des prunes d'une aigreur épouvantable.

— Tout est réglé. Je tiendrai le rôle de l'otage ainsi que vous l'avez proposé, mon frère.

Elene sentit ses genoux faiblir. Hafual proposait vraiment Asida en otage ? Cette découverte la heurta. Il avait donc préparé cela ? Sûrement. Sinon, pour quelle autre raison Asida serait-elle apparue comme elle l'avait fait ?

— Je pense que ce ne sera pas vraiment nécessaire, déclara-t-elle. Pas vous, père ? Asida doit retourner dans votre maison, Hafual, pour s'occuper de votre fils.

Tout en prononçant ces mots, Elene espéra que Hafual saisirait l'allusion et suggérerait qu'Asida regagne sa maison avec eux.

— Nous sommes amis, ici, poursuivit-elle, et appartenons maintenant à la même famille.

L'expression de Hafual ne la rassura guère.

— À votre père de décider.

Celui-ci tira sur sa tunique.

— Je n'ai pas d'objection à ce qu'Asida reste ici. J'attends avec impatience que quelque chose change au sein de mon entourage et de ma compagnie. Pas d'objection non plus à ce que votre fils demeure aussi ici, Hafual. Il ne lui arrivera rien dans ma maison. Ainsi que ma fille vient de le dire, nous sommes de la même famille, après tout. Vous et votre femme pourrez ainsi passer davantage de temps seul à seule.

Prenant la main de Hafual, Asida la passa sous son bras et dit :

— Là…, Hafual, c'est tout décidé. Vous avez le droit de vous éloigner avec votre femme pour une lune de miel digne de ce nom au lieu de devoir trouver une excuse pour partir immédiatement. Sachant que le roi Ceolwulf exige votre présence et vos conseils sur le prix de la laine.

Hafual baissa le front. Son visage semblait maintenant avoir été sculpté dans le granit.

Ce fut alors qu'Elene comprit, le cœur battant, qu'il avait eu l'intention de l'abandonner. Du reste, elle aurait dû s'en sentir heureuse. Un mariage à distance n'était-il pas le genre d'arrangement qui conviendrait à tous deux ? Malgré tout, le monde devint soudain à ses yeux un petit peu moins brillant qu'avant. Une fois encore, elle allait être la personne que l'on négligeait et sous-estimait, comme pendant toute son enfance…

— Ferais-je une chose pareille ? Laisser ma femme seule ?

La sœur de Hafual battit des cils.

— Sachant que vous êtes mon frère, je mets un point d'honneur à ne jamais être surprise. Mais il n'est pour autant pas dans mes prévisions de tenir la chandelle entre une mariée et son époux impatient. J'ai d'ailleurs emporté la broderie à laquelle je désirais m'attaquer depuis des lunes.

Comme Hafual refermait une main puissante sur la sienne, Elene comprit qu'elle n'aurait pu la repousser même si cela avait été son intention.

— Ma femme réclame ma plus grande attention, Asida.

— Cela ne vous a cependant pas empêché de passer outre à tous les signaux vous engageant à l'embrasser.

Elle tendit les mains devant elle, voulant à l'évidence jouer avec la foule et prenant plaisir à narguer son frère :

— N'est-ce pas ?

L'assistance se mit aussitôt à taper des pieds et à réclamer un nouveau baiser. Un muscle de la joue de Hafual tressauta tandis qu'un son sourd s'échappait de sa gorge.

Bien qu'elle sût ce que pouvaient être les fêtes merciennes avec leurs plaisanteries grivoises et le comportement turbulent des Merciens, Elene aurait voulu que le sol s'ouvre sous ses pieds et l'engloutisse.

— S'il vous plaît, murmura-t-elle à Hafual avec la prière silencieuse qu'il ne la repousse pas en public.

Une lumière sombre naquit dans les yeux du guerrier tandis qu'il approchait les lèvres des siennes. Féroces et affamées. Exigeantes, contenant quelque chose en plus qui l'appelait au plus profond d'elle-même et réveillait une boucle de feu menaçant de la consumer.

La foule manifesta follement son approbation à ce baiser. Puis Hafual laissa Elene reculer.

— Cela suffira-t-il en fait d'intention de ma part… ? interrogea-t-il à voix basse.

Elene fit un signe incertain de la tête tout en portant deux doigts à ses lèvres devenues plus tendres.

— C'est votre femme que vous allez devoir satisfaire, non moi. À moins que les choses soient différentes en Mercie, repartit Asida comme si c'était à elle que Hafual venait de s'adresser.

Cette attitude agit sur Elene comme une soudaine éclaboussure d'eau froide et l'arracha du nuage sur lequel elle avait rapidement fait tourner ses rêves.

Impulsive. Tu tentes d'agir d'abord, quitte à requérir du secours ensuite. Les railleries de ses sœurs sur le fait qu'elle ne remarquait jamais les choses avant qu'il soit trop tard vinrent la submerger. Mais, cette fois, elle n'allait pas autoriser le désir à brouiller son jugement comme cela s'était passé avec Nerian, les baisers doux qu'il lui donnait et les promesses implicites qu'il lui faisait. Hafual avait donné son accord pour un mariage blanc. Elle l'obligerait à s'y tenir.

Il lui adressa un demi-sourire d'excuse :

— Est-ce que je vous porte sur mon épaule ou désirez-vous marcher jusqu'aux chevaux ?

Le feu sombre avait déserté son regard et il était presque redevenu la personne inaccessible qu'elle connaissait.

— Je me suis fait mal à l'épaule il y a quelques mois, ajouta-t-il.

Elene lui agrippa le bout des doigts l'espace d'un court instant.

— Je vais marcher, dit-elle.

— Sur l'épaule conviendrait mieux, décréta alors Asida à haute voix, au grand amusement du père d'Elene.

— Le respect des convenances est une chose à laquelle notre famille adhère rarement, riposta Hafual.

— Là, vous m'avez eue, mon frère ! s'écria Asida en faisant

au revoir avec ses mains. Je vous reverrai bientôt tous les deux. Passez une belle nuit de mariage !

Elene ignora les regards curieux qui la suivirent lorsqu'elle quitta la salle tout en accordant son pas sur celui de Hafual.

Hafual devait faire en sorte de contrôler sa colère lorsqu'il songeait à la façon dont Asida l'avait manœuvré. Les baisers qu'il avait partagés avec Elene l'avaient déconcerté par la passion latente qu'ils recelaient. Dans ces instants, il s'était trouvé à deux doigts de céder au désir sauvage qui s'était emparé de lui dans la grande salle. Il avait ensuite essayé de se persuader que cela faisait simplement si longtemps qu'il n'avait pas embrassé la moindre femme de cette façon que son corps avait eu besoin de se libérer. Sauf que, en lui, une petite voix le traitait de menteur. C'était sciemment qu'il avait voulu embrasser Lady Elene et lui explorer les lèvres. Parmi les hommes qui l'entouraient, nombreux étaient d'ailleurs ceux qui éprouvaient du désir pour elle. Différents membres de son ancien *félag* avaient même fini par faire semblant d'idolâtrer le sol qu'elle foulait. Mais, pour sa part, il s'était tenu à l'écart de leur comportement graveleux. Elene n'avait eu d'yeux que pour Nerian tandis que, de son côté, il s'était langui de la femme qu'il avait laissée dans le pays du Nord. Mais, à présent, il remarquait la façon dont les seins ronds lui avaient effleuré le torse, la douce odeur de fleurs que dégageaient les longs cheveux d'Elene et la courbe de sa lèvre inférieure joliment ourlée.

Se sentant incapable de parler, il lâcha un peu la bride à sa monture, Bretwalda, un grand étalon noir, tandis que Lady Elene l'observait, les bras croisés autour de la taille. Il aurait voulu l'entendre dire quelque chose prouvant qu'elle avait compris qu'il n'avait pas eu le choix.

Quant à Asida, il aurait pu la tuer d'avoir proposé de suivre les traditions nordiques et d'être intervenue à propos du mariage dont il avait convenu avec Elene, sans en avoir demandé la permission auparavant. À la nuit tombante, la route menant à Wulfhere's Clearing pouvait se révéler dangereuse. Et plus particulièrement ce soir-là.

En ce qui le concernait, eût-il été Pybba que c'était à cet endroit précis qu'il aurait attendu pour attaquer. Cependant, il était inutile de faire part de son souci à Lady Elene. La dernière chose qu'il voulait était que sa femme s'inquiétât en vain. Il serra les dents. Jusqu'à ce qu'Asida ouvre sa grande bouche et se propose comme otage, il avait tenu toute sa soirée de mariage avec Elene sous contrôle.

Que les saints puissent le préserver de la famille…

— Où allons-nous ? demanda Lady Elene en brisant finalement le silence. Voir le roi Ceolwulf à la cour ?

— Chez moi. Cela fait trop longtemps que je néglige ma maison. Ma sœur a eu raison d'évoquer le sujet.

Il tenta de souligner sa phrase d'un sourire avant de comprendre que celui-ci devait plutôt ressembler à une grimace…

— Mais il ne faut rien lui dire, ajouta-t-il aussitôt. Elle a déjà la tête assez grosse comme cela !

— C'est une chose qui arrive parfois aux sœurs, dit Lady Elene.

Hafual recouvra un certain calme intérieur. Il serait facile de bien aimer Lady Elene. Mais c'était dans ces instants-là qu'il risquerait justement d'avoir envie de lui faire des confidences. Et il n'ignorait pas que le danger pouvait précisément résider là. Il se rappelait encore comment Svala avait réagi lorsqu'il avait essayé avec elle.

— Toute lune de miel devra attendre, my lady.

— Il faut que votre fils reste avec nous, déclara Elene, ses yeux devenus grands sous le clair de lune, ses lèvres, généreuses dans l'ombre, demandant presque à ce qu'on les goûte de nouveau.

Hafual s'efforça de reporter son attention sur son étalon.

— Pas la peine de faire venir Narfi ici. Pour qu'il se retrouve avec Asida, le matin venu..., poursuivit-elle. En ce qui me concerne, je suis heureuse à l'idée de montrer au petit que j'ai l'intention de devenir sa nouvelle mère.

Hafual ajusta sa selle de deux mains qui tremblaient et se réjouit que l'obscurité cachât les traits de son visage. C'était plus qu'il avait espéré : Elene avait le cœur bon.

— C'est très noble de votre part, dit Hafual. Ma sœur me faisait justement remarquer, tout en se plaignant, qu'elle était la tante de mon fils. Et non sa mère.

— Pas *noble*, non, je vous assure, mais empli de sens pratique. J'ai l'intention de diriger ma maison moi-même. Or, quelle meilleure façon d'y parvenir que de commencer par mon beau-fils ? Je compte être sa nouvelle mère, mais pas de la façon dont la femme que j'ai eue pour belle-mère l'a été pour moi. Les intrigues de cour l'intéressaient davantage que les trois filles dont elle avait hérité.

Elene s'interrompit, consciente que sa phrase avait été trop longue et prononcée trop rapidement. Peut-être en avait-elle trop révélé sur ses peurs de se montrer inadaptée ? Personne n'avait envie d'entendre ce genre de phrases. Jamais.

— Allons-nous seller l'un des chevaux de mon père pour moi ? demanda-t-elle pour repousser sa peur d'échouer.

— Vous monterez mon propre cheval, répondit son époux sur un ton qui n'admettait pas de réplique.

Chevaucher avec lui... Les mains de Hafual autour de sa taille et son corps frémissant contre lui... Elene ferma les yeux en demandant à ces images ainsi qu'à la chaleur qui l'envahissait de disparaître. Le baiser que Hafual lui avait donné plus tôt l'avait été pour une raison bien précise. Mais, à présent, elle refusait de se transformer en une femelle haletante comme cela lui était arrivé avec Nerian. Lorsqu'elle regardait aujourd'hui en arrière, elle le revoyait s'éloigner d'elle après leur relation intime. Elle repensait aussi à la façon dont elle s'était cramponnée à lui et comment il l'avait de nouveau rejetée. Et cela lui rappelait comment, dans un temps encore plus ancien, quand elle était petite fille, Ansithe et Cynehild ne lui avaient permis de participer à leurs jeux qu'à contrecœur et comment elle n'avait jamais beaucoup apprécié ces amusements.

— Je suis parfaitement capable de diriger un cheval. Vous m'avez d'ailleurs déjà vue monter.

— Oui, mais je me sentirai néanmoins plus rassuré si vous vous trouvez sur cette monture, repartit Hafual avec un geste vers Bretwalda. Avez-vous besoin d'aide ?

Elle sourit.

— Serait-ce plus conforme à votre tradition consistant à enlever la mariée ?

— Ce serait plutôt dans l'optique que personne ne se perde par accident, à cause de l'obscurité, ou par erreur, répliqua-t-il.

Un picotement parcourut la colonne vertébrale d'Elene. Se perdre par accident ou que quelqu'un les enlève, elle et son cheval…

— Vous pensez que Pybba se trouve près d'ici ? Qu'il va chercher à nous couper la route et à nous empêcher d'atteindre votre maison ?

Hafual termina d'installer la selle avant de se tourner vers elle :

— Pybba est parti. Ses chevaux martèlent le sol dans la saleté, se dirigent vers la Watling Road et vers une ultime destination inconnue.

— Vous émettez une évidence.

— Préféreriez-vous que je mente ? Devrais-je dire que je veux sentir votre corps contre le mien et avoir le léger parfum floral de votre chevelure contre mes narines ? Cela complairait-il davantage à votre sensibilité exacerbée, my lady ?

— *Sensibilité exacerbée* ? Je me demande maintenant qui a bu trop d'hydromel… J'ai laissé tomber la *sensibilité exacerbée* il y a des années. Oui, je préfère maintenant la vérité. Les sucreries me sont devenues indigestes.

Sur ces mots, Elene entreprit de monter en selle. Mais sa

robe, trop serrée autour de ses hanches, l'en empêcha. Un grognement de frustration lui échappa.

Lui posant alors les mains de chaque côté de la taille, Hafual la souleva. Le cheval se mit à piétiner.

— En cas d'attaque, nous filons ensemble, expliqua Hafual. Ma sœur a laissé ma maison non protégée et je n'ai aucune envie de devoir me battre pour la récupérer si tel est l'objectif de Pybba. Je ne le laisserai pas faire.

Elene remarqua que les oreilles du cheval frémissaient. De nouveau, elle en était venue à tirer les mauvaises conclusions : Hafual se souciait bien plus de ses propres terres que de chercher à la protéger, voire, de manière plus prosaïque, à se rapprocher d'elle.

— Je vois.

— J'en suis heureux.

— Mon chien peut-il nous accompagner ? Autrement, il va s'inquiéter.

Elle avait le cœur qui cognait.

— D'autant plus, poursuivit-elle, qu'il peut suivre et n'est pas un souci. Il s'entend bien avec tous les animaux.

Hafual pencha la tête sur le côté.

— Pourquoi voudrais-je vous priver de votre chien ? Me considéreriez-vous comme à peine meilleur que Pybba ?

Elene fit une petite grimace. Sa demande avait en effet été formulée avec peu de tact.

— Mes sœurs disent toujours que je passe beaucoup de temps à me compliquer la vie.

— Je ne suis pas vos sœurs et pas le moins du monde comme elles.

L'obscurité qui régnait entre eux la ravit. La voix profonde de Hafual venait de lui mettre le feu aux joues, lui rappelant le baiser qu'il lui avait donné, les mains qu'il avait posées contre son dos et la façon dont elle s'était pressée contre lui. Autant de choses qu'elle ne voulait, pour autant, pas explorer.

Pour se changer les idées, elle siffla Bugge, mais beaucoup

plus fort, cette fois, créant l'un de ces sons perçants à la suite desquels son père se plaignait toujours d'avoir mal aux oreilles.

Ce fut après ce second sifflement que l'animal apparut. Sans hésiter, il courut vers Hafual en frétillant furieusement de la queue. Aussitôt, l'atmosphère changea.

— Il semblerait que votre chien approuve le fait que vous vous trouviez avec moi, remarqua Hafual. Intéressant…

— Moi, je le soupçonne de vouloir la viande séchée que vous avez rangée dans votre pochon.

Hafual adopta le regard de l'innocence blessée.

— Comment savez-vous que j'ai cela avec moi ? Bugge pourrait remuer la queue tout simplement parce que tous les chiens m'aiment bien…

— Sauf que cela fait deux fois qu'il renifle la bourse qui pend à votre ceinturon…

Éclatant alors de rire, Hafual donna à Bugge un morceau de viande séchée.

— Je reconnais avoir effectivement pensé que cela pourrait me venir en aide en cas de circonstances imprévues.

— Allez-vous chevaucher avec moi ?

Elene fit une petite grimace au moment précis où les mots sortaient de sa bouche. Ne donnait-elle pas l'impression de l'inviter à la tenir contre lui ?

Il secoua la tête.

— Marcher avec mes hommes m'ira très bien. Nous avancerons au rythme de votre chien.

— Le pas de Bugge sera très agréable, repartit-elle en espérant ne plus commettre d'impairs.

Elle refusait de s'imaginer quoi que ce soit. Cette fois, elle ne montrerait pas ses sentiments.

Cette fois, elle allait se méfier.

Chapitre 7

Elene n'appréciait pas l'obscurité omniprésente, combinée au silence, qui l'enveloppait alors qu'elle cheminait avec le reste du groupe à travers les bois du domaine de Hafual. L'odeur bien caractéristique de la terre humide lui saturait les narines. Et tout cela la renvoyait de manière beaucoup trop nette aux hors-la-loi qui avaient attaqué son propre groupe alors qu'elle rentrait à Baelle Heale avec Nerian. Informés de leur présence, les bandits s'étaient répartis, embusqués sur le chemin du retour de la cour d'été. À l'époque, personne n'avait réalisé qu'il s'agissait d'une tentative pour faire, à coup sûr, périr Moir et son *félag*. Or, cette nuit-là, même le goutte-à-goutte régulier de la brume suspendue à basse altitude était le même que celui d'alors.

— Êtes-vous sûr que nous allons dans la bonne direction ? demanda-t-elle.

La réponse tomba :

— Il est bien évident que je connais le chemin menant à ma maison…

Comme Hafual marquait une pause, Elene eut l'impression de le voir trembler de désapprobation tue.

— C'est la cinquième fois que je vous le répète, ajouta-t-il.

Elene ramena derrière son oreille une mèche de cheveux qui s'était libérée. Avait-elle vraiment posé la question déjà cinq fois ? Bien qu'elle fût à deux doigts de reconnaître ses craintes, elle se contenta, à la place, de déglutir avec difficulté.

— J'essayais de faire la conversation.

— Le silence peut être préférable.

Scrutant l'obscurité, Elene se redressa sur son cheval qui parut percevoir sa nervosité, remua la tête et frappa plusieurs fois de suite le sol de son sabot.

— Pas ce soir, repartit-elle.

— Nerveuse, my lady ?

— Non, dit-elle, bien que ce ne fût pas la vérité. Pourquoi le serais-je ? La journée a été longue et j'ai hâte de rejoindre mon lit.

— C'est toujours bien quand la mariée veut aller au lit.

Sentant ses joues devenir toutes chaudes, Elene se réjouit de l'obscurité ambiante.

— Ce n'est pas ce que j'ai voulu dire.

— Je retire… À présent, my lady, gardez les yeux fixés sur la route et respirez lentement. Bretwalda sent vos émotions, même si vous les désavouez.

— Vous avez donné à votre cheval le nom du Grand Roi ?

— Voyez comme il porte la tête haute et tâte le sol du bout de sa patte. Il sait qu'il est le maître de tout ce qu'il interroge. Du moins est-ce ce que je lui laisse croire. Je trouvais aussi que c'était un bon nom à attribuer à un cheval, surtout à un cheval que je pourrais mener au combat. J'aimais cette idée de sauver le pays.

Le silence tomba de nouveau, puis le craquement d'une brindille retentit plus loin. Elene eut un sursaut et poussa un cri étouffé. De son côté, Bugge s'arrêta tandis qu'un grognement montait du fond de sa gorge.

Hafual s'immobilisa à son tour et se dirigea vers ses hommes : s'obstruant la bouche de son poing serré, le souffle coupé, Elene mourait d'envie de pouvoir demander un peu de soutien autour d'elle. Une effraie blanche des clochers traversa la route comme si elle glissait sur l'air. Elene se rappela alors de nouveau comment l'on respirait.

— Une chouette est toujours de bon augure, my lady, remarqua Hafual.

Elle laissa échapper un souffle.

— Je suis un peu nerveuse, c'est tout. Les hors-la-loi avaient attaqué la nuit, et la première manifestation sonore de leur attaque avait été le craquement d'une brindille. C'était moi la responsable et j'avais suggéré que l'on poursuive, voyez-vous. C'était ma faute.

— Non, cette attaque n'était pas votre faute. Vous étiez traquée. C'est ce qui a été établi.

Elene sentit les muscles de son cou se relâcher lentement. Hafual ne s'était pas moqué d'elle.

— J'imagine que vous avez raison.

— Vous êtes en sécurité avec moi. Mon bras est fort et peut s'opposer à n'importe quel oiseau, my lady.

— C'est pourquoi nous sommes alliés. Unis contre les obstacles dans l'obscurité.

Hafual respira mieux quand les contours de son manoir furent en vue et que le groupe eut pénétré dans la cour obscure avec le chien d'Elene, qui les avait suivis sans difficulté. Il y avait eu un souffle au-dessus d'eux quand une nouvelle effraie des clochers avait survolé le chemin : le chien s'était raidi et, à ce moment précis, Hafual aurait juré que Pybba et ses hommes les attendaient un peu plus loin. Mais c'était finalement le silence qui les avait accueillis, et il avait pu détendre sa main contre la garde de son épée sans avoir à avertir Lady Elene d'un danger possible. Elle avait paru suffisamment nerveuse avant cela, s'inquiétant de l'attaque qui avait eu lieu il y a bien longtemps, comme si elle avait eu quoi que fût à voir avec elle.

S'il pouvait n'en tenir qu'à lui, jamais Elene ne découvrirait la menace véritable que représentait Pybba. Car c'était de cette façon que son père avait appris à Hafual à se comporter :

assumer le poids des fardeaux pour assurer la sécurité des autres. Donc, aujourd'hui, cela impliquait de ne pas révéler à Elene toute la vérité.

— Nous voici arrivés, lança-t-il en forçant une certaine chaleur au fond de sa voix. Sains et saufs.

Elle releva le menton.

— Je n'attendais pas que cela se passe autrement. Pybba est un lâche de premier ordre. Il aura quitté les environs. C'est du reste vous qui l'avez dit lorsque nous sommes partis. Pourquoi devrais-je douter de vous à présent ?

Hafual sentit ses épaules se détendre. Elene n'avait pas soupçonné le danger possible de l'attaque que Pybba aurait pu déclencher contre lui à la cour. Bien… La nervosité qui saisissait Elene à l'idée d'entreprendre un voyage le poussait à vouloir laisser celle-ci à Wulfhere's Clearing et à partir seul à la rencontre de Ceolwulf. Cependant, cette perspective, qui lui semblait encore si tentante quelques heures plus tôt, lui paraissait l'être beaucoup moins, maintenant que le goût des lèvres d'Elene s'attardait sur les siennes. Il voulait aller plus loin dans l'attirance et voir si Elene en ressentait aussi pour lui.

Le chien eut un bref aboiement et courut d'une traite jusqu'à la porte, s'immisçant brusquement dans ses pensées.

— Bugge, reviens ici et tais-toi. Tu vas réveiller tout le monde, gronda Lady Elene en frappant dans ses mains.

Mais le chien l'ignora et se mit même à gratter contre la porte.

— Bugge ne se conduit pas comme cela, d'habitude.

— Il sait qu'il s'agit de sa nouvelle maison où personne ne lui fera de mal.

Lady Elene porta la main à sa bouche.

— Je n'avais pas pensé à cela de cette façon. À mon avis, les choses vont se passer de manière différente de ce que vous et moi avons prévu plus tôt.

Hafual serra les dents. Lady Elene avait-elle l'intention de faire durer leur mariage ? Ou de l'éviter ? Bien sûr, il pouvait l'emmener chez l'une de ses sœurs mais, dans ce cas, elle devrait expliquer ce qui s'était passé. Il ne fallait pas qu'on lui reproche ce mariage, à lui…

Avant d'avoir pu réfléchir davantage à tout cela, il vit servantes et serviteurs arriver, les yeux pleins de sommeil et la torche à la main. Il leur expliqua qu'il avait ramené Lady Elene en tant que sa nouvelle dame et leur rendit leur salut de la main. Des acclamations sourdes retentirent, puis, suivant ses ordres, toutes et tous regagnèrent la sécurité relative de leur logement.

Hafual alla prévenir ses hommes de se tenir sur leurs gardes. Ils acquiescèrent de la tête, saisissant le message. Cette précaution était nécessaire même si Hafual doutait que Pybba l'attaque purement et simplement, sans mise en garde, au risque de déplaire au roi Ceolwulf.

— Ce sont mes sœurs qui vont être étonnées d'apprendre que je suis mariée…

Toujours en selle, Elene s'était exprimée d'une voix tendue. Elle ne fit pas mine de descendre.

— Vos sœurs comprendront que c'était nécessaire, répondit Hafual.

— À condition qu'on le leur explique de manière correcte. Ansithe a du mal à contrôler son caractère.

Elene lui sourit avant d'ajouter :

— Elle est encore bien plus ronchon que moi et aime qu'on lui demande son avis sur tout. Quant à Cynehild, elle murmurera sans doute que nous avons fait ce qu'il fallait.

— Merci d'avoir accepté le plan que je vous avais proposé, dit-il en la faisant descendre de cheval. C'était le meilleur auquel, à brève échéance, je pouvais penser.

Tout en faisant très attention à la tenir éloignée de lui, il gardait la perception intense de la façon dont la robe qu'elle portait lui moulait le corps et dont la clarté de la lune soulignait la courbe gracile de son cou blanc. Il avait envie de tendre la main et de déplacer la mèche de cheveux qui s'était nichée contre la petite oreille. Mais il s'obligea à maintenir les bras le long de son corps.

— À brève échéance ? Vous voulez dire que vous n'aviez pas prévu qu'Asida apparaîtrait avec votre manteau ?

— Ma sœur l'a apporté d'elle-même.

Il trouva que les mots sonnaient creux à ses oreilles et renforça ses dires :

— Asida sait très bien anticiper ce genre de choses. Elle avait deviné que je pourrais en avoir besoin.

— Avez-vous déjà connu cela ? Un mariage impromptu ?

— Est-ce de cela qu'il s'agit entre nous ?

— C'est une appellation comme une autre.

Elene avait le visage levé vers la clarté lunaire et les lèvres délicatement entrouvertes, comme si elles demandaient à être goûtées. Plus tôt, elles avaient eu un goût de miel et de tout ce qui était bon. Brusquement, Hafual s'éloigna d'elle.

— Nous devons gagner l'intérieur, échapper à la fraîcheur de la nuit. Elle peut parfois créer des problèmes.

Elene baissa la tête d'un geste vif et lissa le tissu de sa jupe de quelques chiquenaudes tandis que Hafual penchait la tête sur le côté en se demandant si elle avait ressenti la même flambée de chaleur que lui.

— Votre épaule vous pose-t-elle toujours des soucis ? s'enquit-elle.

Il leva le bras, reconnaissant qu'elle ait changé de sujet. En fait, son épaule ne s'était jamais remise correctement de sa luxation de l'été précédent. Il avait sauvé ses hommes mais s'était abîmé l'épaule. Et il savait ce qui importait le plus.

— Mon épaule va mieux.

— Je peux faire de la pommade pour accélérer la guérison. Depuis que j'ai apporté quelques améliorations à la recette du père Oswald, il me semble qu'elle est nettement plus efficace ainsi. Vous voyez, je suis bien décidée à me conduire en épouse dotée de sens pratique et non destinée à la décoration.

Sur ces mots, Elene s'engagea en direction de l'intérieur

de la maison, mais Hafual la rejoignit et la souleva soudain dans ses bras.

— Que faites-vous ? demanda-t-elle en appuyant sur son torse.

— Je vous fais franchir le seuil. Je n'ai pas envie que quelqu'un dise que j'ai attiré le mauvais œil avec ce mariage hâtif.

Comme elle cessait de se défendre, Hafual prit soudain conscience de la manière dont les seins généreux se frottaient contre son torse et dont elle avait d'elle-même trouvé une place dans ses bras. Il la porta ainsi qu'une coupe précieuse.

Comme le voulait la tradition, quelqu'un avait placé un balai contre la porte.

Il déposa Elene, déclenchant immédiatement les applaudissements des servantes. Un coup d'œil de sa part suffit à ce qu'elles se fondent dans le décor.

— Et voilà, c'est fait.

La voix d'Elene était beaucoup trop haut perchée.

— Je ne me suis pas fait mal à l'épaule, observa-t-il. Vous êtes beaucoup plus légère que vous le paraissez.

— Quoi ? Me pensez-vous trop forte ?

— Votre silhouette est parfaite, et vous le savez. En fait, vous cherchez juste le compliment.

Elle posa une main sur sa hanche.

— Prouver que votre épaule allait bien… Était-ce là le but de toute cette démonstration ?

Hafual hocha la tête.

— J'ai comme dans l'idée que Pybba a installé des espions chez moi. Mais, un de ces jours, nous nous mesurerons au combat et c'est moi qui l'emporterai sur lui.

Elene fit un signe du menton en direction de la table d'honneur :

— Vous attendiez de la compagnie ?

Suivant son regard, Hafual poussa un grognement. Asida avait laissé deux gobelets et un pichet de bière sur la table, avec ce qui paraissait être quelques douceurs ; le genre de choses que l'on utilise pour aider à séduire.

L'une des servantes fit la révérence et demanda si elle pouvait emporter le plateau dans la chambre de Lord Hafual ainsi qu'Asida l'en avait instruite avant de partir.

Les mâchoires crispées, Hafual refusa d'une manière abrupte qui déclencha chez Elene un regard en biais. Mais il s'en moquait. Sa sœur avait pris beaucoup trop de libertés. Et l'idée de tout ce qu'elle avait pu laisser pour eux dans la chambre qu'il occupait l'inquiétait.

— Est-ce que ce mariage vous convient ? demanda-t-il pour couvrir le silence qui tomba après que la servante eut quitté la pièce.

— Avais-je vraiment le choix ?

Elene recommença à lisser sa jupe tout en poursuivant :

— Mon père semblant absolument déterminé à ce que je me marie aujourd'hui, sa volonté limitait terriblement mes possibilités.

— Heureux de m'être montré utile, my lady.

— Mes excuses, s'exclama-t-elle aussitôt. Mes paroles dépassent parfois mes pensées. Je vous suis reconnaissante de ce voyage qui nous a menés ici ce soir. C'est mieux que d'avoir dû endurer une nuit de mariage mercienne…

— On peut bâtir un mariage solide sur de la gratitude…

— Il faut bien que tous les mariages commencent quelque part…, répondit-elle avant de claquer des doigts en direction de Bugge.

Dans l'instant, l'animal arrêta ses investigations au milieu des joncs et, docile, vint trotter près d'elle.

— Le nôtre commence ici, poursuivit-elle. Au moins n'aurons-nous pas à affronter Pybba cette nuit.

— Quand Pybba veut vraiment quelque chose, il est rare qu'il y renonce facilement, déclara Hafual avec l'espoir qu'Elene comprenne que le danger n'était pas encore passé.

Pour autant, je ne le soupçonne pas de projeter une offensive maintenant.

Levant la tête, elle rencontra son regard. Les cils noirs mettaient en valeur les yeux bleus de la jeune femme.

— Un homme tel que lui ne me fait pas peur. Ce n'est qu'un fanfaron. J'ai eu à affronter pire, bien pire, et j'ai survécu.

Il savait qu'elle pensait à l'époque où les pillards danois avaient eu l'intention de la tuer, elle et les hommes avec lesquels elle voyageait.

— Je sais cela, oui. Pour ma part, je suis arrivé quelques jours plus tard et me suis porté à votre secours ainsi qu'à celui de Nerian. C'est là que, pour la première fois, j'en suis venu à respecter le courage de cet homme et l'habileté dont il a fait preuve avec son épée.

Elene hocha la tête.

— Oui, je m'en souviens. Jamais je ne pourrai oublier cela. Vous devez me considérer comme la plus misérable des ingrates alors que je veux simplement dire que vous ne devez pas me prendre pour une fleur qui se flétrit. Je tiens aussi bien sur mes pieds que mes deux sœurs. Quant à ce qui vous concerne personnellement, vous faites ce que vous avez à faire.

Hafual tendit un index pour lui soulever le menton et vit la détermination briller au fond de son regard vif. Elene était également le genre de personne qui n'aurait pas eu une seule chance contre quelqu'un comme Pybba. Pas davantage qu'un papillon brisé contre une roue.

— Notre histoire, à Pybba et à moi, remonte à ce premier été, quand j'ai sauvé la vie de Ceolwulf. J'ai toujours pensé qu'il en savait plus sur l'assaut que ce qu'il laissait croire. Mais je manquais de preuves, et la reine refusait d'en entendre plus sur l'un de ses favoris. Cela dit, il est hors de question que je vous laisse subir les conséquences de mon inimitié avec Pybba. Il n'est pas le genre d'homme en qui j'aurais confiance dans le cadre d'une relation avec une dame de noble naissance.

— Dois-je me fier à vous ?

Hafual fit le choix de sourire en ignorant le battement qui venait de naître au fond de son cerveau. Elene n'avait-elle pas senti les flammes brûlantes, un peu plus tôt, lorsqu'ils s'étaient embrassés ? Tout ce à quoi il avait aspiré alors était de se perdre contre les lèvres douces. Mais le bruit de la foule lui avait soudain rappelé l'endroit où il se trouvait et il s'était éloigné du précipice à reculons :

— J'ai donné ma parole.

Quelque chose s'apparentant à de la déception passa d'abord sur le visage d'Elene. Mais elle se redressa presque aussitôt :

— Je voulais vous faire savoir que je comprenais la peine immense que vous ressentez depuis le décès de votre femme. Je n'ai aucunement l'intention de prendre sa place.

Bien sûr, songea-t-il, Elene s'imaginait savoir ce qu'il en était de son mariage avec Svala. Aux yeux du monde extérieur, Svala et lui étaient toujours apparus comme le couple de mariés idéal. Mais lui savait à quel point il avait échoué avec sa défunte femme et qu'il avait peu à voir avec l'idée que l'on se faisait d'un bon mari. Il était beaucoup trop froid et égoïste. N'étaient-ce d'ailleurs pas les mots que Svala avait employés, lors de la dernière querelle qu'ils avaient eue à cause d'une babiole qu'il avait refusé de lui rapporter de la cour, quand elle avait ensuite suspendu Narfi au-dessus du feu ? Il repoussa le souvenir de sa mémoire. C'était lui qui s'était mis en faute au cours de ce mariage, en ne se trouvant jamais là où elle attendait qu'il soit, en lui en demandant trop et en ne lui en donnant pas assez.

— Voulez-vous que je vous murmure des choses douces à l'oreille et prétende qu'il s'agit entre nous d'un mariage d'amour, Elene ?

— Je n'ai aucun besoin de faux-semblants ni de flatteries, répondit Elene. Et je ne suis plus une enfant que tente le goût du miel, ajouta-t-elle en levant les yeux à la recherche du regard de Hafual.

Ce droit lui était acquis maintenant. Tout son avenir dépendait de cette certitude et non d'une tradition stupide consistant à se faire porter au moment de franchir le seuil de sa maison. Jamais elle ne pourrait remplacer la femme décédée de Hafual, c'était évident. Pour autant, elle voulait qu'on la respecte, non qu'on lui cède ou qu'on la gâte.

Le regard de Hafual la parcourut du haut de la couronne que formaient ses tresses jusqu'à ses ballerines, s'attardant sur ses courbes et délivrant à la suite une respiration trop longue en regard de ce que les convenances lui permettaient.

— Il n'y a qu'à une femme adulte que je demanderais d'être mon épouse, Elene. Voilà pourquoi nous pouvons conclure que je vous considère comme telle.

Elene essaya d'ignorer les frissons qui la parcouraient à cause de la voix douce et de l'intensité du regard de Hafual.

— C'est mon père qui a arrangé le premier mariage de mes deux sœurs. Cela a bien fonctionné pour Cynehild, mais le mariage d'Ansithe s'est révélé très malheureux.

Hafual baissa la tête et lui jeta un regard voilé.

— Je tiens à souligner que vous êtes différente de vos sœurs et que je ne suis, pour ma part, ni l'un ni l'autre de leurs premiers maris.

— L'heure a tourné, déclara Elene dans une nouvelle tentative pour ignorer son émoi. Et l'épuisement est un bien pauvre acolyte de la séduction.

— La *séduction* ? Comme vous me connaissez peu…

— Je pensais…

— Le comportement qu'a eu quelqu'un d'autre n'a aucune incidence sur celui que nous avons tous les deux.

Les dents de Hafual brillèrent à la lueur des braises du feu se consumant dans l'âtre.

— Arrêtez de me juger avant même d'avoir commencé à me connaître, Elene…

Elle enroula l'extrémité de sa ceinture autour de sa main. Sa tête cognait. Elle s'était déjà montrée beaucoup trop directe en disant à Hafual la vérité sur le fait que ses choix étaient limités. La dernière chose qu'elle voulait était que son mariage commence mal. Surtout au moment où, justement, Hafual se montrait gentil. Et elle n'avait pas non plus envie d'imaginer comment Pybba se serait comporté au cours d'une nuit de noces.

— Je vous demeure reconnaissante d'avoir réfléchi rapidement aux raisons pour lesquelles nous devions venir ici.

— La pression venant de personnes extérieures est le pire moyen de commencer un mariage quel qu'il soit. Toujours.

Comme il lui saisissait la main, un tremblement chaud s'empara d'Elene et descendit le long de son bras.

Elle retira sa main en résistant à l'urgence inexplicable qu'elle ressentait maintenant de la poser en coupe contre sa joue pour voir si sa paume était vraiment aussi chaude que cela. Car elle ignorait si Hafual la trouvait, ou non, attirante. Mais cela importait peu. En ce qui la concernait, elle sentait le désir s'édifier en elle et savait où cela pouvait mener. Elle n'oubliait pas ce qui lui était arrivé avec Nerian : elle lui avait donné son cœur, et il l'avait complètement piétiné.

— Que dites-vous ? lui demanda-t-elle, la tête penchée sur le côté, tout en tentant de recouvrer le contrôle de son propre corps.

Il serait absurde, songea-t-elle, de déclarer avec orgueil qu'elle avait besoin de temps si c'était pour se retourner vers Hafual quelques secondes plus tard en lui commandant de la reprendre contre lui…

— Nous avons beau avoir décidé, avant de nous marier, qu'il ne s'agirait que d'un mariage blanc, il n'en reste pas moins que nous avons ensuite partagé ce baiser. Quelque chose est là, Elene.

— Et si je dis que j'ai fait cela pour le regard des autres ?

Cette question, elle le savait, était tombée trop vite et était, de plus, un mensonge absolu. Si elle avait cédé à ce baiser, c'était parce qu'elle l'avait voulu.

— Loin de moi l'idée de traiter ma femme de menteuse, déclara Hafual en traçant, du bout du doigt, le dessin des lèvres d'Elene.

Celle-ci tentait, tout à la fois, de se débarrasser du chaud souvenir du baiser qu'ils avaient partagé dans le hall de son père, et d'oublier la façon dont son cœur s'était mis à cogner contre son oreille quand Hafual l'avait soulevée contre lui pour lui faire passer le seuil.

Elle referma les bras autour de sa taille.

— Une démonstration ne sera pas nécessaire. J'accepte votre évaluation de la situation.

Le regard voilé que Hafual lui adressa atteignit, lui sembla-t-il, le fond de son âme.

— C'est à vous de décider si vous voulez m'inviter dans votre lit, reprit-il. Je n'ai jamais forcé la moindre femme et n'ai pas l'intention de commencer avec la mienne. Mais je vous ai épousée avec la volonté de vivre un mariage décent. Pour nous protéger autant l'un que l'autre.

— Vous voulez bien me laisser du temps ? Ne pas m'exposer, ce soir, à la séduction ?

Sans attendre la réponse, Elene s'effondra sur un banc et laissa aller sa tête en arrière contre le mur rugueux. Jamais elle n'avait pensé que Hafual pourrait être d'accord ou ne serait-ce que disposé à comprendre son point de vue sur le fait d'attendre. Tous ses arguments mûrement réfléchis, ceux qu'elle avait considérés pendant le trajet, alors qu'elle tâchait de ne pas penser à la possibilité que Pybba les attaque, se révélaient à présent inutiles.

Les yeux bleu nuit de Hafual reflétaient maintenant les braises rougeoyantes du feu.

— Jusqu'à ce que vous vous sentiez prête à être pleinement ma femme, je me retiendrai de vous séduire.

— Et si je ne me sens jamais prête… Que se passera-t-il alors ? demanda-t-elle, prise d'un questionnement soudain.

— Dire l'avenir n'a jamais fait de bien à personne, répondit Hafual.

Puis il inclina la tête.

— Seriez-vous en train de me mettre au défi de vous séduire ce soir, Lady Elene ? Et quelle sorte de séduction voulez-vous ? Un comportement convenable ? Préférez-vous être courtisée et gagnée ? Ou que ce choix vous soit retiré ?

Elene se mordilla la lèvre inférieure, en se rappelant ce que Nerian avait dit après qu'ils avaient connu leur premier rapport physique et comment il s'y était pris pour que tout paraisse être sa faute à elle.

— Nerian disait que je voulais cela.

Les narines de Hafual palpitèrent.

— Seriez-vous tentée de prétendre que je suis Nerian ?

— Nerian ne tient aucun rôle dans ce mariage.

— Nous sommes d'accord là-dessus.

S'éclaircissant la gorge, Elene essaya d'éloigner le sujet de Nerian et la façon dont il l'avait fait se sentir complètement incompétente. Il avait eu beau dire que c'était ce qu'elle avait voulu, quand tout avait été fini, elle s'était sentie salie. Et elle ne parvenait pas à comprendre pourquoi les gens trouvaient ce moment agréable.

— Pour l'instant, restons-en à une relation platonique. Nous verrons ensuite si nous sommes compatibles. Un mariage représente davantage que quelques galipettes dans le foin.

Les yeux de Hafual se mirent à briller.

— Alors, exprimez-vous sans détour : comment voulez-vous être courtisée ?

— Ce n'est pas le sujet. Je suis en train de vous dire qu'une épouse devrait être davantage qu'une concubine.

Elle s'arrêta, à la recherche d'une excuse à son ton direct, et sourit à la vue d'une petite épée de bois abandonnée sur les joncs. Le genre de jouet dont raffolaient les petits garçons.

— Il y a d'autres choses à prendre en considération. Voir si votre fils m'accepte pour mère et n'a pas peur de moi, par exemple… Moi aussi, j'ai eu une belle-mère pendant une brève période qui a été loin d'être la plus heureuse de ma vie.

La lumière du feu mettait en évidence les traits les plus durs du visage de Hafual :

— Mon fils n'a pas d'influence sur mon choix de partenaire. Il acceptera, comme nouvelle mère, toute femme que j'épouserai.

Elene demeura complètement impassible. Hafual avait beau être un grand guerrier, sa déclaration confiante disait de manière assez claire qu'il en savait peu sur les enfants. Elle voulait que Narfi l'apprécie, non qu'il se contente de l'accepter.

— Certes.

— Dites-moi la vérité, Elene. Qu'est-ce qui vous effraie dans le fait qu'un homme et une femme s'unissent ?

Elene maintint son esprit à l'abri de la douleur, du sentiment de vide et de la déception dont elle avait souffert après sa première expérience.

— Rien ne m'effraie. Cette union peut être source d'un grand plaisir. C'est du moins ce que l'on m'a dit.

— Je vous ai donné le choix ainsi que ma promesse. Nous irons à votre rythme.

Mais Hafual se mit à bâiller de manière trop ostensible et elle remarqua qu'il ne la pressait pas pour savoir comment *elle savait*.

— Pour le bien des servantes et des espionnes, nous partagerons ma chambre, déclara-t-il.

Elene se figea.

— Des espionnes ? Quelles espionnes ?

— Les servantes ont des oreilles, répondit Hafual en posant un index sur ses lèvres. Si Pybba a soudoyé Ecgbert et la femme de celui-ci, il peut très bien avoir corrompu l'une de mes servantes.

— Je n'avais pas pensé à cela.

— Nous partagerons donc ma chambre. Il faut que les gens pensent que c'est notre choix qui a dicté notre mariage et non les circonstances qui nous l'ont imposé. Le roi Ceolwulf sera plus enclin à pardonner s'il pense qu'il s'agit d'un vrai mariage d'amour.

— Pensez-vous que ce soit la fin des machinations de Pybba ? Réellement ?

Hafual frappa dans ses mains et se leva, la dominant de sa hauteur.

— Quand j'ai promis de vous protéger, cela voulait dire de *toutes* les menaces. À présent, la bienséance exige-t-elle que je vous porte à votre chambre ou m'épargnerez-vous cela ?

Elene se leva à son tour.

— Vous allez me dire la vérité et non répondre par un mensonge poli à cette question : parmi toutes vos servantes, quelles sont celles en qui vous n'avez pas confiance ?

— Ai-je dit que je ne leur faisais pas confiance ?

— Je ne vais pas m'évanouir ou me conduire comme une écervelée. Étant petite, je détestais quand mes sœurs ou mon frère me cachaient un certain nombre de choses parce qu'ils m'estimaient trop jeune ou trop sotte pour comprendre. Mon cerveau peut contenir plus de deux pensées, vous savez.

— Le chaton a des griffes.

Elle releva le menton.

— Je ne suis ni un chaton ni une créature mignonne et câline, à qui faire plaisir et puis à renvoyer. Je suis une femme qui est maintenant votre épouse. Alors traitez-moi comme telle.

— Je me suis visiblement égaré…

Plutôt que de répliquer, Elene haussa un sourcil et attendit. Le silence s'étira entre eux.

— Que voulez-vous savoir ? demanda finalement Hafual avec une humilité toute neuve dans la voix.

— À quel niveau estimez-vous le danger qui pourrait venir de Pybba ? Il est probable qu'il soit parti en paix et avec la certitude que son plan avait échoué. Après tout, il sait que nous sommes mariés maintenant. Malgré cela, vous avez pensé que la chouette effraie était peut-être le signe qu'il s'apprêtait à nous attaquer, exactement comme je l'ai cru moi-même. En fait, vous vous attendiez à un assaut, raison pour laquelle vous m'aviez installée sur le cheval pendant que vous demeuriez au sol, avec la main sur le pommeau de votre épée, prêt à réagir au moindre désordre.

— Le danger persistera jusqu'à ce que le roi reconnaisse notre mariage. De son côté, Pybba va continuer à observer ce qui se passe, car il sait qu'il aura des comptes à me rendre.

Elene sentit un frisson la parcourir. Bien sûr, il aurait été beaucoup trop simple de se dire que le danger avait disparu comme par enchantement parce qu'elle et Hafual s'étaient mariés – et peut-être n'avait-il pas tout à fait tort de la traiter de *chaton*. Mais elle ne commettrait plus la même erreur. Elle avait besoin de penser au-delà de l'instant, de ne pas s'arrêter au moment présent, chose que Cynehild l'accusait souvent de faire.

— Il faudra ensuite qu'il sache que nous sommes plus forts et non plus faibles suite à notre mariage.

Elene frappa du plat de la main sur la table. Blotti au coin du feu, Bugge ouvrit un œil.

— Baelle Heale ne sera jamais à lui, affirma-t-elle.

— Tout dépendra si le domaine de votre père était son véritable but ou s'il voulait l'utiliser comme levier contre moi et contre mon influence sur le roi Ceolwulf. Le temps le dira…

— Qu'allez-vous faire à présent ? s'enquit-elle. Vous rendre à la cour ? Il y a moins d'une rude journée de cheval pour rallier Tamworth.

Elle venait de citer le nom de la résidence royale préférée du roi Ceolwulf.

— Il est encore beaucoup trop tôt pour tenir un échange sur l'endroit où Ceolwulf se rendra, répondit Hafual. En ce qui concerne ce soir, j'ai seulement l'intention de profiter de mon sommeil. À côté de cela, Pybba et ses machinations ne sont que de lointains problèmes.

— Profiter de votre lit ? Oh ! allez-y ! s'exclama Elene en reculant d'un pas.

Dans sa hâte, elle faillit trébucher sur Bugge. Malgré ce qu'elle avait espéré, Hafual se révélait très semblable à Nerian et à tous les autres hommes perfides qu'elle avait connus. Les promesses dont la durée de vie ne dépassait pas une nuit étaient toujours faciles à donner.

— Il est aisé de vous taquiner, my lady.

Elene s'arrêta.

— Parce que vous êtes en train de me taquiner ?

Une fossette apparut puis disparut de la joue de Hafual.

— La lady n'est pas là pour qu'on la distraie. Dommage, car il serait très agréable de vous distraire, au lit ou en dehors, my lady. Mais je vous ai donné ma parole.

Elle respira mieux. Hafual tentait de plaisanter.

— Menace ou promesse ?

— Je vous laisse décider.

Il alluma un roseau et le lui tendit.

— Vos paupières deviennent lourdes, madame ma femme. Et le lit, celui qui était le mien, attend.

Elene prit le roseau avec précaution, évitant le contact des doigts de Hafual.

— Si vous me donnez un peu de temps…

Il s'inclina.

— Bien sûr. Vous avez ma parole.

Les yeux posés sur le roseau rougeoyant, et l'esprit occupé à tenter d'ignorer le lit massif sculpté, chargé de fourrures et d'oreillers empilés, Elene s'assit sur la malle, attendant le petit bruit qui lui indiquerait que Hafual avait finalement décidé de se glisser dans le lit. Celui-ci était sans doute le plus luxueux qui lui avait jamais été donné de voir, le genre de lit qui semblait presque supplier que l'on entre y dormir. Mais Elene refusa l'invitation.

L'image d'elle-même en train de se réveiller, recroquevillée contre Hafual, refusait de quitter son cerveau. Elle savait ce que c'était que se réveiller entre les bras d'un homme au visage tout près du sien. Et que cette intimité la rendrait aussi vulnérable qu'elle l'avait été avec Nerian. Il n'était pas question de reproduire les mêmes erreurs.

Au lieu de s'attarder plus longtemps sur cette possibilité, Elene constitua un couchage à même le sol avec quelques-unes des fourrures réservées au lit et deux ou trois coussins en surplus. Bugge, qui s'était déjà établi dessus, grogna quand elle s'approcha.

Ce fut alors que l'énormité de ce qu'elle avait fait lui sauta aux yeux : se marier avec un homme qu'elle connaissait à peine mais qui à présent lui paraissait avoir planifié ce mariage peut-être pas vraiment imprévu. Car Elene ne pouvait croire un seul instant qu'il fût entièrement l'œuvre de la sœur de Hafual. Asida était, en effet, l'une des personnes les plus désorganisées qu'elle connût.

En pensée, elle entendait déjà ses sœurs se moquer de la situation dans laquelle elle se trouvait et de cette façon qu'elle avait de sauter avant de regarder.

Elle frappa l'oreiller du plat de la main.

— Je vais faire en sorte que tout cela fonctionne. Cynehild et Ansithe ne vont pas se moquer de moi. Je ferai de cette union un beau mariage…

La minuscule lumière qui apparut soudain dans l'encadrement de la porte lui permit de distinguer la silhouette de Hafual, mais pas beaucoup plus. Bugge se leva alors, abandonnant sa place sous les couvertures pour élire domicile contre l'un des pieds du lit.

— Elene ? Est-ce que tout va bien ? Je ne vous vois pas dans le lit.

Hafual avançait dans la pièce, emplissant l'espace.

— Bugge a d'abord pensé que les fourrures que j'avais posées à terre lui étaient destinées, répondit-elle. En me voyant, il a refusé de bouger. Il s'est même mis à grogner lorsque je me suis approchée.

Hafual jeta un coup d'œil au chien. La truffe enfouie entre ses pattes de devant, le petit traître essayait de se cacher.

— Il a l'air bien installé.

— Et vous ? repartit-elle.

— Jusqu'à ce que vous m'invitiez expressément dans ce lit, je n'en prendrai pas possession.

Le ventre d'Elene se serra. Elle avait songé que Hafual ne prendrait la parole que pour contourner les défenses qu'elle s'était construites. Mais il se montrait prêt à abandonner un lit confortable.

— Et si je ne viens pas ? demanda-t-elle.

— Ma patience a des limites, Lady Elene. Au lit avec vous, ou c'est moi qui vous y porte. Et alors, toutes les promesses prendront fin.

Elene déglutit avec difficulté.

— Je… je comprends. Nous n'avons aucune idée de ce que demain nous apportera.

— Tout à fait.

Elle approcha avec toute la dignité qu'elle put rassembler et plongea sous les fourrures. Deux autres glissèrent à terre quand elle défit sa robe.

Lorsque vint le tour de Hafual, elle essaya d'ignorer le bruit qu'il fit avec ses vêtements avant que ceux-ci atteignent le sol.

— Merveilleusement douillet, dit-il. J'ai éteint les roseaux, my lady. De cette façon, vous n'aurez pas besoin de vous en inquiéter.

La prochaine fois, songea-t-elle, elle s'assurerait d'être profondément endormie longtemps avant que Hafual pénètre dans la chambre. Mais, pour cette nuit, elle soupçonnait que ses rêves allaient être emplis de Vikings aux larges épaules.

Hafual somnolait, blotti au milieu de bien trop de fourrures, attendant le chant du premier coq qui lui donnerait légitimité pour se lever. Malgré le chaos de la journée qui s'annonçait, le sommeil semblait loin.

Il écouta le bruit de la respiration d'Elene, qu'il ne connaissait pas encore, et s'efforça de ne pas se rappeler à quel point il avait lamentablement échoué dans son rôle passé de premier mari.

Cette fois, il se conduirait mieux. Il préserverait son épouse du danger et répondrait aux besoins qu'elle manifesterait. En tout cas, il ne répéterait pas les erreurs qu'il avait commises avec Svala. Avec elle, il s'était jeté trop vite dans une relation intime qu'elle avait toujours si peu appréciée que, par la suite, elle lui avait reproché tout ce qui s'était mal passé dans leur existence, à commencer par leur bébé qui n'arrêtait jamais de pleurer. Avant la naissance de Narfi, Hafual avait tenté de rendre les choses plus faciles, mais Svala était devenue de plus en plus fragile et inquiète à propos de la naissance du nourrisson à venir. Peu à peu s'étaient installées pour lui des raisons de demeurer à l'écart, jusqu'à ce que son désir pour Svala se dissolve sous le poids des accusations non formulées.

Aujourd'hui, cette union inattendue se présentait à lui comme une seconde chance. C'était du moins ce qu'il voulait penser, même s'il trouvait étrange que ce mariage signifiât quelque chose pour lui. Car, jusqu'à ce que la célébration ait eu lieu, il était demeuré certain que son existence s'apprêtait à emprunter un autre chemin.

Il aimait discuter et argumenter avec Elene. En même temps, tout cela lui faisait peur. C'était comme si son corps s'éveillait d'un long sommeil. Mais, quoi qu'il en fût, il n'oubliait pas ce qu'il avait fait ni comment il avait raté son mariage précédent.

Roulant sur le côté, il rencontra le museau frais de Bugge. Le chien laissa aller un léger « wouf » à son intention avant de lui lécher la main.

— Je sais, je sais. Cette fois, je vais accomplir mon devoir. Je protégerai ta maîtresse et le fait de veiller sur elle nous assurera d'avoir conclu un mariage digne de ce nom.

Le chien pencha la tête sur le côté et lui adressa un regard compréhensif.

— Tu as raison. Je désire en effet très fort sentir ses lèvres contre les miennes et explorer les contours de son corps. Je suis resté trop longtemps sans femme, et ta maîtresse est très belle. Le désir. Rien de plus. Simplement, avec cette épouse, je m'assurerai qu'elle apprécie mon contact et me veuille autant que je la veux.

Chapitre 8

Le lendemain matin, Elene s'éveilla avec le sentiment bien clair que quelqu'un était en train de la regarder. Ses rêves, quand ils étaient enfin apparus, avaient été confus, habités par un Viking à la carrure très puissante qui la soulevait du sol avant de la tenir serrée contre lui et de la garder saine et sauve alors même qu'autour d'elle, tout s'effondrait.

Elle s'était éveillée avec la certitude de vouloir quelque chose de plus de sa relation avec Hafual. Le baiser qu'il lui avait donné contenait, en effet, une puissance pure qui la troublait. En cet instant précis, Hafual se trouvait-il en train de la regarder dormir ? Était-il entré dans le lit ? Ou allait-il devenir comme Nerian que seul un corps chaud et quelqu'un à conquérir intéressaient ?

Elle se redressa en vitesse. Peut-être que cela n'avait pas été uniquement sa faute si elle avait échoué à garder Nerian ? Peut-être que, cette fois, elle pourrait conserver son nouvel homme ? Peut-être que son rêve disait cela ?

Elle se trouvait tout à fait seule dans le lit lourdement sculpté, couvert d'oreillers en duvet empilés et de douces fourrures.

Hafual avait disparu. Les gobelets et le pichet de bière étaient restés sur la malle. Plusieurs fourrures, pliées avec soin, s'empilaient dans le fond du lit. Mais un petit garçon, à la tignasse blond cendré et aux yeux les plus grands qu'Elene ait jamais vus, la contemplait d'un air solennel.

Il ôta d'un geste lent son pouce de sa bouche et inclina la tête sur le côté.

— *Far* ?

Elene tendit une main. La pile de fourrures glissa à terre avec un bruit lourd et mat.

— Narfi, tu te souviens de moi, n'est-ce pas ? Elene… Ton amie de Baelle Heale. Je suis venue vivre ici avec toi et ton père. J'ai amené mon chien.

Ignorant sa main, Narfi mit de nouveau son pouce dans sa bouche et continua à poser sur elle le regard solennel qui était le sien. Quant à Bugge, il avait à l'évidence accepté l'enfant car il leva à peine la tête de l'endroit, à côté du lit, où il somnolait et la reposa presque aussitôt entre ses pattes de devant.

— My lady, lança une servante en faisant irruption et en se dirigeant vers l'enfant qu'elle souleva et qui se mit à se tortiller. Lord Hafual a dit que l'on ne devait vous déranger sous aucun prétexte. Je suis désolée. En temps normal, Lady Asida insiste toujours pour surveiller personnellement l'enfant afin que je puisse travailler sur le métier à tisser. Nous sommes derrière, vous savez, nous œuvrons sur la voile pour le nouveau bateau de Lord Hafual. Alors j'ai pensé : « Pourquoi ne pas en profiter pour aller tisser un peu ? » Sans réaliser que le petit s'était faufilé dehors pour venir jusqu'ici…

— Le cabanon à tisser se trouve plutôt loin du logis, remarqua Elene en fronçant les sourcils, avec le souvenir du matin où son neveu était descendu seul jusqu'au lac alors qu'il était à peine plus grand que Narfi et que, même s'il ne lui était rien arrivé, Cynehild était devenue folle de peur et lui avait relaté très souvent l'incident.

Puis Cynehild était partie vers les terres de feu son mari pour déposer l'épée avec laquelle il avait combattu à l'endroit où elle avait finalement rencontré celui qui allait devenir son nouvel époux. Le rappel fréquent de cette péripétie avait eu pour but de faire comprendre à Elene la nécessité de se montrer vigilante. Mais, comme la plupart des leçons venant de sa sœur, Elene avait déjà saisi celle-là depuis longtemps.

— Ce jour-là, conclut Elene après avoir résumé son histoire, mon neveu aurait pu se retrouver n'importe où.

Les joues de la servante devinrent cramoisies et elle se mit à lisser son tablier en murmurant quelques phrases difficiles à suivre :

— Je crois que Narfi était venu chercher son père, son *Far*. Lady Asida lui a dit d'appeler Lord Hafual ainsi. Ce n'est pas comme dans les vieux jours, permettez-moi de vous le dire…

— Quel genre de nom est-ce, « *Far* » ?

— Il l'utilise vraisemblablement pour signifier « *Father* ».

Tout en parlant, les lèvres de la femme s'étaient rétrécies en un trait fin comme si elle désapprouvait de manière systématique tout ce qui était en connexion avec Hafual et sa famille, mais qu'elle retenait ses mots par politesse.

— Le tissage, my lady… À son retour, Sa Seigneurie a été hautement insistante. Il veut que la voile du bateau parte pour le marché de Ludenwic le plus tôt possible. Et personne ne désire s'attirer les foudres de Lord Hafual.

— Je vois, répondit Elene.

Mais elle doutait que, quel que soit l'endroit, personne ne fût jamais à jour avec un tissage en cours. À Baelle Heale, la production de tissu avait toujours occupé une grande partie du temps des femmes. Et le fait que Hafual pût se montrer coléreux était loin d'être une découverte.

— Tout le contraire du dernier lord de Wulfhere's Clearing, poursuivit la femme, en oubliant apparemment qu'Elene avait connu son voisin et le détestait sans appel.

Il avait perdu ses terres pour avoir comploté avec le seigneur de guerre danois qui avait enlevé le père d'Elene et le premier mari de Cynehild.

— Laissez donc Narfi ici avec moi, proposa-t-elle. Mon chien a l'habitude des petits.

Elle avait accompagné sa phrase d'un regard dur à l'impudente. Cette femme n'était pas le genre de personne à qui elle confierait la garde d'un jeune enfant.

Les yeux de la servante s'écarquillèrent.

— Êtes-vous sûre, my lady ? Vous venez de vous marier et…

— Laissez Narfi avec moi. Si Lord Hafual et Lady Asida me posent des questions, je leur répondrai. Mais, comme vous le dites, cette toile doit être tissée correctement. Et bien tisser demande du temps.

Le visage de la femme se plissa en une série de grands sourires.

— Dieu vous bénisse, Lady Elene. Vous saurez vous occuper d'un enfant. Je le sens jusque dans mes os.

— En tout cas, j'ai l'intention d'essayer.

— Quand vous serez prête, il y a un pot de porridge suspendu dans la cuisine. J'en ai fait plus qu'il n'en fallait, vous allez voir. C'est Lady Asida qui me l'a commandé avant de partir. Elle est drôle : toujours à prédire des choses qui finissent par arriver.

Elene arqua un sourcil. Ansithe aussi était ainsi : prétendant savoir des choses alors qu'elle se contentait de déduire les faits en faisant appel à sa logique tout en espérant que les gens ne retiendraient, parmi ses prédictions, que celles qui s'étaient réalisées.

— Asida semble penser quasiment à tout.

La femme fit une petite révérence et s'éloigna en toute hâte, laissant Narfi assis par terre au milieu des fourrures.

Comme Elene claquait des doigts par jeu, Bugge dressa une oreille :

— On va voir si tu peux te faire un ami.

Bugge répondit par un aboiement contenu comme s'il voulait dire qu'il comprenait ce que l'on requérait de lui. En l'entendant, Narfi délivra un cri de joie pure et referma ses petits bras autour du cou de l'animal quand celui-ci le taquina avec gentillesse du bout du nez avant de s'étendre et de laisser l'enfant se rouler sur lui pendant qu'Elene s'habillait.

Enfin, Narfi s'assit et se mit à babiller, lançant à l'intention de Bugge quelques petits mots sur les chevaux et sur les hommes. Elene, qui venait de finir de rafraîchir la tresse qui lui ceignait le front, la protégea d'un chapeau.

Quand il fut las de son jeu avec le chien, le petit garçon commença à enfouir la tête dans les fourrures, prenant grand plaisir à se cacher puis à ouvrir un œil pour regarder Elene par-derrière, à se redresser d'un coup et à dissimuler de nouveau sa tête en riant. Ils poursuivirent ainsi leur jeu pendant quelque temps jusqu'à ce que le rire contagieux de l'enfant retentisse.

Dans le cou d'Elene, ses muscles se détendirent. L'obstacle était surmonté et n'avait causé aucun dommage à Narfi. Mais elle se promit de trouver une nourrice capable de s'occuper de lui comme il fallait pour les moments où Asida et elle ne pourraient être ici. Car Asida serait sans doute horrifiée d'apprendre à quel point la servante avait pu se montrer défaillante.

Une fois qu'Elene eut fini de se vêtir, elle se mit à genoux à quelques pas du petit garçon et tendit une main devant elle.

— Narfi, appela-t-elle avec douceur. Approche. Il faut que nous trouvions de quoi prendre notre premier repas, Bugge et moi. Lui, il aime bien le porridge. Et toi ?

Elle attendit que Narfi parvienne jusqu'à elle et glisse une main chaude dans la sienne. Avec un sourire comme le sien, il aurait pu éclairer un millier de soleils.

— Jolie dame. Chien. Faim. Mange maintenant.

— Absolument ! s'écria-t-elle. Je ne puis me déclarer en désaccord avec cette évaluation, jeune homme. Même si je dois me demander pourquoi tu as, toi aussi, envoyé promener ta nourrice.

Sur ces mots, Elene regarda par-dessus la tête de Narfi, vers l'endroit où elle découvrit Hafual, appuyé contre le cadre de la porte. Son souffle se suspendit dans sa gorge. Les cheveux blond foncé de Hafual scintillaient comme s'ils étaient constellés de diamants. Et sa tunique ouverte révélait un cou puissant. Le souvenir des rêves expressifs qu'elle avait faits un peu plus tôt vint se déverser sur elle. Elle voulut demander à Hafual depuis combien de temps il se trouvait là, à les regarder, son fils et elle, quand lui prit soudain l'envie qu'il la trouve jolie alors qu'elle savait bien que, ce matin-là, elle était tout sauf jolie.

— Je suppose qu'il pleut, se contenta-t-elle de remarquer à la place, en détestant sa voix essoufflée.

Elle toussa discrètement.

— Vos cheveux sont mouillés. Si vous ne voulez pas attraper froid…

Il haussa les épaules. Dans ce geste, le tissu de la tunique lui moula un instant le torse.

— Disons qu'il s'agit davantage de brume que de vraie pluie. Mon apparence vient peut-être du plongeon que j'ai fait dans le lac.

— Vous levez-vous toujours ainsi de bonne heure pour aller vous laver dans le lac ?

— Comme on ne me proposait pas de roulades dans le lit, je me suis contenté d'un petit bain froid.

Elene baissa les yeux vers ses propres mains. L'anneau de Hafual pesait lourd à son annulaire.

— Inutile…, lâcha-t-elle.

— Je vous présente mes excuses si je vous ai offensée. J'ai essayé d'être drôle. Et n'ai pas réussi.

Il se passa la main dans les cheveux, dispersant quelques gouttelettes autour de lui.

— Je voulais que la forge fonctionne correctement. Seulement, une fois que j'eus atteint mon but, j'étais couvert de suie de la tête aux pieds et le bain froid m'a paru le moyen le plus simple de m'en débarrasser.

— Vous avez réparé la forge ce matin ?

Elle fit une petite moue. Hafual était déjà debout en train de vaquer à ses occupations tandis qu'elle paressait encore au lit. Voilà qui n'était peut-être pas la meilleure façon de se glisser dans son rôle de maîtresse de ces lieux.

Hafual détacha le regard du sien.

— Ma sœur dit qu'elle n'aime pas prendre de décisions en mon absence. Or il y avait un problème avec l'enclume et plusieurs éléments qui nécessitaient une réparation. Quand j'étais plus jeune, j'utilisais les soufflets du forgeron… C'était avant que j'apprenne à devenir guerrier.

— Votre fils est venu vous réclamer ici.

— Vraiment ?

Un éclair de plaisir passa sur le visage de Hafual avant qu'il baisse le front et tende ses bras massifs :

— Narfi, vas-tu saluer ton père convenablement ?

Le petit tressaillit légèrement, comme si la voix forte de Hafual le dérangeait, et ne bougea pas de l'endroit où il se trouvait assis, juste à côté de Bugge.

— Chien. Moi.

Après un temps d'arrêt gêné, les bras de Hafual retombèrent. Son sourire parut embarrassé, avec beaucoup trop de dents.

— Ne vas-tu pas me dire bonjour, Narfi ?

Le petit se cacha le visage dans la fourrure de Bugge.

— C'est un gentil garçon, votre fils, déclara Elene tandis que le sourire de Hafual disparaissait. Pour l'heure, je le pense fatigué et affamé. Nous étions d'ailleurs sur le point de partir en quête de porridge après une très amusante partie de cache-cache.

Au mot « cache-cache », Narfi tourna la tête vers Elene, lui sourit et replongea très vite dans la fourrure de Bugge.

— Vous voyez, il joue.

Frappant dans ses mains, elle dit bien haut :

— À votre tour, à présent, Hafual. Dis-moi, Narfi, si on jouait à cache-cache avec ton *Far* ?

Pendant le temps que dura le petit échange, Hafual évita de regarder le garçon.

— C'est stupide. Il est l'heure de manger ! coupa-t-il sur un ton plutôt réservé à une cour d'entraînement qu'aux occupants d'une chambre à coucher. Allez, viens, maintenant, Narfi.

— Allez-vous me dire que le jeu de cache-cache ne lui est

pas adapté ? s'enquit Elene en tâchant de déterminer l'humeur du petit garçon.

Jusqu'à ce jour, son expérience lui avait enseigné que les jeunes enfants n'aimaient pas se mettre à jouer sur ordre de quelqu'un et que c'était pour cette raison que son neveu tirait la langue à Wulfgar, se mettait à taper des pieds et piquait souvent une véritable colère quand son grand-père tentait de le forcer à s'amuser. Elle avait aussi appris que jouer avec un petit et le distraire étaient la meilleure façon d'éviter les ennuis de ce genre.

— J'ai une petite idée..., murmura-t-elle.

L'éclair de quelque chose qui ressemblait fort à de la douleur passa sur les traits de Hafual. Avant de s'incruster dans son expression même.

— Asida a commencé à s'occuper de Narfi quand il a perdu sa mère. Quand Asida reviendra, il faudra lui demander de confirmer, mais il me semble qu'il commence à crier comme une furie quand il a faim. Pour le calmer, elle est parfois obligée de lui glisser une cuillère dans la bouche.

— Asida est sans aucun doute en train de remettre la maison de mon père sur les rails, dit-elle en soulevant Narfi.

Lui passant aussitôt les bras autour du cou, celui-ci la serra fort. Elene fut aussitôt consciente de l'odeur de l'enfant qui venait lui chatouiller les narines.

— C'est l'heure du porridge ! annonça-t-elle.

Hafual eut un petit rire :

— J'ai épousé une organisatrice.

— Y a-t-il quelque chose de mal à cela ?

— Pas du tout. Et qu'avez-vous l'intention de faire, une fois le porridge terminé ?

— *Nous* devons résoudre le problème de Pybba et deviner ses intentions. S'il convoite vraiment le domaine de mon père, je doute qu'il renonce à son idée.

Comme Elene le considérait par-dessus la tête de Narfi, Hafual prit une expression impénétrable et dit :

— Vous et ma sœur êtes devenues proches. Vous échangez des confidences. Si nous parlions plutôt de cela ?

— Disons qu'elle et moi nous rendons de temps en temps visite. Comme on le fait entre voisines.

Elene aimait bien Asida. Mais cela ne l'empêchait pas de remarquer combien Hafual tentait de détourner la conversation des intentions de Pybba. Svala n'avait peut-être porté que peu d'intérêt à ce genre de choses, mais, pour sa part, elle avait appris que nier l'existence d'une menace n'avait jamais fait disparaître cette dernière plus vite.

— J'ai trouvé qu'Asida avait énormément de sens pratique, poursuivit-elle. Raison pour laquelle je me rendais ici, l'autre jour. C'était pour venir lui demander son avis… et me cacher.

Son propre rire résonna de manière quelque peu contrite à ses oreilles.

— Peut-être aurais-je d'ailleurs dû l'écouter, cet avis, au lieu de prendre ma décision de mon côté.

— Ma sœur trace souvent des plans. Ou bien elle se plonge dans des calculs. Hier soir, c'est elle qui était responsable des gobelets et de la bière.

— J'avais justement songé qu'elle pouvait penser que vous partageriez un verre à votre retour.

— Je crains qu'il s'agisse d'une habitude prise dans son enfance. Elle se plaît à prétendre qu'elle voit dans l'avenir.

— Comme si c'était possible… J'imagine qu'elle sait plutôt anticiper ce qui va se passer. Comme Ansithe.

— Tout à fait. Mais je redoute qu'elle finisse par s'attirer des ennuis si elle va trop loin.

Elene se figea. Le père Oswald s'était sans le moindre doute offusqué de cette découverte. Mais elle, non. Asida ne recelait pas une once de méchanceté, Elene le savait très bien. De plus, dans la région, les gens cherchant signes et présages étaient nombreux, quand bien même l'Église avait officiellement déconseillé de le faire.

— Aussi longtemps que les plans ne me concernent pas,

déclara Hafual, nous ne serons pas ennuyés. Je n'ai aucune envie de connaître mon avenir avant qu'il advienne, merci beaucoup…

— Un autre de vos principes ?

— Les principes nous aident à demeurer sains et saufs. N'est-ce pas ce que vous avez dit ?

— Je parle parfois trop.

Frappant dans ses mains, Narfi répéta immédiatement, sur un ton radieux, les mots que venait de prononcer son père. Hafual éclata de rire, mais ce son fort et soudain froissa le visage du petit et lui fit tourner la tête vers l'épaule d'Elene. Par-dessus les boucles de Narfi, elle saisit une tristesse profonde dans le regard de Hafual.

— Vous voyez, ce petit homme aussi est d'accord, dit-elle très vite en reposant l'enfant. Nous permettons à Asida de faire de bonnes suppositions, mais apprécions de bon cœur les occasions où elle se trompe.

Hafual la contempla de son regard voilé. Une lueur de connivence y avait remplacé la tristesse.

— Vous savez comment fonctionnent les sœurs…

Se levant, Elene prit Narfi par la main. Les petits doigts se blottirent à l'intérieur de sa paume. Il la tira comme s'il voulait l'entraîner vers la porte.

— Ce petit jeune homme veut prendre son premier repas de la journée. Il trouve qu'il a assez attendu comme cela pour s'alimenter.

— Comment pouvez-vous l'affirmer ?

— Il m'a réveillée, et il a l'estomac qui proteste.

Elene s'agenouilla de nouveau pour avoir le visage à hauteur de celui de Narfi.

— Plus de cache-cache tant que tu n'auras pas mangé ton porridge, jeune homme. J'ai entendu dire qu'il y en avait plus à manger qu'il n'en fallait, et qu'il est possible que ton père se joigne à nous.

Se tournant vers Hafual, elle ajouta :

— Ce sont les ordres de votre sœur.

— Ma sœur est très insolente.

— Plus manger pour Narfi.

Au moment où l'enfant prononçait cette phrase, son petit estomac se mit obligeamment à gargouiller, déclenchant chez lui un nouvel accès de fou rire contagieux. Les coins des lèvres de Hafual s'abaissèrent.

— Je doute qu'il sache contrôler son estomac. Ce qui n'est pas mon cas, remarqua Elene juste avant que Hafual se mette à crier :

— Ma sœur l'encourage à devenir grossier ! Elle trouve cela drôle. Pas moi. Je n'ai pas envie d'avoir un enfant que l'on cite pour ses mauvaises manières.

La voix de Hafual s'était encore élevée sur les derniers mots.

Le garçon s'appuya contre Elene en se cachant à moitié le visage. Lui posant alors une main sur l'épaule, elle la serra doucement. Comme le petit corps se mettait à trembler, elle comprit soudain avec certitude que c'était de la grosse voix de Hafual que Narfi avait peur.

— Il est temps de tirer des leçons de tout cela, à présent, répondit-elle. Les enfants deviennent grincheux quand ils ont faim. Est-ce que les hommes aussi ?

Hafual se tourna vers elle, le visage plein d'une colère froide, et la considéra de haut en bas. Elle n'ignorait pas que ses cheveux étaient coiffés d'une simple natte et que sa robe était horriblement chiffonnée. Le regard de Hafual devenait de plus en plus froid.

— Que savez-vous des jeunes enfants ou des hommes sur ce sujet ?

Elle refusa de fléchir telle une petite lady repliée de la cour.

— Je me suis occupée du fils de ma sœur. Les petits garçons et les règles strictes ne font pas bon ménage. C'est être aimés et guidés dont ils ont besoin.

— Je sais de quelle manière on m'a élevé. Et qu'elle ne m'a fait aucun mal.

— Lorsque mon neveu avait l'âge de Narfi, il détestait tant les cris et le vacarme que, quand il y en avait, il se bouchait les oreilles avec ses mains et se mettait à hurler. Cela rendait mes deux sœurs folles, mais j'ai découvert que, si je m'adressais à lui d'une voix agréable, ses hurlements s'arrêtaient. Le bruit peut être dur à supporter quand on est petit. Or Narfi est presque encore un bébé.

— Je n'avais jamais considéré les choses de cette façon, répliqua Hafual en se frottant la nuque. Mais, même vu ainsi, il n'avait pas à se montrer impoli et à rire en entendant son ventre gargouiller.

— Faire une chose sans le vouloir n'a rien à voir avec la faire en toute connaissance de cause.

Hafual remua les pieds.

— J'ai vu les choses de manière différente. Or, je suis son père et désire que vous vous sentiez bien accueillie ici.

— Allez-vous lui parler avec douceur et lui dire que tout va bien ?

Dès qu'elle eut posé sa question, Elene s'agenouilla à hauteur de Narfi. L'enfant était resté accroché à sa jupe tout au long de l'échange.

— Ton père s'était mépris sur notre jeu, voilà tout, lui dit-elle.

Le petit garçon eut un hochement de tête incertain.

— Beaucoup trop fort. Fâché.

Elene bascula en arrière sur ses talons :

— Pas *fâché*, non. D'ailleurs, regarde comme il sourit. Il veut être ton ami.

Le garçon lui adressa un sourire peu assuré alors que son ventre se remettait à grogner tandis que, dans le même temps, Elene décidait que la servante rencontrée un peu plus tôt ne serait plus chargée de s'occuper de lui. De cette façon, celle-ci pourrait réserver tout le temps qu'elle voudrait à travailler sur le métier à tisser.

Tout en écarquillant les yeux, Hafual réussit ce qu'il était impossible de qualifier autrement que de grimace.

— Tu vois, Narfi. Ton père sourit.

— Je vais y aller, à présent.

À la façon dont Hafual se dirigea soudain vers la porte, Elene comprit qu'il voulait partir. Elle baissa les yeux. L'idée qui lui avait traversé un peu plus tôt l'esprit se révélait tout simplement fausse : Hafual n'était pas revenu ici par désir d'approfondir leur relation…

— Voulez-vous vous joindre à nous ? Votre servante a indiqué qu'il restait quantité de porridge.

Ce disant, elle fit une petite prière pour que son affirmation se réalise, tant elle avait à cœur d'éviter une autre confrontation. Un jour, pourtant, il faudrait bien que Hafual connaisse mieux son fils.

— On doit vérifier que tout fonctionne bien à la forge, répondit-il.

Une terrible déception traversa Elene.

— Vous n'aviez pas l'intention de partager votre premier repas avec nous ?

Il secoua la tête.

— Je voulais juste vérifier que vous étiez réveillée.

— Votre fils m'a divertie.

— Dans ce cas, déclara Hafual, je vais le laisser poursuivre.

Il pivota alors sur ses talons et sortit. Narfi baissa lourdement la tête tout en glissant la main dans celle d'Elene et en réclamant son porridge.

Elle se mordilla la lèvre inférieure. Pourquoi Hafual avait-il évité le regard de Narfi ? Existait-il un problème entre eux ? Elle savait que la femme de Hafual avait subi un terrible accident alors que le petit garçon n'avait encore que quelques semaines. Svala s'était toujours conduite comme une personne réservée que le poids d'un lourd secret faisait plier. Pourtant, le peu que la petite Elene avait appris sur cette femme lui avait plu.

Elle allait trouver le moyen de se rapprocher de Hafual. Sans cela, il aurait tôt fait de trouver une raison de s'en aller. N'avait-il pas déjà refusé de parler de la menace potentielle que représentait Pybba ? Le seul moyen de régler le problème était de confronter le roi Ceolwulf au mariage qu'elle avait conclu avec Hafual.

— Tu aimerais m'accompagner à la cour et voir les guerriers munis de leurs grandes épées, n'est-ce pas ?

Narfi acquiesça de la tête avec enthousiasme en balbutiant quelques mots où il était question d'épées. Il alla même chercher son jouet en bois et revint en l'agitant au-dessus de la tête. En cet instant, Elene trouva qu'il ressemblait avec précision à un Hafual en miniature.

Elle se posa la main à l'endroit du cœur. Il n'était pas question qu'on le lui brise une seconde fois. La prudence était donc de rigueur. Hafual lui avait fait comprendre de manière très claire qu'ils avaient tous deux conclu un mariage de raison tandis qu'elle-même dépassait les bornes en l'instruisant sur les compétences qu'il était censé avoir en tant que parent. Elle serra les poings. Critiquer Hafual ne pouvait être une bonne manière d'avancer. Ce qu'elle devait trouver était le moyen de l'aider à se rapprocher de Narfi.

— Eh bien je vais me débrouiller pour que ce soit possible, Bugge, dit-elle à haute voix. Je vais lui montrer que Narfi est important. Je vais lui faire comprendre qu'il devrait me consulter sur les menaces qui pèsent sur leur famille. Je ne suis pas ici pour jouer un rôle décoratif. Quoi que mes sœurs puissent en dire.

Bugge se coucha à plat ventre en se couvrant aussitôt la truffe de ses pattes.

Hafual sortit de la forge, qui avait maintenant repris son activité, et respira plusieurs fois de longues bouffées d'air frais pour essayer de se détendre les nerfs. Se défouler de son insatisfaction en frappant sur une pièce de métal n'avait guère contribué à lui calmer l'esprit. C'était néanmoins beaucoup plus positif que d'effrayer l'enfant et de lui couper l'appétit.

Les petits garçons avaient besoin de manger – il le savait sans qu'Elene ait eu besoin de le lui dire – or Narfi mangeait mieux en son absence. Asida le lui avait déjà largement fait entrevoir.

Il descendit vers le lac, préférant admirer le miroitement du soleil sur l'eau plutôt que retourner dans la maison.

Elene se montrait gentille. D'autant plus qu'il savait avec précision comment Asida aurait réagi en lui faisant comprendre qu'il était un père inutile n'ayant rien à faire auprès de Narfi. Inutile en tant que père, donc… Et, à en croire Svala, aussi inutile en tant que mari. Or il voulait se montrer bon à la fois comme mari et comme père. Combien de fois avait-il caressé le rêve de devenir meilleur mari et meilleur père que son propre géniteur… ? Pour le moment, en tout cas, il se révélait apparemment bien pire.

Avait-il rendu à Elene un mauvais service en se mariant avec elle ? Pybba aurait été un désastre pour lui, pour ses terres et pour les personnes qui y travaillaient. Or Pybba continuerait à représenter une menace, pour Elene et lui, aussi longtemps que l'on pourrait découvrir que leur mariage ne l'était que de nom.

Au lieu d'attendre, c'étaient des actes décisifs qu'il devait accomplir. Cette leçon, il l'avait apprise des batailles qu'il avait menées. Oui, il allait devoir trouver un moyen pour séduire Elene et rendre leur mariage tangible. Alors, il se souviendrait de son premier mariage et penserait aux erreurs qu'il avait commises à l'époque. Mais avant cela, il voulait que tout à la fois sa femme et son fils posent sur lui un regard admiratif, ne serait-ce que pendant un petit laps de temps.

Il se pencha en avant, ramassa une pierre et la lança devant lui. Le bruit qu'elle fit en atterrissant lui plut. Quelques servantes et serviteurs se retournèrent pour le regarder. Forçant un sourire sur ses lèvres, Hafual se mit en route vers les écuries.

— Vouliez-vous du porridge ? Vous avez oublié de me l'indiquer.

Un bol en bois dans les mains, Elene venait de sortir de la cuisine, le coupant dans son élan. Le regard d'Hafual capta les mèches les plus blondes de la longue chevelure, la courbe délicate du cou blanc et la robe qui bougeait autour des courbes pleines. À peine son regard s'y fut-il arrêté qu'une chaleur intense se répandit dans son corps et qu'il eut envie de prendre Elene contre lui pour les explorer. Mais il parvint à garder son emprise sur la marée montante de son désir. Il était un homme, non un jeune garçon victime d'un enthousiasme irrépressible ou dénué de sang-froid. Elene lui avait demandé du temps. Il devait lui en donner.

— Les chaussures qui protègent vos pieds sont très fines, remarqua-t-il. Or il fait froid dehors…

Il s'interrompit, se forçant à sourire à moitié avant de terminer :

— … et vous avez dit que vous étiez sensible.

Sur les joues d'Elene, le rose s'accentua.

— Mes chaussures me conviennent on ne peut mieux.

— Des pieds froids ne feront jamais l'affaire.

Il fit un geste vers la porte de la cuisine :

— Entrez. J'arrive tout de suite. Je ne voudrais pas que ma femme soit gelée.

Et il sourit intérieurement, fier d'avoir réussi à grappiller un peu plus de temps pour mettre ses idées en ordre.

— Je doute que quelqu'un remarque quelque chose, dit Elene.

— Moi, je l'ai fait, fit Hafual.

— Mais avez-vous remarqué votre fils ?

Elle fit voler sa main à sa bouche :

— Je suis désolée. Je ne voulais pas…

— Mes échecs en tant que père sont renommés, répondit-il en s'obligeant à hausser les épaules.

Il avait également refusé de détailler à Svala ses échecs en tant que mari. Le fond du cœur plein d'amertume, il se savait être le dernier homme susceptible de devenir un bon père ou un bon mari. Sauf que, cette fois, il essayait de tirer le meilleur parti des circonstances qui s'imposaient à lui.

— Vraiment ? repartit Elene. Alors, il va falloir m'éclairer.

Car jusqu'à présent, en ce qui me concerne, je vous ai juste entendu parler trop fort… Tout cela viendra doucement, avec le temps. Votre garçon vous admire.

Hafual sentit un espoir inhabituel naître en lui. Peut-être que Narfi l'admirerait vraiment un jour ? Peut-être lui-même pourrait-il alors se montrer capable d'agir comme un père digne de ce nom ? Mais l'image du corps brisé de Svala revint soudain s'imposer à son esprit. Eût-il été un homme meilleur, comprit-il alors, que Narfi n'aurait pas été obligé de grandir sans mère.

— Asida insiste pour que je respecte les principes et la laisse nourrir Narfi sans réserver de place à la distraction. Cela rend les choses plus faciles à toutes les personnes concernées par mon fils.

— Maintenant, c'est moi qui suis chargée de faire respecter les règles. Or regarder manger votre enfant fait partie des choses permises.

Penchant la tête sur le côté, Hafual se laissa aller à une petite touche de taquinerie pour voir comment elle réagirait.

— Une femme puissante… Suis-je supposé aimer cela ?

Elle baissa la tête, mais pas avant qu'il eût remarqué le rose qui lui gagnait les joues, et répondit :

— Trop tard, de toute façon, pour que vous puissiez y faire quoi que ce soit.

— J'essaierai de m'en souvenir la prochaine fois que vous aurez besoin de secours…

Elene fronça le nez :

— Je vais poser votre bol sur la table. Vous en mangerez le contenu quand vous voudrez, mais avant, juste un petit avertissement : le porridge froid a un goût de daube figée.

— Tout le monde en pense-t-il autant ?

— Bugge adore le manger froid…

Sur cette réponse, elle se tourna vers la porte, s'arrêta et pressa ses mains l'une contre l'autre :

— Votre fils adorera vous voir quand vous aurez du temps

à vous. Il veut jouer aux épées et, comme j'ai dans l'idée que vous vous montrerez le meilleur des deux à cet exercice, j'apprécierais que vous m'assuriez de votre participation, comme cadeau du matin. Avant que nous partions, hier soir, Asida a chuchoté que je devais vous demander quelque chose car, sinon, vous oublieriez.

Une petite chose comme cela en guise de cadeau du matin ? Elene était décidément très différente des autres femmes.

— Personne ne vous a encore dit que vous vous situiez au-delà de l'entêtement ?

— Souvent. Mais une accusation ne m'a jamais fait revoir mes manières d'agir. Alors, s'il vous plaît, économisez votre souffle et arrêtez.

Sur ces mots, elle lui adressa une révérence et se dirigea vers la cuisine, le laissant seul dans la cour. Ses jupes frémirent tandis qu'elle se rapprochait de la maison, révélant la beauté de ses attaches fines. Hafual ne la quitta pas des yeux jusqu'à ce qu'elle eût disparu de sa vue.

Ce fut alors que Bugge s'assit juste à côté de lui et jeta un « wouf » bien doux.

— Je tiens ma parole, le chien, et lui donne donc le temps de se mettre au diapason. Mais c'est plus dur que je ne le pensais.

Bugge secoua la tête et enfouit la truffe sous ses pattes comme si Hafual venait de dire exactement ce qu'il ne fallait pas.

— Tu penses que je devrais aller voir Narfi ?

Le chien aboya brusquement.

Hafual pinça les lèvres. Peut-être que l'animal avait raison. À la différence d'Asida ou de Svala, Elene n'avait jamais saisi l'occasion de lui détailler ses échecs cuisants en tant que père ou que mari. À la place, c'était l'opportunité de lui faire faire quelque chose avec son fils qu'elle avait saisie tout en prétendant que ce serait pour elle un véritable cadeau. Comme ce faux combat à l'épée…

Le grand désir d'en partager un avec son fils l'envahit.

— Tu pourrais bien avoir raison, le chien…

Chapitre 9

À cette heure de la journée, où la plupart des femmes étaient occupées à tisser dans le cabanon, ce fut dans la cuisine que Hafual découvrit Elene et Narfi, seuls l'un avec l'autre.

Il s'arrêta dans l'embrasure de la porte et regarda en silence le spectacle qu'ils offraient. Elene essayait de persuader tout en douceur Narfi de manger un peu plus, tandis que, au grand ravissement du petit, une bonne partie du porridge contenu dans la cuillère dont elle voulait lui faire absorber le contenu tombait sur le sol et que, aussitôt, le chien se précipitait pour tout gober.

Hafual s'éclaircit la gorge. La cuillère resta suspendue dans l'air avant que Narfi s'en saisisse et la jette par terre où elle tomba avec un bruit de métal. Ravi, le petit garçon se mit à frapper dans ses mains et à crier pour qu'on lui en donne davantage.

— Il semblerait que mon fils ait des manières particulières quand il s'agit de sa nourriture…

Elene attrapa très vite un tissu et essuya le visage du petit avant de se tourner vers Hafual. Sur ses joues apparurent deux taches brillantes.

— Hafual…, dit-elle, je ne vous avais pas vu.

— À l'évidence.

— Narfi a fini son repas. Et ses manières ont été charmantes.

— Jusqu'à ce que j'arrive.

Elle se frotta la nuque :

— C'est vous qui l'avez dit. Pas moi.

— En apparence, il est en train de nourrir le chien.

Dès le moment où les mots eurent franchi ses lèvres, Hafual sut qu'ils ne reflétaient pas la vérité. Quand avait-il commencé à ressembler à son père ? Au départ, c'était comme par boutade qu'il avait jeté ses remarques, plutôt que comme des condamnations.

Cela dit, il avait une véritable offre de paix à faire.

— Je suis venu ici pour ce combat à l'épée, mais, si le garçon est occupé, nous pouvons le remettre à une autre fois, déclara-t-il en posant l'épée en bois qu'il avait façonnée.

Elene regarda l'enfant :

— Ton père est là, Narfi. Il veut mener un faux combat avec l'épée, contre toi, si tu as fini ton repas. De son côté, Bugge mangera tout ce que tu ne veux pas.

Narfi glissa son pouce dans sa bouche et considéra Hafual de ses grands yeux bleus emplis d'un reproche silencieux.

Tournant la tête vers la marmite de potage qui mijotait, Hafual proposa :

— Nous pouvons jouer plus tard.

— Il est bon de savoir qu'il n'y a pour vous pas de limite de temps à l'intérieur desquelles jouer avec votre fils, lança Elene.

Hafual s'était de nouveau tourné vers son fils et l'observait en train de continuer à nourrir le chien.

— Est-il censé faire cela ?

— Y a-t-il quelque chose de mal au fait de nourrir Bugge à table ? interrogea Elene en penchant la tête et en le scrutant à travers ses cils.

— Non, rien de mal. Je tentais de faire la conversation.

— Je vois.

Il suspecta que c'était le cas, en effet. Et même beaucoup trop clairement.

S'avançant, il posa des morceaux de cuir travaillé sur la table.

— Je vous ai apporté du cuir pour vos nouvelles bottes. Pour vous, mais aussi pour Narfi, quand bien même Asida ne vous en a pas parlé. J'imagine que les petits garçons grandissent vite.

— Les émerveillements ne cesseront-ils jamais ?

Elene plissa le nez sans savoir qu'une éclaboussure de porridge s'était déposée sur sa joue. Il eut envie de la lui retirer pour voir si cette joue était aussi douce qu'un pétale de rose.

— De nouvelles bottes en plus d'un faux combat à l'épée avec Narfi… Je suis vraiment gâtée, ce matin.

— Il faut que vous ayez les pieds au chaud. Vos chaussures sont peut-être parfaites pour la résidence royale ou pour vous rendre à un festin, mais elles tomberont en morceaux dès que vous vous enfoncerez un peu dans la boue qui entoure la cour. Mon épouse doit refléter mon importance. Choisissez le modèle que vous voudriez avoir.

— Je ne voulais pas laisser entendre que…

Elle porta la main devant sa bouche.

— Ma langue peut parfois se montrer acérée.

— Seulement « parfois » ?

Elle baissa la tête, mais Hafual eut le temps de capter la lueur qui brillait au fond de l'œil bleu.

— De nouvelles bottes seraient une idée charmante. J'importune mon père avec cela depuis que j'ai découvert un trou dans la semelle de ma dernière paire. Comment avez-vous deviné ?

Hafual eut envie de frapper dans l'air en signe de triomphe. Il avait fait quelque chose de bien…

— De temps en temps, je vois les choses de mes yeux.

Il étala rapidement les cuirs tout en fournissant des explications sur les différentes épaisseurs et les possibilités qui s'offraient.

— Vous avez bien fait d'apporter autant de cuirs, remarqua Elene. Les petits garçons ont, en effet, l'habitude de grandir vite. Or il semblerait que les bottes de Narfi lui pincent déjà le bout des orteils.

Hafual se mit à rayonner sous le compliment inattendu. Encore quelque chose qui avait échappé à Asida.

— Dès que vous aurez choisi le modèle, je partirai fabriquer les bottes. Cela ne devrait pas prendre plus d'un jour ou deux.

— Vous allez les faire vous-même ?

Il haussa les épaules et replaça correctement la sélection des modèles se trouvant sur la table. En son for intérieur, il se sentait ravi de constater à quel point la petite offre de paix qu'il venait de faire semblait bien accueillie !

Elene souleva Narfi pour qu'il puisse choisir en premier. Le petit garçon désigna un échantillon en lapin tout doux et d'une couleur jaune soleil avant de se tortiller pour qu'on le repose et qu'il puisse aller trottiner derrière le chien d'Elene.

Hafual regarda les deux complices s'éloigner en jouant à « aller chercher l'épée en bois ».

— Fabriquer des bottes apporte pas mal de satisfaction. Ces derniers temps, j'ai fabriqué plus de bottes que je n'ai fait de gravure.

Il accompagna sa remarque d'un geste vers les poutres de la cuisine.

— J'avais l'intention de m'assurer que, conformément à la volonté de Svala, elles soient toutes gravées de vigne. Mais je n'ai jamais trouvé le temps de m'en occuper, et Asida jure que je ne le trouverai jamais.

— J'aime la configuration de votre maison et le fait qu'elle ne soit pas trop ornée, déclara Elene tout en remplissant un bol du porridge contenu dans la marmite.

— Mon fils est, de loin, beaucoup plus heureux avec vous, remarqua-t-il derrière elle. Avec vous comme, semblerait-il, avec n'importe qui d'autre que moi…

— Votre fils est beaucoup plus heureux maintenant parce qu'il a le ventre plein.

Quand Elene eut posé le bol devant lui et qu'il eut commencé à manger, Hafual fut tout de suite très étonné de constater à quel point il avait faim. Une véritable sensation de bien-être l'enveloppa.

— Narfi parle de vous sans arrêt, dit-elle lorsqu'il eut terminé son second bol.

Hafual serra sa cuillère dans sa main jusqu'à ce que ses jointures blanchissent.

— Vraiment ?

— Oui, vraiment. « *Far* ceci » et « *Far* cela ». D'après lui, vous êtes un grand guerrier.

Elle se leva pour ramasser les bols :

— Je suis étonnée qu'Asida n'en ait jamais fait mention devant moi.

— Votre chien et mon fils paraissent être vite devenus amis, observa-t-il avec un signe de tête vers l'endroit où Bugge et Narfi poursuivaient leur petit jeu.

Régulièrement, Narfi éclatait d'un rire communicatif qui réchauffait Hafual de la tête aux pieds. Cet enfant semblait différent.

— Bugge est habitué aux petits de l'âge de Narfi, expliqua Elene. Avec mon neveu, par exemple, ils passent beaucoup de temps à jouer ensemble.

Elle se posa la main à hauteur du cœur, et le geste souligna les courbes des seins ronds.

— Votre fils sera en sécurité avec lui, affirma-t-elle, je le jure.

— Je sais.

Hafual se passa les doigts dans les cheveux en essayant de se concentrer sur autre chose que sur la façon dont les seins d'Elene se soulevaient et s'abaissaient.

— Narfi et moi… n'avons pas passé beaucoup de temps ensemble. Asida me répète d'ailleurs souvent que c'est ma faute si lui et moi ne nous entendons pas.

Elene tapa d'un doigt sur la table tandis que ses yeux laissaient échapper un éclair :

— Pourquoi quelqu'un penserait-il cela ?

— Cette façon dont il me regarde. Il me rappelle… Il me rappelle ma femme décédée. En particulier quand je la décevais.

Il avait fini sa phrase d'un trait en accrochant les mots.

Elene rentra la tête dans le cou et la lumière quitta son regard.

— Je suis sûre que cela ne devait pas arriver souvent. La dévotion que vous lui portiez était légendaire.

Hafual fut sur le point de lui parler de son mariage et de lui dire que les choses ne s'étaient pas passées de manière aussi simple qu'elle le croyait. Mais il se retint. Pourquoi entacher le souvenir de Svala dans la mémoire d'Elene quand il savait combien c'était lui qui était à blâmer pour la mort de Svala et que celle-ci voyait alors en Elene une excellente amie ? Aujourd'hui encore, il entendait la voix essoufflée de Svala lui expliquer combien elle appréciait la compagnie de la jeune femme. Oui, un certain nombre de choses devaient demeurer privées.

Ce fut alors qu'une voix minuscule venue du fond de son cerveau lui demanda qui il tentait exactement de protéger : Svala ou lui-même ? Elene penserait-elle moins de bien de lui si elle connaissait la vérité ? Il craignit que la réponse fût positive.

Alors qu'Elene était en train d'encercler son oreille d'une boucle de cheveux, Hafual réalisa qu'il portait plus d'attention à la courbe et à la forme de cette oreille qu'aux propos d'Elene… Tout en se laissant envahir par la douceur du ton de la jeune femme.

— Vous manque-t-elle à ce point ?

— Oui, commença-t-il, je lui étais dévoué. Comment peut-on même se poser la question ?

Ses mots avaient franchi ses lèvres avec plus de force qu'il ne l'aurait voulu. Un réflexe trop rapide, une attitude trop défensive. Un jour, il faudrait qu'il explique cette histoire sordide et la manière dont l'amour s'était transformé en dédain puis en colère froide contre Svala et les jeux auxquels elle demandait à jouer avec insistance. Ce qu'elle avait fait à Narfi et comment il les avait tous les deux laissés tomber en ce jour fatidique.

Les lèvres d'Elene se mirent à trembler. Hafual se prépara à l'inévitable regard blessé.

— Svala était une bonne voisine, dit-elle d'abord dans un chuchotement.

Elle se mit à parler avec plus de force et à avoir un regard plus farouche :

— Avec le temps, j'avais espéré que nous deviendrions de grandes amies. Elle m'écoutait quand je parlais de mes sœurs et que j'expliquais combien elles me manquaient.

— Elle vous a toujours considérée comme une amie.

— Je n'essaie pas de prendre sa place.

Hafual serra les mâchoires. Reconnaître que sa relation avec Svala avait parfois été difficile devenait quasiment impossible. Il refusait de détruire les souvenirs qu'Elene avait de Svala, ceux d'une personne gentille qui avait su l'écouter.

— Svala est morte depuis plus d'un an.

Il avait accompagné sa remarque d'un hochement de tête déterminé, dans l'espoir qu'elle considère le sujet clos. Ce serait plus gentil pour tout le monde de cette façon.

Elle arqua un sourcil.

— Sauf que vous ne parvenez pas à regarder votre fils parce qu'il ressemble beaucoup trop à votre femme décédée. Inutile de prendre l'air aussi surpris. Vous me l'avez dit vous-même tout à l'heure. J'ajoute qu'à moi aussi, les yeux de Narfi me la rappellent…

— C'est plus compliqué que cela.

Comment expliquer son attirance grandissante pour Elene sans admettre en même temps toutes les erreurs commises au cours de son premier mariage ?

— Vous devez me croire, Elene.

Elle posa les mains à plat sur la table et se leva.

— Est-ce vraiment une question de confiance ? Nous sommes en train de parler d'un petit garçon, du fils que vous aimez mais avec lequel vous passez le moins de temps possible.

Hafual secoua la tête.

— Il s'agit de mon fils, non du vôtre.

Elene libéra un soupir et commença à débarrasser les restes du repas. Il la considéra, remarquant la taille fine et la façon dont la jupe qu'elle portait bougeait autour des longues jambes, autant de petites choses dont il ne s'était pas soucié auparavant.

Un sursaut de gratitude le traversant, il lui effleura le bras de la main alors qu'elle passait près de lui. Elle s'arrêta dans l'instant, et il se pencha vers elle, suffisamment près pour que leurs souffles se mêlent. Le désir de retrouver le goût des lèvres d'Elene l'envahit de nouveau.

— Avez-vous besoin de quelque chose, Hafual ? demanda-t-elle en regardant ses grandes mains.

— Donnez-moi du temps, Elene. Aidez-moi avec mon fils.

Il porta la main à son front :

— Plus tard, je jouerai à l'épée avec lui. Je le promets. Mais, pour le moment, je…

Elene attrapa Narfi :

— À présent, ce jeune homme et moi allons voir les métiers à tisser. Une fois qu'il aura de nouvelles bottes, il pourra mieux courir. Courir peut être important quand on joue avec des épées.

— Je commencerai à travailler sur les bottes.

Hafual attrapa les morceaux de cuir.

— Ce sera ma priorité.

— Ainsi que vous le disiez, « des pieds froids ne feront jamais l'affaire… ».

Sur ces mots, Elene chuchota quelque chose à Narfi qui agita la main avec enthousiasme pour dire au revoir. Et, quand Hafual agita la sienne en retour, le petit déploya davantage le bras tandis que son sourire s'élargissait.

Une boule dans la gorge, Hafual les regarda s'éloigner. Son fils lui avait adressé un signe. À lui, non à quelqu'un d'autre. Et avec quel sourire ! Un début…

Les bottes étaient peut-être les plus exquises qu'Elene eût jamais vues. Voilà ce qu'elle se disait, le lendemain soir, alors qu'elle se trouvait assise sur la malle. Juste à côté d'elle se trouvait une paire bien plus petite, susceptible de chausser Narfi sans difficulté. Pourtant, lorsque Hafual lui avait fait son offre, elle n'avait rien espéré de vraiment concret tant son statut de benjamine de trois filles l'avait habituée aux vêtements déjà portés par les aînées.

— Elles vous plaisent ? lui demanda-t-il depuis l'endroit où il se trouvait assis sur le lit.

À la lumière des torches, il paraissait posséder des cheveux de bronze, et le col de sa tunique, qui n'était pas fermé, révélait un creux sombre.

— Oui.

Comme elle se passait la langue sur les lèvres pour les humidifier, Elene s'aperçut que c'était plutôt lui que les bottes qu'elle regardait. Décidément, la déclaration qu'elle avait faite selon laquelle Hafual ne l'intéressait pas s'était vite révélée ce qu'elle était : un mensonge. Elle se sentait attirée par Hafual mais son expérience avec Nerian lui avait appris à se montrer prudente et à se méfier de ses propres réactions. Si elle n'avait pas cédé à Nerian ce jour-là, l'aurait-il demandée en mariage de manière officielle ? Car c'était tout de suite après qu'elle avait constaté le changement qui s'était opéré en lui et compris qu'elle en portait la responsabilité. D'une certaine façon, elle ne s'était pas montrée au niveau de ce qu'il avait escompté.

Mais, bien qu'elle sût tout cela, elle continuait à penser à Hafual et à la façon dont il plissait les yeux chaque fois qu'elle jouait avec Narfi tout en supervisant le travail des femmes.

— Votre fils est parti se coucher. Il devra donc attendre

pour recevoir son cadeau. Quant à mon chien, je crains qu'il ait changé d'allégeance.

Narfi avait demandé à Bugge de rester avec lui pendant son sommeil, et Elene avait volontiers donné son accord. Il faut dire que le garçon et le chien semblaient faits l'un pour l'autre, ce qu'elle n'avait pas anticipé. Lorsqu'elle avait accédé à la demande de l'enfant, celui-ci lui avait jeté les bras autour du cou et l'avait serrée très fort. Il était si facile d'aimer Narfi…

— Est-ce une bonne chose ?

— En tout cas, eux le pensent. Quoi qu'il en soit, ce n'est pas rien de se faire aussi facilement supplanter dans les élans d'affection de Bugge…

— Le porridge est la seule chose qui l'intéresse, rétorqua aussitôt Hafual.

— Ainsi que quelqu'un qui lui jette un bâton à ramasser puis à rapporter, renchérit Elene. Or Narfi paraît vraiment s'amuser à le faire.

Sombrant dans le regard de Hafual, elle oublia de respirer et réalisa ensuite avec retard qu'elle observait à quel point il remplissait bien de son torse la tunique qu'il portait.

— J'ai des choses à finir qui m'attendent, déclara-t-elle alors, un peu gênée.

Hafual s'avança vers les chaussures. Le petit sourire qu'il avait aux lèvres, à ce moment-là, la fit penser à celui qu'elle avait vu chez Narfi chaque fois que Bugge lui rapportait le bâton et le déposait à ses pieds.

— Il est temps que vous essayiez vos nouvelles bottes, lança-t-il. Pour voir si la taille est bien la vôtre ou si quelques ajustements seraient nécessaires.

Elene enfila tout de suite la chaussure la plus proche d'elle. La coupe en était presque parfaite, et la fourrure blanche lui réchauffa instantanément les pieds.

— Vous avez réussi à les fabriquer rapidement, remarqua-t-elle.

La chaleur du sourire qu'il lui adressa fut suffisante pour qu'elle se sente soudain les jambes toutes molles.

— J'avais commencé à travailler dessus, quand je me suis souvenu d'une paire déjà presque achevée. Cela m'a facilité la tâche.

L'aiguillon de la jalousie transperça aussitôt Elene. Ces bottes avaient été conçues avec amour et soin pour une autre personne. Encore quelque chose déjà porté par quelqu'un d'autre.

— Pour Svala ? demanda-t-elle.

Bien sûr, elle détestait l'idée du risque qu'elle prenait de créer une blessure, surtout dans un contexte si particulier. Mais la question qui se posait était pour elle comme une excroissance qu'elle trouvait difficile de ne pas arracher. Cette femme avait été une amie et était morte dans des circonstances horribles. Elene fronça les sourcils. Pourquoi en voulait-elle à Hafual de la considération qu'il portait à son épouse défunte ?

Il secoua la tête.

— J'ai oublié pour quelle raison je les avais commencées. C'était, je crois, pour voir comment le cuir allait tenir. Heureuse coïncidence…

Elle s'accommoda du mensonge. Mentir était le genre de choses que les hommes faisaient plutôt pour la personne qu'ils aimaient que pour la fiancée qu'ils étaient censés épouser. En même temps, si c'était à elle qu'il avait donné ces bottes, c'était parce que cela lui rendait les choses plus aisées. Comment trancher ?

En elle, une petite voix le fit : Hafual s'était rendu compte qu'elle avait froid aux pieds et avait aussitôt essayé de remédier au problème rapidement.

Elle s'efforça de sourire :

— En ce qui concerne mon cadeau personnel du matin, Asida avait dit que j'en recevrais un, mais j'ai pensé qu'elle s'était peut-être trompée.

Hafual fronça les sourcils :

— Je me suis déjà entendu avec votre père à ce propos. Votre cadeau du matin sera la ferme qui jouxte Baelle Heale. Nous y avons tous deux ajouté des terres. Cela suffira dans le cas où il m'arriverait quoi que ce soit. Je voulais que vous ayez quelque chose qui vous permette de vivre, quelque chose que votre père ne pourrait vous enlever.

— Merci. Voilà une manifestation de générosité à laquelle je ne m'attendais pas.

— Je peux me montrer gentil.

— Je sais bien.

Surprise par le ton taquin de Hafual, Elene s'arrêta et se plongea dans l'examen de ses mains.

— Allez-y, dit-il. Chaussez la seconde botte.

Alors qu'elle avait commencé à s'exécuter, elle dut s'interrompre en découvrant que ses doigts de pied étaient bloqués. Elle retira la botte et glissa la main à l'intérieur pour en ressortir un lot enchevêtré de broches en or et de grenats. C'était un bel ensemble s'accordant très bien avec le collier qu'elle avait porté le soir du festin.

— C'est également pour moi ?

— En plus d'une terre en cadeau du matin, une femme doit toujours avoir quelque chose qui lui appartienne en propre.

Les lèvres de Hafual se serrèrent l'une contre l'autre, et il eut les yeux qui se voilèrent quand il ajouta :

— C'est ma mère qui m'a enseigné cela. Elle était la troisième des cinq épouses de mon père.

— Votre père les avait-il toutes épousées en même temps ?

— Presque. Au contraire des Merciens, il n'est pas rare, pour un roi de la mer, d'avoir plusieurs épouses et concubines en même temps. Cela l'aide à s'attacher ses hommes.

Elene regarda les bottes. Plusieurs femmes et concubines en même temps… Une façon de lui rappeler que le pays du Nord était un endroit très différent de la Mercie. Hafual avait beau être né dans le pays du Nord, il était maintenant mercien.

— Demeurez-vous un homme du pays du Nord ?

— C'est à la Mercie que j'ai prêté serment, et je suis devenu davantage un conseiller qu'un roi de la mer.

Tandis qu'il disait cela, les coins de sa bouche avaient frémi.

— Une femme à la fois me suffit, si c'est ce que vous êtes en train de me demander. J'ai tiré des leçons des erreurs de mon père.

— Votre mère serait fière de ce à quoi vous êtes arrivé.

— C'est gentil de votre part de me dire cela. Ma mère était peu encline aux éloges.

Il inclina la tête.

— Je regrette que vous ayez dû patienter un peu avant que je ne vous remette les bottes. Une négligence de ma part. Espérons que le cadeau ramènera le sourire sur votre visage.

— Quoi qu'il en soit, merci de me l'avoir offert.

Elene baissa les yeux vers les broches. Un peu plus tôt, elle s'était sentie irritée de surprendre Hafual en train d'essayer d'éviter Narfi. Mais il s'était plus que rattrapé avec le cadeau de ces bottes qui, en cet instant, lui réchauffaient les pieds.

Pour autant, son humeur ne dépendait pas des cadeaux qu'elle recevait.

— Je n'attendais rien, poursuivit-elle. En Mercie, on n'attend pas vraiment après cela. Si, hier, j'ai eu l'air de ne pas être tout à fait dans mon assiette, c'est parce que tout cela est nouveau pour moi.

— De mon côté, je n'ai pas eu de bonnes manières et vous présente mes excuses pour cela.

Elene se mordilla la lèvre. Ce n'était pas le manque de bonnes manières qu'elle lui avait reproché, mais plutôt la façon dont il avait traité son propre fils. Ou, pour être tout à fait honnête, la façon dont, d'après elle, il avait réagi à Narfi. Il semblait clair que le cœur de Hafual se trouvait au bon endroit et qu'il avait juste besoin de plus de temps pour apprendre à connaître le petit garçon au lieu de repartir tout de suite exécuter une autre mission pour le roi. Certes, c'était elle qui sautait aux conclusions, révélant ainsi un trait de caractère dont ses sœurs se plaignaient.

— Les broches seront parfaites quand je les porterai à l'occasion du prochain festin magnifique que nous organiserons ici. Tout le monde s'émerveillera à les regarder.

Glissant la main dans son pochon, Elene en sortit un petit pot qu'elle tendit à Hafual :

— Je vous ai préparé un onguent pour votre épaule. Rien à voir avec des broches ou des bottes. Malgré tout, vous pourriez le trouver utile…

Il pencha la tête sur le côté :

— Me proposez-vous de me l'appliquer ?

Elene sentit les paumes de ses mains la picoter.

— C'est très possible.

— Depuis quand êtes-vous devenue un lapin effrayé qui a peur de toucher un homme ?

Elle redressa le dos en songeant qu'elle avait déjà soigné beaucoup d'hommes auparavant et que celui-ci ne serait pas différent.

— Ôtez votre tunique.

Les yeux de Hafual se firent profonds jusqu'à devenir bleu nuit.

— Comme ma lady le demande…

— C'est plus qu'une demande… c'est un ordre !

Il fit une petite grimace en retirant le haut du vêtement, s'interrompit un instant et reprit son geste.

— Parfois, mon épaule se raidit. Mais cela ne me dérange pas du tout.

— Permettez-moi de vous aider.

Elene considéra le hochement de tête à peine perceptible de Hafual comme un assentiment.

Avançant vers lui, elle lui retira sa tunique.

Il avait le torse couvert d'un réseau de cicatrices argentées, mais ondulé de muscles, et qui s'affinait en descendant vers deux hanches étroites. Elle déglutit avec difficulté puis commença à lui appliquer un peu de pommade, au parfum très puissant, sur l'épaule. La chair de Hafual était chaude et souple contre l'extrémité de ses doigts. Elene sentit ses mains s'immobiliser et sa bouche devenir sèche.

Faisant vite un pas en arrière, elle faillit glisser sur l'ourlet de sa robe.

— Fini…

Il l'attrapa aussitôt par le coude pour l'empêcher de tomber.

— Attention, je ne voudrais pas que vous trébuchiez avec vos nouvelles bottes.

— Votre épaule est beaucoup plus atteinte que je ne l'avais imaginé. Vous prendrez le lit. Dormir par terre n'apporterait rien. Vous auriez dû m'expliquer.

Tout en se tournant vers les fourrures et en les rassemblant, elle répéta :

— Ce soir, le lit est à vous.

— Non.

Elene leva les yeux au ciel en tenant les fourrures devant elle comme un bouclier.

— Est-ce que cela ne devrait pas être à moi de décider ? Il faut que quelqu'un s'assure que vous preniez soin de vous.

— Si vous insistez, nous pouvons le partager, mais je ne vous laisserai pas dormir à même le sol pendant que je prendrai le lit.

Il haussa un sourcil et l'étira de manière excessive avant de poursuivre :

— À moins que vous ne vous sentiez incapable de maîtriser votre désir. Mais, pour ma part, j'ai l'intention de tenir la promesse que je vous ai faite.

Elene serra les fourrures entre ses doigts. *Incapable de contrôler son désir ?* À entendre Hafual, on aurait vraiment dit qu'elle le suivait en haletant, ou, pire, que l'attirance venait entièrement de sa part à elle.

Elle observa le lit en bois sculpté :

— Vous avez raison. Le lit est assez grand pour nous

deux. Pourquoi devrais-je avoir peur que vous rompiez votre promesse ? Nous sommes tous les deux doués pour respecter les règles.

— Mon épaule vous remercie. L'onguent lui a déjà fait un bien fou. Il a fait disparaître la douleur sourde.

Là-dessus, Hafual se débarrassa de ses bottes et bâilla de manière ostensible avant de tapoter les oreillers pour leur redonner du gonflant et de tourner le dos à Elene d'un mouvement décidé afin de se retrouver face au mur.

— Ce soir, je sens que je vais facilement trouver le sommeil. Nous reprendrons notre discussion demain matin. La meilleure façon de prouver mes intentions à votre égard est de respecter ma parole.

Elene resta sans bouger. Le sommeil serait peut-être facile à trouver pour Hafual, mais en ce qui la concernait… La nuit précédente avait été assez compliquée, avec ses rêves de guerriers aux larges épaules qui l'enlevaient et jouaient avec son corps comme avec une lyre bien accordée. Tout ce qu'elle aurait à faire serait de tendre la main et…

Bannissant cette image de son cerveau, Elene souffla sur les roseaux et retira ses habits jusqu'à ses sous-vêtements qu'elle garda avant de s'installer dans le lit en prenant soin de ne pas s'approcher de Hafual, qui émettait maintenant un léger ronflement très doux. À quel point cela allait-il se révéler difficile ? Lui tournant le dos, elle commença à penser à ce qui devrait se passer ensuite, aux choses qu'elle aurait à faire pour s'assurer que Baelle Heale demeure en sécurité et que Pybba ne représente plus une menace pour eux. Oui, il était beaucoup plus facile d'occuper son esprit avec cela que de songer à la chaleur de Hafual et à l'attirance grandissante qu'elle éprouvait pour lui. Mais elle était également consciente de la masse du corps couché à côté d'elle et de la facilité avec laquelle elle pourrait rouler par accident vers lui.

Chapitre 10

Hafual s'éveilla dans la grisaille du matin pour trouver Elene blottie dans le creux de ses bras, la main posée de manière intime sur son torse et le corps moulé contre le sien. Un parfum discrètement floral – romarin et renoncule – lui taquina les narines, et il eut mal jusqu'à l'agonie. Un autre plongeon dans le lac glacé se profilait… L'acceptation de leur relation physique devait venir d'elle. Sauf qu'il avait presque oublié ce que cela faisait de tenir avec douceur une femme endormie dans ses bras, et qu'il lui fallut toute sa volonté pour ne pas la serrer davantage contre lui, la réveiller d'un baiser et calmer ainsi sa propre souffrance.

— Elene, lui murmura-t-il à l'oreille, il faut que je m'éloigne. Ou bien je ne saurais être tenu pour responsable de ce qui va se passer.

Sans se réveiller, elle murmura quelque chose, qu'il ne put comprendre tout à fait, et se serra encore plus contre lui. Il sentit les seins ronds se presser contre son torse. Et il se mit à trembler.

Avec un soupir, il l'éloigna de lui. Découvrir qu'il tenait sa promesse prenait maintenant une importance beaucoup plus grande. Et l'anticipation rendrait le consentement final d'Elene d'autant plus doux. Manifester de la lenteur et de la régularité… Ne pas reproduire les erreurs qu'il avait commises au long de son premier mariage. À l'époque, Svala et lui étaient tous deux beaucoup trop jeunes et tout aussi impatients.

Il déplaça la mèche qui lui frôlait la tempe et déposa un tendre baiser à la place.

— Bientôt, vous verrez ce que j'ai en réserve pour nous deux. Je veux trouver en vous une partenaire qui retire de la joie de notre union, et non une épouse qui remplisse son devoir. Je sais trop à quoi ressemble ce genre de mariage…

Se glissant vers la place qu'il venait de quitter, Elene murmura encore quelque chose. Après avoir jeté un dernier regard à cette perfection endormie, Hafual s'éloigna en courant pour aller retrouver l'étreinte froide du lac.

Elene se déplaça, somnolente, vers le creux chaud du lit et tendit une main. Ne rencontrant que du vide, elle laissa retomber celle-ci sur les épaisses fourrures et ouvrit un œil. Elle se trouvait seule dans le lit. Hafual avait tenu sa promesse.

Et c'était pour le mieux car, si Hafual s'était trouvé présent, elle aurait éprouvé la tentation de l'embrasser et, à partir de là, de laisser les choses advenir. Oui, il aurait été facile de lui céder ainsi qu'elle l'avait fait avec Nerian. Longtemps, elle avait résisté à Nerian, ne lui autorisant que de chastes baisers sur la main ou sur le front. Puis, était arrivée la dernière fois où il lui avait rendu visite. Ce jour-là, quelque chose avait changé : Nerian semblait obéir à une nouvelle urgence, et elle avait succombé aux plaintes de cet homme, pensant avec naïveté qu'il irait ensuite directement trouver son père pour lui faire sa déclaration. Au lieu de quoi c'était son cheval qu'il était allé retrouver directement pour galoper jusqu'au Wessex et en épouser une autre.

— Les conventions nous protègent. Toujours.

Un aboiement aigu lui répondit.

Elle regarda autour d'elle et vit la truffe de Bugge qui fouillait les contours de la porte. Narfi devait être levé. Elene sortit du lit, s'habilla en vitesse, se glissa dans ses nouvelles bottes, mais ne s'arrêta pas pour se coiffer. Dans un murmure, elle adressa, à sainte Hilde et à toutes les saintes qui seraient en train de l'écouter, la prière que l'enfant n'ait pas commis de bêtise.

— Conduis-moi jusqu'à Narfi, Bugge. Tout de suite. Avant que quelque chose se passe.

Avec un aboiement impérieux, Bugge ouvrit la voie vers la cuisine. Elene sentit ses pieds hésiter. Devant le feu qui brûlait, Hafual était en train de donner, dans le calme, une cuillerée de porridge à son fils. Après celle-ci, l'enfant tapa dans ses mains pour en réclamer une seconde et ouvrit la bouche, tel un oisillon. Mais Hafual rata sa cible et lui en mit un peu sur le menton. Après le lui avoir essuyé avec un tissu, il lui donna une nouvelle cuillerée qui, cette fois, arriva à bon port.

— Il faut que j'arrive à faire cela bien, mon fils. Sinon, je vais avoir des ennuis avec ta nouvelle maman.

Elene s'était arrêtée sur le seuil de la porte et, stupéfaite, posa la main devant sa bouche. Hafual se trouvait avec son fils, et tous deux passaient ensemble un joli moment !

— Vous y arrivez ? s'enquit-elle.

Hafual leva les yeux avec, sur le visage, un air coupable.

— J'ai rencontré Narfi alors que je rentrais de ma baignade. Il avait faim.

Ce disant, il se pencha légèrement en avant et essuya un petit peu de porridge sur la joue de l'enfant.

— J'ai pensé, poursuivit-il, que les serviteurs avaient posé l'avoine trempée dehors. Je suis même arrivé à dénicher quelques vêtements propres pour Narfi.

— Vous avez réussi à l'habiller ?

Elene tituba jusqu'au banc et s'y laissa tomber avec lourdeur.

— Moi aussi j'ai été petit garçon, répondit-il avec un rire bas qui fit pouffer Narfi à son tour.

Hafual s'arrêta dans l'instant, avec un étonnement émerveillé. Des larmes lui emplirent les yeux. Il se mit à cligner des paupières non sans produire un immense sourire.

— Vous devriez voir votre visage, Elene. Les servantes

m'ont aidé mais je voulais quand même savoir si je saurais donner à manger à Narfi. Et comme les femmes désiraient s'installer derrière leurs métiers à tisser… Ma sœur a dû faire entrer en elles la crainte de Dieu.

— Vous semblez faire du bon travail avec… l'alimentation des enfants.

Hafual ébouriffa avec légèreté les cheveux de Narfi qui lui souriait toujours, rayonnant.

— Une louange de Lady Elene est assurément une grande louange. J'ai évité de faire beaucoup de bruit en présence de mon fils, suivant en cela votre conseil. Et cela a produit des merveilles.

Après que Narfi eut avalé quelques nouvelles bouchées, il commença à s'agiter en réclamant qu'on le laisse aller jouer avec Bugge.

— J'imagine que Bugge aussi a mangé son porridge.

Hafual désigna un bol posé devant le feu.

— Comment aurais-je pu réussir à faire manger Narfi, si cela n'avait pas été le cas ? Le chien passe en premier…

— Vous êtes un homme avec des talents cachés !

— Ne voulez-vous pas entendre quelques nouvelles me concernant ? s'enquit-il sans bouger de son siège. Sur ce que j'ai décidé de faire… J'espérais pouvoir vous en parler hier soir, mais j'avais d'autres choses en tête.

D'autres choses en tête. Était-ce pour tenter de la séduire qu'il s'était rendu dans leur chambre ? s'interrogea Elene. Et elle reporta pensivement son attention sur les bottes qui la chaussaient si bien. Elle aurait dû savoir qu'il y aurait un « mais » ou un présent supplémentaire aux cadeaux du matin que Hafual lui avait offerts la veille au soir. Elle savait aussi qu'elle aurait dû se sentir reconnaissante envers Narfi et ses errances car, sans elles, Hafual aurait pu repartir plus vite et la situation prendre une tournure bien différente, rendant ainsi plus difficile ce qu'il s'apprêtait à dire.

Ce que lui avait raconté Asida aidait aussi Elene à déduire

un certain nombre de choses, notamment que Hafual demeurait rarement plus d'une semaine à Wulfhere's Clearing.

Au cours de son enfance, son propre père avait fait des choses un peu identiques comme lui donner des friandises ou des bibelots pour adoucir les coups qu'il lui portait. Hafual allait partir, et c'était la raison pour laquelle il accomplissait un certain nombre de choses comme s'assurer que l'enclume fonctionnait bien. Leur mariage serait un mariage à distance, mais, déjà, elle bénéficierait de sa sphère d'influence auprès des domestiques. D'ailleurs, moins de vingt-quatre heures plus tôt, c'était encore à cela qu'elle aspirait. À présent pourtant, lorsqu'elle regardait ses chaussures et se remémorait son réveil contre la douce chaleur qui subsistait à côté d'elle dans le lit après que Hafual se fut levé, elle savait qu'elle désirait davantage, qu'elle voulait voir si, ensemble, ils pourraient faire quelque chose de ce mariage. Et qu'elle était prête à se battre pour cela.

— Allez-vous vous rendre à la cour pour apprendre à Ceolwulf que nous nous sommes mariés, vous et moi ? demanda-t-elle en injectant une note de légèreté au fond de sa voix.

Avec Nerian, en effet, elle avait appris à ne pas se laisser aller. Au moment de leur séparation, elle avait crié, pleuré. Et, lors de leur dernière rencontre, il l'avait traitée de « lierre grimpant ».

— Allez-vous vous assurer que Pybba ne pourra faire de tort ni à vous ni à mon père ? demanda-t-elle encore.

Le scintillement, dans les yeux bleu nuit, s'accentua tandis que Hafual se mettait à ressembler avec une précision troublante à Narfi lorsque celui-ci faisait un câlin au chien.

— Je ne me rendrai pas là-bas seul, lâcha-t-il.

Elene fronça les sourcils.

— Vraiment ? Cela n'irait-il pas à l'encontre de l'une de nos conventions ?

— Si Pybba s'est précipité à la cour, repartit Hafual,

Ceolwulf voudra vous rencontrer pour que vous lui assuriez avoir donné votre accord à ce mariage. Il faut respecter les règles, Elene. Et cela inclut de s'assurer de bien consulter Ceolwulf sur cette union et de lui demander son approbation. Pouvez-vous définir ce que j'ai fait là ?

— Vous avez inventé une règle ?

— Oui. Une règle élaborée sur une coutume.

Elene sentit son ventre se serrer. Hafual ne l'abandonnait pas. Il voulait qu'elle se rende avec lui à la cour et avait inventé une nouvelle règle pour mieux s'assurer que son idée fonctionnerait.

— Narfi aussi doit venir, dit-elle alors en entourant son propre buste de ses bras pour ne pas être tentée de les lui jeter autour du cou tant elle se sentait soulagée.

Elle ne serait donc pas l'une de ces épouses que l'on ne voyait jamais à la cour…

— Le voyage pour Tamworth est court, remarqua-t-elle. Une simple visite à la cour suffira à montrer à tout le monde la nature pacifique de vos intentions.

Hafual fronça les sourcils.

— Ceolwulf se trouve en ce moment à Ludenwic pour une rencontre avec Alfred, le roi du Wessex. Êtes-vous certaine que Narfi puisse supporter un parcours aussi long ? Car il va durer environ trois jours sur la Watling Road, et s'effectuera en chariot couvert.

Elene essaya d'imaginer l'éventualité d'un tel voyage. Les courtisans du Wessex allaient s'être déplacés là-bas au même titre que ceux de Mercie. Peut-être rencontrerait-elle Nerian et sa femme fraîchement épousée ? Son ventre se serra. Lire de la pitié dans les yeux de quiconque était la dernière chose qu'elle voulait vivre là-bas. C'était pourtant exactement ce qui arriverait si des rumeurs recommençaient à circuler sur elle et Nerian. Ce qui s'était passé avec ce dernier lui paraissait appartenir à une époque différente de son existence et se fondait dans l'insignifiance à côté des rares baisers qu'elle avait échangés avec Hafual.

— Je pensais que la cour devait s'établir à Tamworth pendant la saison de Noël ? remarqua-t-elle en détestant le désespoir qu'elle surprit dans sa voix. Il me semble que c'est plutôt à ce moment-là que nous devrions envisager le déplacement.

— Retarder cet instant, c'est donner une chance à Pybba d'asseoir son influence.

Les lèvres de Hafual se réduisirent à une fine ligne blanche quand il ajouta :

— Ceolwulf veut que certaines affaires soient arrêtées avec Alfred avant la saison de Noël. Cela fait longtemps que le gouvernement de Ludenwic est une véritable épine dans le pied de la Mercie et du Wessex. Pour sa part, Ceolwulf m'avait demandé de m'y rendre pour régler de nouvelles difficultés après que j'aurais résolu des problèmes à Wulfhere. Et l'on attendait de moi que je prenne tout le temps nécessaire pour cela.

— Ce qui signifie que vous étiez supposé partir le plus tôt possible.

— Les exigences d'un roi peuvent être lourdes, reconnut Hafual. Celui-ci pensait que je pouvais contribuer à la paix. Malgré cela, il a accepté à contrecœur que je prenne le temps de voir mon fils et de visiter mon domaine.

La paix avec le Wessex ? Elene y croirait le jour où elle la constaterait. Le Wessex avait toujours voulu dominer la Mercie et avait mené des guerres incessantes sur leurs frontières communes.

Mais le fait qu'ils se soient pris à la gorge avait aidé la Grande Horde païenne à conquérir presque toute l'Angleterre, ne laissant libres que le Wessex et la plus petite partie de la Mercie. Or, même si ses beaux-frères étaient des hommes bien, Elene savait que certains envahisseurs ne l'étaient pas.

— C'est une bonne chose que Ceolwulf entretienne une si haute opinion de vous, dit-elle.

Hafual fronça les sourcils.

— Nerian est aujourd'hui un proche conseiller d'Alfred. Ensemble, nous avons œuvré à constituer une paix durable. Notre amitié et notre estime mutuelles nous y ont aidés.

— Je suis sûre que vous demeurez amis.

Elene se sentit fière de la façon dont sa voix demeurait égale au moment où elle se demandait dans quelle mesure Hafual avait deviné la nature exacte de sa relation avec Nerian. Ou si Nerian avait raconté qu'elle s'était montrée inexistante au lit.

— Pybba doit-il se rendre à Ludenwic ? Moi, c'est ce que je ferais.

— Je soupçonne que Pybba se rendra à Tamworth dans la mesure où il est très ami avec la femme de Ceolwulf et pourra ainsi exposer son cas.

Hafual eut un demi-sourire. Elene, pour sa part, se risqua enfin à respirer plus librement.

— L'actuelle lady de Mercie se méfie de la plupart des Vikings. Elle a été témoin direct des destructions qu'engendrent les guerres et reporte le blâme sur la Grande Horde païenne.

— Mais elle vous fait confiance.

— Elle m'est reconnaissante d'avoir sauvé la vie de Ceolwulf et d'avoir aidé à retenir les Hwicce. Et puis, je ne la presse pas. Ce que je sais est que nous sommes en paix avec les Cinq Bourgs et que nous aurons bientôt conclu la paix avec le Wessex. Du moins, espérons-le.

— Le mieux serait de contacter Ceolwulf en premier, conclut Elene.

Elle se tapota la lèvre supérieure du bout de l'index. L'affaire était réglée. Certes, elle n'avait pas envie de rencontrer Nerian, mais ne souhaitait pas davantage se cacher. Sa seule erreur avait été de croire aux promesses faciles d'un guerrier follement amoureux. Et elle n'avait certainement pas été la première…

— Je peux braver Ludenwic et Nerian, déclara-t-elle.

L'aiguillon de la jalousie, auquel Hafual n'était pas du

tout habitué, le frappa. Cet été-là, il avait été témoin de la relation florissante entre Elene et Nerian de Wessex. Tout le monde s'attendait du reste à ce qu'Elene et lui se marient. D'autant plus que Nerian avait un jour confié que c'était son manque de perspectives qui l'avait retenu de faire sa demande officielle mais qu'Elene représentait pour lui la femme parfaite.

— Combien de temps vous faudra-t-il pour vous occuper des malles nécessaires à un voyage comme celui-ci ? demanda-t-il en repoussant les pensées qui venaient de l'assaillir.

À voix haute, Elene fit le tour rapide de toutes les affaires dont ils allaient avoir besoin et pour quelles raisons. À chaque élément nouveau, l'admiration de Hafual pour elle grandissait. À l'évidence, elle avait considéré les subtilités de l'existence à la cour d'une façon qu'il n'avait, pour sa part, même pas évaluée.

— Impressionnant.

Les joues d'Elene se teintèrent de rose. Elle le fixa sous ses cils épais et noirs comme le velours.

— Vous trouvez ? Mon père me dit souvent que mes mots m'échappent au galop avant que mes pensées aient pu les retenir et que je continue à songer à des choses qui pourraient bien ne pas se produire.

— Mieux vaut être en sécurité…

— C'est entièrement mon point de vue. Y a-t-il quelque chose que j'aie oublié ?

Hafual se mit à rire.

— Vous avez fait un travail admirable. Quand vous êtes-vous mise à songer à cela ?

— Hier soir, quand j'ai commencé à donner son porridge à Narfi. C'est là que mon esprit s'est mis à voguer. Que je me suis mise à « rêvasser », comme disent mes sœurs. Mais nous ferions mieux de partir pour la cour au lieu de *rêvasser* dans la maison et d'attendre.

— Rêvasser ? Est-ce ce que nous sommes en train de faire ? Ma sœur a dit que nous nous trouvions ici en voyage de noces. Il est bon de savoir marquer la différence.

Elene l'observa sous ses longs cils. Puis, son sourire jaillit. Hafual sentit les muscles de son cou se détendre. Elle avait compris la tentative qu'il faisait pour plaisanter au lieu de se hérisser ainsi qu'Asida ou, évidemment, Svala l'auraient fait.

— Les voyages mènent en général quelque part, dit-elle avec tempérance. Se rendre à la cour est la seule façon d'empêcher Pybba de faire du mal autour de lui. Mais vous ne devrez pas m'exclure lorsque nous serons là-bas.

— Est-ce que je l'ai fait, jusqu'à présent ?

— L'autre soir, vous vous attendiez à ce qu'il y ait des problèmes. Et c'est pourquoi vous m'avez prise sur votre cheval. Mais je ne suis pas une enfant, Hafual, et je mérite de savoir où se cache le danger.

Il inclina la tête sur le côté. Le soleil du matin filtrait à travers la porte, éclairant à la fois l'or des cheveux d'Elene, le pourtour de son cou et la courbe délicate de sa lèvre inférieure.

— Recevrai-je le baiser qui nous permettra de sceller notre accord sur le fait que vous n'êtes pas une enfant ?

Elle posa une main sur sa hanche.

— Un baiser ? Essayez-vous de me faire perdre le fil ?

Il haussa les épaules. Il refusait de faire une promesse qu'il serait peut-être incapable de tenir. Garder ses options ouvertes était nécessaire. Il ne voulait pas non plus mettre Elene en danger.

— Nous avons convenu que je ne vous cacherais pas le danger. Cela vaut bien un baiser.

Il attendit pour voir si l'intuition qu'il avait eue un peu plus tôt était juste : il attirait Elene, et elle apprécierait donc une relation plus approfondie avec lui.

— Vous êtes incorrigible, dit-elle avant de se mettre à rire. Pire que votre fils qui vous charme sans pitié. À présent, je sais de qui lui vient cette habitude.

— Je me réjouis que mon fils et moi ayons cela en commun : l'œil pour les jolies ladies.

Il sourit :

— Cela me rapproche-t-il de mon baiser ? Juste ici, précisa-t-il en se tapotant la joue. Souhaitez-moi le bonjour. Si nous devons nous rendre à Ludenwic, il faut que les gens de là-bas pensent que notre mariage signifie quelque chose.

Un baiser sur la joue… Quel mal cela pourrait-il faire ?

Elene se précipita pour lui embrasser la joue, mais il tourna le visage au dernier moment et leurs lèvres se rencontrèrent. Celles de Hafual avaient le goût d'une petite bière fraîche par une chaude journée d'été. Elle éprouva la tentation de s'attarder, mais il la laissa reculer.

— Vous voyez, un simple baiser du matin ne peut faire de mal…

Un simple baiser ? C'était tout le contraire… Elle ne trouvait plus son souffle que par petites bouffées et sentait ses veines tout engourdies. Elle avait répondu au baiser de Hafual et, si celui-ci ne s'était pas écarté, elle l'aurait approfondi. Elle le savait, mais, pire, il le savait aussi. Et le sourire qu'il lui adressait en cet instant montrait assez qu'il était intimement conscient du mensonge qu'elle lui avait fait la veille sur son désintérêt pour une relation physique.

Elle se concentra alors sur ses mains et sur le lourd anneau d'or qui ornait maintenant son annulaire gauche.

— J'ai cru que vous aviez dit « sur la joue ».

Le rire de Hafual déclencha en elle une suite de picotements qui parcoururent sa colonne vertébrale de bas en haut puis de haut en bas.

— Les vrais baisers du matin doivent toujours se faire sur les lèvres, dit-il.

— Un autre de vos préceptes ? demanda-t-elle en risquant

alors un coup d'œil vers lui… pour comprendre aussitôt qu'elle n'aurait pas dû.

L'intensité du regard bleu nuit venait de lui couper le souffle.

— La clarté permet un mariage satisfaisant, répondit-il.

Un mariage « satisfaisant ». Et non « passionné » ou même « aimant ». Une légère déception la prit. Mais Elene la repoussa. Elle en avait fini avec toutes ces absurdités sentimentales. Au fond de son cœur, la peine était trop grande de découvrir que ses rêves n'avaient été que des nuages dans le ciel. Si une certaine satisfaction était tout ce qui se profilait, eh bien, elle s'en contenterait.

— Il faudrait nous préparer à partir le plus vite possible, dit-elle en changeant de sujet. Je vais demander à mon père si nous pouvons obtenir l'aide de l'une de ses servantes. Et je ne parle pas de la femme dont votre sœur employait les services, qui sera beaucoup plus utile ici derrière les métiers à tisser. Elle n'a en effet pas l'air d'avoir compris ce que signifiait s'occuper d'un petit garçon.

Hafual se croisa les mains derrière la nuque et ferma les yeux :

— Votre vœu sera à moitié exaucé, maintenant que j'ai eu mon baiser. La justice est la justice.

— Vous voulez exiger des paiements en baisers ?

— Voilà une proposition étonnante. Devrons-nous déterminer combien de baisers je recevrai pour chaque élément ?

— Vous êtes impossible, s'exclama-t-elle en détestant l'essoufflement contenu dans sa voix. Des baisers… Évidemment… !

— Je considère cela comme un « oui ».

Elene se leva. Il lui fallait s'occuper. Elle alla laver les plats. Dans l'état d'esprit où Hafual se trouvait, il était très difficile de lui résister. Mais elle savait ce qui lui était arrivé pour avoir accordé sa confiance beaucoup trop vite. Cette fois, elle laisserait son cœur en sécurité.

Un chien aboya soudain, transperçant le silence tranquille qui régnait entre eux. Elene laissa tomber un bol par terre :

— C'est Bugge. Il y a quelque chose qui ne va pas.

Hafual s'était déjà mis en mouvement.

— Allons voir.

Ils partirent tous les deux en courant vers l'endroit où se trouvait Narfi. Assis, dans un coin sale, près du pas de la porte, il avait une égratignure à la joue et, sur le visage, une expression de surprise. La tension d'Elene se relâcha. Le petit garçon allait bien.

— Votre chien vaut mieux que n'importe quelle nourrice, décréta Hafual.

— Je le crois complètement.

Narfi leva les deux mains. Dans l'une, il tenait une plume qu'il venait, à l'évidence, d'arracher à l'une des poules qui picoraient le sol.

— Bisou, Elene, dit-il en la regardant.

— Un garçon à mon image ! déclara aussitôt Hafual en soulevant l'enfant avec un rire et en le gardant quelques instants à hauteur du visage d'Elene pour qu'elle pût l'embrasser.

— Vient-il avec nous à Ludenwic ? demanda-t-elle après que celui-ci s'était mis à gigoter pour pouvoir retourner jouer avec Bugge.

Au fond des yeux de Hafual, l'étincelle devint encore plus vive.

— D'accord. À partir du moment où je recevrai entre un et trois baisers au minimum…

Le cœur d'Elene fit un bond.

— Cela devrait pouvoir s'arranger.

Chapitre 11

— Êtes-vous sûr que vous avez envie d'emmener Narfi avec vous à Ludenwic ? Est-ce vraiment sage ? s'enquit Asida d'un air un peu hautain lorsque Hafual la confronta, à Baelle Heale. Wulfgar m'a régalée d'histoires rapportant les mésaventures d'Elene à la cour. Sa propension à irriter le roi Ceolwulf est devenue *la* plaisanterie, là-bas.

Après avoir adressé un bref salut à Asida, Elene était partie emballer le reste de ses affaires et parler à quelques servantes, donnant à Hafual l'opportunité de discuter avec sa sœur en tête à tête et de s'assurer qu'elle comprenait pourquoi il fallait qu'elle soigne son comportement.

Quant à Wulfgar, Hafual remarqua qu'il demeurait enfermé avec son intendant.

— Remettez-vous mes décisions en question, ma sœur ? demanda-t-il en veillant à se contrôler.

Asida se mordilla la lèvre inférieure.

— Vous devriez faire un voyage de noces, seuls tous les deux. Et quelque part ailleurs qu'à la cour. Et puis, Narfi pourrait se sentir perturbé dans un nouvel endroit. Il n'a encore jamais voyagé.

— Narfi est mon fils. Il est grand temps qu'il rencontre son parrain par procuration. Un jour, quand tout ira bien, Narfi ira servir chez lui. Et le roi trouvera Elene charmante. Vous la sous-estimez. Comme toute la famille le fait, d'ailleurs.

— Mais cela n'arrivera pas avant des années. Vous et Elene devriez faire ce voyage à deux.

Asida pressa deux doigts à la naissance de son nez.

— Je sais que j'ai dit que je refusais de continuer à m'occuper de Narfi, mais peut-être ne le pensais-je pas ? Peut-être était-ce pour que vous me suppliiez… ?

— Ce n'est qu'à contrecœur que Ceolwulf m'a autorisé à rentrer chez moi. Il apprécie mon discernement.

— Et la menace de votre bras armé, sans doute encore davantage.

— Ceci montrera que je peux à la fois répondre à ses souhaits et prendre soin de ma famille. Que je peux également m'occuper de l'équipement de mes navires. Il y a des affaires à réaliser sur les marchés de Frankia et au-delà. Une fois que j'aurai entrepris un voyage, toute la cour verra qu'il est possible de vendre de la laine de cette manière et réclamera de pouvoir le faire aussi.

Asida baissa la tête.

— Il va me manquer.

— Ce voyage me donnera une chance de le connaître. C'est mon fils, Asida, et j'ai besoin de vous ici pour veiller sur Wulfgar tout en vous assurant que les choses se passent bien sur le domaine.

Il lui tapota l'épaule avec maladresse.

— Le fait de vous trouver à Baelle Heale semble avoir rendu à vos joues toute leur roseur.

Le sourire d'Asida fut comme le soleil qui se dessine derrière les nuages.

— Vous ne vous trompez pas… Je me réjouis à l'idée de me mesurer à la femme de l'intendant. Il se trouve également que Wulfgar aime le *tafl* et qu'il est loin d'être le géant des glaces que je pensais. Wulfgar est surtout un vieil homme seul.

Hafual haussa les sourcils, étonné de voir que sa sœur avait abandonné les formalités quand elle se référait à son nouveau beau-père et qu'apparemment, elle avait changé d'avis sur lui.

Si elle réussissait à faire en sorte que la femme de l'intendant n'influence plus du tout Wulfgar, ce serait parfait.

— Je vais garder cela en mémoire et vous remercier.

— C'est la première fois que vous me remerciez depuis longtemps, remarqua-t-elle en se frottant le bout du nez. Je soupçonne que le mariage vous fait du bien.

— Vous me redemanderez cela à mon retour…

Asida lui posa la main sur la manche.

— Une dernière chose, mon frère : assurez-vous de bien accomplir votre devoir au lit avec Elene avant d'arriver à la cour et avant que les gens puissent commencer à parler derrière votre dos.

— Je n'ai pas de temps pour vos divagations, Asida.

Elle agita un doigt, ponctuant chaque fin de phrase d'un nouveau geste de l'index :

— Je puis dire que vous n'en avez encore rien fait. Or, si je peux le voir, c'est que d'autres pourront le voir aussi bien que moi. Gardez-nous en sécurité, Hafual. Faites ce qui s'impose.

Hafual serra les dents jusqu'à ce que sa mâchoire lui fasse mal. *Faire ce qui s'imposait…* Comme si c'était une raison valable pour faire l'amour à Elene. Il avait envie d'elle à en crever, mais cela devrait se passer quand Elene voudrait que cela se passe, et non parce qu'elle craindrait les conséquences d'un non-aboutissement. Et, en tout cas, pas pour empêcher les gens de la cour de deviner ce qu'il en était, sur ce plan, entre elle et lui. Quant à la dernière personne qu'il voulait savoir impliquée dans ce dilemme, c'était bien sa demi-sœur.

— L'état de mon mariage ne vous concerne pas et ne vous concernera jamais.

Asida piqua l'air de son doigt tendu.

— Faux, il concerne toute personne vivant dans la région. Vous avez juré de nous protéger. Pensez-y pendant votre voyage vers Ludenwic.

— Vous avez de la chance d'être ma sœur, Asida. Je

vous autorise des déclarations auxquelles d'autres ne se risqueraient pas.

— Peut-être devraient-ils..., rétorqua-t-elle en s'éloignant dans un mouvement qui fit tournoyer sa jupe autour d'elle.

— Je ne vous laisserai pas fouiner dans mon avenir.

Asida s'arrêta et se retourna :

— Nul besoin pour moi de fouiner, Hafual. La seule chose que j'ai faite a été d'observer votre visage alors qu'Elene se trouvait près de vous. Quand admettrez-vous que vous êtes un humain et non un mort traversant l'existence ?

— Désirez-vous rester dans le chariot couvert ou voulez-vous marcher un moment avec moi ?

Elene leva les yeux de l'endroit où elle était assise à côté d'un Narfi endormi et s'imprégna de l'aspect de Hafual qui venait d'apparaître dans ses vêtements de travail, une cape courte dissimulant à peine ses larges épaules, et une expression légèrement pudique sur le visage. Elle sentit ses lèvres devenir sèches. Toute pensée d'ordre pratique à propos des réserves qu'ils avaient emportées la quitta, la laissant avec, pour seule considération, la bouche de Hafual en forme d'arc.

Alors qu'ils venaient à peine de s'éloigner, une faible douleur s'était immiscée entre ses sourcils tandis que le balancement du véhicule commençait à la rendre un peu malade. Narfi, de son côté, se révélait déjà un excellent bourlingueur, parfaitement à l'aise avec Bugge qui voyageait dans le chariot tout à côté de lui.

Un peu plus tôt, quand le moment était arrivé de prendre une décision, Hafual avait décidé que le garçon et le chien resteraient ensemble.

« Ce sera bon pour l'un comme pour l'autre », avait été son explication laconique.

De son côté, le père d'Elene, qui paraissait soudain plus jeune de quelques années, avait insisté pour affirmer que leur départ ne causerait aucun problème et s'était, de plus, porté volontaire pour veiller sur Lady Asida jusqu'au retour des voyageurs. Sans hésiter, Asida avait alors donné son assentiment. Et, lorsque Elene surprenait son esprit en train de vagabonder, elle rejetait l'idée qu'Asida pût entretenir des desseins sur son père.

— Elene ?

— Je peux marcher, répondit-elle, désireuse de sortir du chariot étouffant.

Elle avait oublié à quel point voyager dans un chariot couvert pouvait se révéler fastidieux. La Watling Road était l'une des routes principales de Mercie et existait depuis longtemps. Elle était maintenue dans un état convenable et ne comportait pas trop d'ornières. Malgré cela, le chariot avançait à peine plus vite qu'une personne à pied.

— Narfi s'est vite endormi. Quant à Bugge, ajouta-t-elle avec un sourire, il aboiera ou alors la servante me préviendra quand Narfi s'éveillera. Sinon, il peut aussi marcher avec nous.

— Cette nourrice est bien meilleure que la précédente.

— Surtout parce qu'elle a Bugge pour l'aider. Je ne sais d'ailleurs pas si je dois me réjouir ou me troubler du fait que Bugge se soit ainsi entiché de Narfi.

— Bugge a compris que vous étiez en sécurité avec moi.

Hafual la prit alors par le coude afin de l'aider à descendre tout en s'arrangeant, ce faisant, pour glisser à Bugge quelques morceaux de viande séchée, au plus grand bonheur du chien.

Dès qu'Elene eut posé le pied à terre, Hafual faufila ses doigts entre les siens, geste qui déclencha en elle un long frisson. Elle déglutit avec difficulté et se concentra sur les ronces épaisses qui se trouvaient sur le bas-côté de la route, plutôt que de se tourner vers Hafual pour lui demander un baiser.

— Quelle jolie journée d'automne…

Elle murmurait tout en s'efforçant de conserver une respiration régulière. Quelque chose avait légèrement changé, chez

Hafual, depuis qu'ils étaient revenus de Baelle Heale avec les malles d'Elene. Mais elle ne parvenait pas à comprendre ce que c'était.

Réalisant qu'elle avait laissé sa main dans celle de Hafual, elle lâcha celle-ci rapidement. Dans les yeux bleu nuit, le scintillement s'accentua.

— Oui, il a fait étonnamment sec, répondit-il. Mais on peut déjà dire que l'hiver et la saison boueuse seront là bientôt. Voyager n'est pas difficile en une période comme celle-ci. Narfi…

Elle lui coupa la parole :

— Narfi est meilleur voyageur que je ne l'aurais cru. Merci d'avoir proposé cette petite marche.

Hafual fit signe aux hommes de continuer à marcher avant de se tourner de nouveau vers elle :

— Je veux vous montrer quelque chose que, à mon avis, vous pourriez bien apprécier.

Elene pencha la tête sur le côté. Un léger battement se déclencha au fond de son ventre.

— Vous voulez m'avoir seule avec vous ?

Un sourire trembla sur les lèvres de Hafual :

— Je plaide coupable…

— Intrigant !

Il la mena jusqu'à l'endroit où le chemin s'élevait, pointa le doigt devant lui et dit :

— Si vous regardez bien là-bas, on peut voir le sommet du grand chêne de Wulfhere's Clearing. Chaque fois que je pars de chez moi, c'est ici que je viens et que je fais la promesse de revenir dans mon foyer. J'y passe aussi à mon retour.

Elene se haussa sur la pointe des pieds et scruta le paysage dans la direction que Hafual lui indiquait. Il était un peu exagéré de dire que l'on pouvait voir un chêne à Wulfhere's Clearing ou même à Baelle Heale tant les arbres ne semblaient faire qu'un.

— Je vous crois sur parole.

— Je voulais que vous le sachiez. Pouvez-vous faire une promesse en même temps que moi ?

Les yeux de Hafual devinrent sérieux et semblèrent lui pénétrer l'âme quand il ajouta :

— Celle que nous reviendrons. Que cette terre sera la nôtre pour que nos descendants la détiennent.

Un frémissement parcourut l'échine d'Elene. N'en déplût à Pybba et à ce qu'il avait prétendu, Hafual était mercien, et la parenté profonde qu'il avait avec cette terre était largement plus grande que celle qu'elle ressentait personnellement, même si elle était née ici.

— Oui, nous reviendrons, dit-elle en repoussant le vague sentiment d'intranquillité qui l'assaillait. Et, cette fois, la promesse est facile à faire. Ce n'est pas comme quand vous partez combattre les Hwicce. Je refuse de donner satisfaction à Pybba. Il ne vous détruira pas. Ni vous ni mon père. Vous pouvez me faire confiance.

Cédant à la tentation, elle posa la main sur le visage de Hafual et éprouva la rugosité de la barbe naissante sous ses doigts.

Les bras de Hafual l'entourèrent et la rapprochèrent de lui. Puis ce fut sa bouche qu'il réclama. Leur baiser fut différent des autres. Il faisait appel à quelque chose en elle de plus profond. Elle entrouvrit les lèvres et but les siennes. Leurs langues se mêlèrent.

Lui entourant le cou de ses bras, elle le retint là et lui dit :

— Je crois que vous avez inventé cette promesse.

Hafual lui parsema le visage de petits baisers :

— Pourquoi dites-vous cela ?

— Parce que j'aime à penser que vous vouliez m'avoir à vous tout seul.

Le rire à la fois bruyant et très masculin de Hafual jaillit, l'emplissant de sa chaleur.

— Bien vu, Elene…

— Vous n'êtes pas obligé de m'embrasser en cachette, le taquina-t-elle. Nous sommes mariés.

Lui attrapant la main, il la porta à ses lèvres :

— Je voulais que vous sachiez que j'ai l'intention de conserver ces terres. Qu'importe ce que Pybba pourrait faire. J'ai beau ne pas être né mercien, j'ai bien l'intention de mourir en l'étant.

La brise fouettait les cheveux de Hafual sur son visage déterminé. Un frisson fila le long de la colonne vertébrale d'Elene. Hafual pensait ce qu'il disait. Il avait tourné le dos au Nord et était vraiment devenu mercien.

— J'ai confiance en vous et en votre bras armé d'une épée pour conserver ces terres comme devrait le faire n'importe quel lord mercien.

Tout en parlant, elle comprit qu'elle venait d'échouer à mettre en mots ce que la déclaration qu'il venait de faire représentait.

— Nous devrions retourner au chariot, à présent. Ou ils vont s'inquiéter.

— Oui, admit-il. Ce ne serait pas une bonne idée si Narfi s'éveillait et que vous n'étiez pas là.

— Heureusement, il reste de l'espoir pour vous.

— Pour moi en tant que quoi ? En tant que père ?

Hafual plissa les yeux.

— Je sais à quel point j'ai échoué dans le passé.

Elene pencha la tête sur le côté pour lui indiquer qu'elle considérait le problème.

— Le père dont Narfi a besoin et qu'il espère, c'est vous et aucun autre. Un jour, vous y croirez.

— Vous voyez toujours le bon côté des gens, Elene.

Lui prenant de nouveau la main, il s'inclina pour l'embrasser.

— J'espère me montrer digne, le moment venu, mais vous ne devez pas trop attendre de moi ni de notre mariage.

Il voulait se montrer digne tandis qu'elle en attendait trop de lui… Tout cela lui rappelait quelque chose que Nerian lui avait exprimé un jour, après quoi il avait ajouté qu'elle était sans arrêt en train de le pousser et d'en demander beaucoup trop.

Elle retira sa main. Il lui était impossible de se débarrasser du soupçon que, après chaque rapprochement, Hafual élevait une nouvelle barrière entre eux. Impossible de jamais voir qui il était vraiment. Elle secoua la tête. L'expérience qu'elle avait vécue avec Nerian avait-elle tout gâché en elle ? Pourquoi ne parvenait-elle pas à accepter l'attirance grandissante qu'elle éprouvait pour Hafual ? Ni à se dire que le cœur de Hafual appartenait à sa femme disparue et qu'il ne s'y trouvait de place pour personne d'autre ? Pour sa part, après un certain temps, elle avait droit à de la gentillesse et à de l'amitié mais non à de l'amour. Courir après les arcs-en-ciel menait à la déception.

— Nous devons regagner le chariot.

Le froid s'infiltra dans les yeux de Hafual.

— Comme ma lady le désire…

— Pourquoi nous arrêtons-nous là ? demanda Elene quand Hafual décréta une halte en fin d'après-midi.

Ils n'avaient pas passé plus de temps que nécessaire dans le véhicule, mais elle souffrait quand même jusqu'au fond des os de s'y trouver, d'autant plus que, pour sa part, Narfi avait décidé de faire son grincheux, de tirer les oreilles de Bugge et de se montrer exigeant pour tout. Voilà pourquoi elle avait espéré qu'ils pourraient passer une soirée tranquille à l'abbaye.

— Parce que l'endroit en vaut bien un autre, répondit-il.

— Il y a une abbaye un peu plus loin sur la route, dit-elle en essayant de garder le ton de la raison. Mon père y a souvent fait halte. L'abbé a des chambres d'hôtes et la table y est bonne.

Les yeux de Hafual glissèrent loin d'elle. Il commença à défaire les paquets.

— L'abbaye est plus loin que vous ne le pensez. Nous

ne l'atteindrions que bien après la tombée de la nuit. Pour trouver, en plus, les grilles fermées et barrées.

— Mais ne serait-il quand même pas préférable de nous y rendre pour voir ?

— Êtes-vous en train de remettre mes décisions en question, Elene ? Narfi a passé suffisamment de temps dans le chariot pour aujourd'hui !

Le ton désagréable de la voix de Hafual fit immédiatement pleurer l'enfant.

Hafual fit une petite grimace et se passa la main dans les cheveux.

— Je ne voulais pas crier. Je connais l'abbaye dont vous parlez, mais je dois trouver un équilibre entre une certaine envie de l'atteindre et ce dont nous tous – y compris Narfi – avons besoin.

— Il semble d'ailleurs être d'accord avec vous, répondit-elle en lui tendant le garçon.

S'arrêtant de pleurer dans l'instant, Narfi se mit à tirer sur les cheveux de Hafual.

— Tenez, dit Elene, amusez-le pendant quelques instants.

Hafual prit le petit garçon dans ses bras.

— Où allez-vous ? demanda-t-il sur un ton plus doux.

— Me dégourdir les jambes avec Bugge.

Arrivée à côté d'un vieux chêne, Elene posa la paume de sa main sur son front. Elle devait arrêter de penser aux hors-la-loi et de voir un problème à chaque tournant. Hafual avait raison : Narfi avait besoin de sortir et de bouger un peu, lui aussi. Et puis, Hafual connaissait la route mieux qu'elle. S'il disait que l'abbaye se trouvait trop loin, c'est qu'elle l'était.

De son côté, elle avait assez subi les balancements du chariot pour la journée. Il fallait qu'elle fasse confiance à Hafual, il allait la garder en sécurité. Il n'était pas Ecgbert et certes pas non plus Nerian.

Elle fit glisser la main vers son ventre. Le fait de savoir qu'elle voulait croire en Hafual et que le baiser qu'ils avaient échangé montrait son attirance pour lui l'effrayait. Pouvait-elle lui faire confiance ou, plus important, pouvait-elle se faire confiance à elle-même de tout son corps et, si possible, de tout son cœur ?

Elene s'éveilla dans l'obscurité avec un sursaut, sans savoir très bien où elle se trouvait. Son cœur battant résonnait à ses oreilles alors qu'elle cherchait un repère familier. Elle se débattit pour se mettre en position assise et respira mieux en apercevant la truffe du chien qui reposait entre les pattes de l'animal.

Elle avait fait des rêves confus où elle se voyait chassée et où les gens la désignaient du doigt, avant de finir par trouver refuge entre deux grands bras qui se refermaient sur elle, la serraient contre un torse large et l'emportaient loin du bruit et du chaos.

Lentement, les battements de son cœur revinrent à la normale. Ses cheveux étaient plaqués sur son front. C'était la naïveté qui avait guidé chacun de ses gestes. Elle pouvait encore tout perdre si les gens apprenaient que le mariage n'avait pas été consommé. Oui, cette révélation pourrait être utilisée contre elle. Le roi Ceolwulf n'était pas du genre à considérer d'un bon œil de telles tentatives de tricherie et, d'un autre côté, elle n'avait aucune idée du pouvoir de Pybba. Que se passerait-il si elle devait jurer avoir réalisé un vrai mariage ?

Elle entendait à peine les légers ronflements de Narfi qui dormait, couché près d'elle, et de la nouvelle nourrice. Hafual avait déclaré qu'ils passeraient la nuit dans le chariot couvert et que lui se débrouillerait pour dormir par terre. Déjà, l'onguent qu'Elene lui avait appliqué avait nettement amélioré l'état de son épaule abîmée.

Elle attrapa un châle, glissa les pieds dans ses bottes et regarda dehors, dans l'obscurité. Cela valait-il la peine d'essayer de calmer ses pensées en faisant une promenade rapide ? Elle eut un petit sourire ironique. Qui tentait-elle de tromper ? Ce qu'elle voulait était voir Hafual et lui exposer ses inquiétudes. Après qu'elle eut fait signe à Bugge de rester avec Narfi, le chien reposa la tête sur ses pattes.

Une silhouette était assise à côté du feu mourant, et dessinait, du bout d'un bâton, quelque chose dans la poussière. En reconnaissant cette ombre, un tremblement la prit.

— Hafual ! cria-t-elle.

— Elene...

Il s'était tourné vers elle.

— Quelque chose vous a dérangée ? Tout est calme.

— J'ai du mal à dormir.

Elle haussa à moitié une épaule.

— Cela m'arrive à chaque voyage. À cause de... À cause des fois où nous avons rencontré ces bandes de hors-la-loi. Ils arrivent avant nous, au crépuscule, et nous font la chasse pendant plusieurs jours.

— Il ne s'agissait pas de hors-la-loi, mais de guerriers à la solde de ce seigneur de guerre danois que Moir a tué. Les bandits sont souvent lâches, Elene. Ils s'attaquent rarement aux groupes de guerriers.

Elene leva les yeux et s'efforça d'essayer de contrôler ses émotions. D'instinct, elle comprenait que Hafual essayait de la débarrasser de ses peurs en employant différentes manières de la rassurer. Mais elle gardait pourtant un point douloureux à l'estomac. Les arbres dessinaient de sombres silhouettes contre le ciel étoilé.

— « Rarement » est plus que « jamais ».

— Venez vous asseoir et parler avec moi, dit-il en tapotant la pierre près de lui.

— Vos pensées vous poursuivent-elles ? demanda Elene en serrant un peu les lèvres.

Il existait une autre raison pour laquelle ils s'étaient arrêtés ici. Elle en était sûre, mais sans pouvoir trouver exactement laquelle.

— Je connais mes pensées. Je ne peux pas voir les vôtres. Mais mon épée vous protégera.

Elene demeura à l'endroit où elle se trouvait. Aller s'asseoir à côté de Hafual signifierait reconnaître ses peurs d'être démasquée à propos de leur mariage et son sentiment grandissant de devoir faire quelque chose à ce propos. Elle n'avait d'ailleurs pas la moindre idée du bout par lequel commencer ni comment expliquer l'erreur de jugement qu'elle avait commise à propos de Nerian. La dernière chose qu'elle voulait, concernant Hafual, était qu'il l'entraîne au lit avec lui par pitié.

— Mes pensées vont à des choses très simples, répondit-elle. Sommes-nous en sécurité et jusqu'à quel point ? Narfi fera-t-il sa nuit ? Aurons-nous le temps, demain matin, de manger un porridge bien chaud avant de poursuivre notre chemin vers l'abbaye où nous nous arrêterons le soir venu ?

— Voilà des pensées bien plus intéressantes que celles qui m'occupent l'esprit. Vous n'avez qu'une petite idée du caractère assommant qu'ont les miennes.

Se penchant en avant, Hafual remua les braises en ajoutant :

— Elles ne valent même pas la salive nécessaire pour en parler.

— Mais elles encombrent votre sommeil.

— C'est bien pour cette raison que je ne veux pas déranger le vôtre.

Il enchaîna avec un demi-sourire :

— En tout cas pas de cette façon. Il en existe bien d'autres que je pourrais trouver et qui sauraient peut-être se montrer plus plaisantes pour nous deux.

Une chaude pulsation glissa vers le bas de la colonne vertébrale d'Elene. Le moment était venu de parler à Hafual de Nerian et de l'erreur. Elle entoura son buste de ses bras.

— Hafual…

— Vous tremblez de froid. Venez vous réchauffer ici. Je

dois insister en tant que votre mari, Elene. Je ne voudrais vraiment pas que vous attrapiez froid…

Ravalant les mots qu'elle allait prononcer, Elene se dirigea vers le feu qui se mourait tandis que Hafual lui posait son propre manteau sur les épaules, ce manteau épais, doublé de fourrure, avec son odeur de bois fumé et de quelque chose d'ineffablement masculin qui la faisait se sentir plus en sécurité. Elle s'installa sur le rocher à côté de lui. Leurs épaules se touchèrent légèrement. Aucun des deux ne fit un geste pour s'éloigner de l'autre, mais, de la même façon, aucun ne fit mine de se pencher vers l'autre.

Après que les bavardages paresseux sur l'endroit vers lequel ils se dirigeraient le lendemain se furent évanouis, Elene débattit avec elle-même, se demandant intérieurement s'il valait mieux, ou non, retourner au chariot.

— Combien de temps vous reste-t-il à assurer votre tour de garde ? s'enquit-elle en brisant le silence maladroit qui s'était installé entre eux, tout en cherchant un moyen de revenir sur le sujet qui la préoccupait.

Hafual s'empara de nouveau du bâton et remua encore une fois des braises qui s'envolèrent en ligne directe vers le ciel dans un scintillement, avant de mourir.

— Pas très longtemps. Mais il est rare que je dorme bien. Trop de pensées se bousculent en moi.

— Je voulais en tout cas vous remercier de m'avoir épousée, lâcha rapidement Elene avant que ses nerfs la trahissent. Mais il faut que vous sachiez, à propos de Nerian et moi…, ce qu'il a été pour moi.

— Dans le passé.

— Oui, bien sûr, dans le passé.

— Il n'apporte rien à notre présent.

Hafual libéra un soupir tout en se passant une main dans les cheveux.

— Je sais que vous étiez proches, Elene. Et le Nord a laissé suffisamment de traces en moi pour que je m'intéresse peu aux détails. C'est du passé.

— Tout à fait.

— Notre mariage ne comprend que vous et moi.

Le ventre d'Elene se crispa. Hafual ne se souciait pas de ce qui s'était passé entre elle et Nerian. Et elle espéra que cela ne prouvait pas qu'il ne s'intéressait pas à elle ni qu'il se préparait seulement à accomplir son devoir.

— J'ai eu tort, l'autre jour, de dire que je voulais un mariage non consommé, déclara-t-elle. Ceolwulf va poser des questions, j'en suis sûre. Et mentir à mon souverain va m'être difficile.

Hafual se pétrifia.

— Ma sœur m'a fait la même remarque.

— Votre sœur a parlé de cela ? s'exclama Elene, surprise. Qu'a-t-elle dit d'autre ? Comment a-t-elle pu savoir ? Est-ce vous qui le lui avez dit ?

— Je lui ai dit de ne pas fourrer son long nez dans mes affaires. Et que c'était nous que notre mariage regardait. J'arrangerais les choses en direct avec Ceolwulf si le problème se posait.

— Je vois.

Elle commença à se lever, laissant derrière elle des fragments de sa dignité. Dire qu'elle avait presque supplié Hafual de lui faire l'amour avec une excuse aussi pathétique que celle consistant à ne pas devoir mentir au roi… Il ne se souciait guère de Nerian… Était-ce parce qu'il ne la désirait pas ? Avait-elle mal interprété les baisers qu'ils avaient partagés ?

Tendant soudain le bras, Hafual lui prit la main.

— La peur est une bien piètre excuse pour emmener quelqu'un au lit, surtout dans celui d'une femme comme vous. Quelle que soit la personne qui poserait la question, nous pourrons répondre la vérité… Que vous avez partagé mon lit…

Elle sourit de travers.

— Il vaut toujours mieux dire la vérité.

— Attendez ici, dit-il en plaçant un index sur les lèvres d'Elene.

Il posa le bâton à terre, se leva, marcha vers l'un de ses hommes et le réveilla pour qu'il prenne son tour de garde. L'homme s'exécuta avec bonhomie. Lui donnant alors un manteau épais, capable de lui tenir chaud, Hafual dit au soldat de garder l'esprit vif. Un peu somnolent, celui-ci lui manifesta son accord.

Hafual tendit ensuite la main à Elene.

— Venez marcher un peu avec moi. Je ne laisserai personne sans protection, mais je veux parler avec vous en tête à tête. Il y a un lac non loin d'ici où la lune nous procurera plus de lumière que nous en aurons besoin.

Elene se leva, ignorant la main qu'il lui tendait. Si elle retournait vers la relative sécurité du chariot couvert, songea-t-elle, jamais elle ne pourrait découvrir si ce qu'elle ressentait était une perturbation due à l'éventualité de rencontrer Pybba ou s'il s'agissait de plus que cela.

— Une promenade calmera mes pensées errantes, déclara Hafual. Courte, remarquez. Car le fait de me perdre et de provoquer une alerte nous desservirait.

— Alors d'accord pour une brève balade jusqu'au lac. Allons-y.

Quand le lac argenté commença à miroiter au loin, Elene rata un pas, jura doucement et saisit le bras de Hafual pour qu'il la soutienne.

— Je fais tout le temps cela…

— Elene…, murmura-t-il avant de se pencher vers elle et de réclamer le contact de ses lèvres.

Il ne lui donna pas l'un de ces doux baisers conçus pour que l'autre se sente à l'aise, mais l'un de ceux étudiés pour lui couper le souffle. Une épaisse chaleur s'enroula autour d'elle et l'envahit à une vitesse prodigieuse.

Les mains de Hafual glissèrent le long de son dos et la

ramenèrent contre lui de telle sorte qu'elle sentit, contre le haut de ses cuisses, l'excitation qui le tenait. Il la désirait… Cette certitude la traversa. Nerian aussi l'avait voulue. Jusqu'à ce qu'il l'ait eue. Cette seconde certitude se répandit sur elle telle une nappe d'eau froide.

— Je… Je…

— La raison pour laquelle je vous veux n'a rien à voir avec la peur de Ceolwulf, de Pybba ou de qui que ce soit, lui grogna-t-il à l'oreille. Elle a tout à voir avec le désir.

Elene recula entre les bras qui formaient un grand cercle autour d'elle et tenta de voir l'expression du visage de Hafual. La lumière de la lune était devenue un contraste de plans argentés et d'ombres.

— Le désir…

Lui prenant la main, il la posa à l'endroit où elle sentirait qu'il la désirait.

— Doutez-vous encore de l'évidence de ce que vous devinez par vous-même ? De ce vous voyez de vos propres yeux ? Je vous veux, Elene.

Il lui captura aussitôt les lèvres et les visita du bout de la langue tandis que, de la main, il la serrait davantage contre son aine. Elle laissa sa propre langue jouer avec celle de Hafual, les laissa se mêler toutes les deux, reculer et se fondre, tandis qu'il se faisait plus dur contre elle.

— Eh bien ? interrogea-t-il après lui avoir déposé une série de baisers le long de la joue.

— Je vous crois, murmura-t-elle en reculant.

— Arrêtez-vous de jouer ? lui demanda-t-il alors contre son oreille, en faisant naître un nouveau frisson au creux de son dos.

Elle fit semblant de réfléchir, pressant les mains à plat contre le torse puissant, sentant les mamelons de Hafual tendus contre la tunique de lin.

— Est-ce cela… jouer ? demanda-t-elle en replaçant sa main là où il la lui avait posée un peu plus tôt.

Il ferma à moitié les yeux et rejeta la tête en arrière, révélant une gorge solide :

— Doucement, ou bien tout cela sera fini avant même d'avoir vraiment commencé.

Les doigts d'Elene s'immobilisèrent. Un sentiment de puissance se répandait en elle. Ce qu'elle touchait l'enthousiasmait et la rendait un peu titubante.

Mais cette impression s'évanouit aussi vite qu'elle était apparue. À l'époque où elle était avec Nerian, elle avait apprécié ce jeu coquin. Cela avait été au moment de former un couple qu'elle avait échoué. Les mots restèrent coincés dans sa gorge tandis qu'une petite voix murmurait au fond de son cerveau que Hafual était différent et qu'elle devait saisir sa chance.

— Qu'est-ce que « tout cela » peut être ?

— La lady a besoin d'une démonstration.

Il dérangea une mèche de cheveux de la tempe gauche d'Elene pour y déposer à la place un doux baiser qui lui fit l'effet d'une petite flamme.

— Très bien. Pouvons-nous commencer ?

Ses lèvres se rapprochèrent de celles d'Elene et y burent longuement avant de poursuivre leur chemin vers le lobe de son oreille afin d'en faire le tour du bout de la langue jusqu'à ce qu'Elene referme les bras autour de lui pour s'empêcher de tomber. De la main, il la serra fermement contre lui. Leurs bassins se pressèrent l'un contre l'autre. Chaque nouveau contact envoyait, en Elene, une nouvelle vague de chaleur qui lui faisait cambrer le dos.

De ses mains, il la poussa avec douceur vers un lit de feuilles douces et sèches.

— C'est mieux ici, sur le sol.

Il se pencha vers elle en retirant sa tunique. À la lumière des étoiles, les cicatrices de son corps étaient blanc argenté. Il lui retira son manteau avant d'effleurer les contours de son corps sous sa chemise de lin, contact aussi doux que celui d'une plume qui demandait sans exiger. Les seins d'Elene se soulevaient, se tendaient vers la main investigatrice. Quand il effleura les tétons durs et tendus, un son exprimant son intense satisfaction s'échappa de la gorge d'Elene. Il traça le tour de son sein avec lenteur, lui étirant le mamelon et revenant le contourner du bout des doigts. Elene se tenait maintenant entièrement immobile. Hafual fit ensuite rouler le téton entre son pouce et son majeur jusqu'à ce qu'il devienne parfaitement dur. Puis il y posa les lèvres, le suça, le caressa du bout de la langue à travers le linge. Elle sentit le tissu se mouiller. Portant ensuite son attention sur l'autre téton, il recommença la même chose, râpant la peau sensible d'Elene avec le tissu et lui submergeant le corps d'une vague de chaleur.

Elene glissa les doigts dans les cheveux d'Hafual tandis qu'il posait les lèvres sur les mamelons qui pointaient. Son corps se soulevait, cherchant, dans la dureté de Hafual, son propre soulagement. Elle bougeait contre lui et le tissu qui se trouvait entre eux. Il continua pendant ce temps à l'explorer de ses lèvres et de sa langue jusqu'à ce qu'elle explose en une brume d'étoiles. En entendant jaillir un cri, elle sut qu'il venait de sa propre gorge.

Quand le monde se fut rétabli autour d'Elene, Hafual fit glisser les mains sur les contours de son corps jusqu'à atteindre le bas de la longue robe. Comprenant la plainte muette qu'elle émettait, il souleva le vêtement avec douceur et la caressa du bout du pouce jusqu'à ce que la chaleur embrase de nouveau Elene, et qu'elle sache qu'elle le voulait en elle et non uniquement contre elle.

— S'il vous plaît…, murmura-t-elle en tirant sur le pantalon de Hafual.

Mais, avec la même douceur, il repoussa les mains d'Elene, détacha son pantalon à la taille et l'arracha enfin plus qu'il le retira. À présent, son érection était libérée dans toute sa vigueur. Elene tendit la main pour en éprouver la dureté de velours, avant de se rappeler soudain la douleur de l'accouplement.

— Est-ce que cela va faire mal ? demanda-t-elle.

— Pas si vous êtes préparée comme il faut.

Lui posant un doigt sur les lèvres, il ajouta :

— Je veux faire les choses bien pour vous. Je veux que vous appréciiez ce que nous allons faire.

— Je le veux, répéta-t-elle en forçant son corps à ne plus bouger et en enfonçant les doigts dans la terre tandis que lui revenait la consigne que lui avait donnée Nerian de ne pas bouger.

— Bougez contre moi, j'aime cela, lui dit Hafual à l'oreille sur un ton rauque, en lui attrapant la main et en la portant à ses lèvres.

— Vraiment ?

— Vous avez beaucoup à apprendre, ma femme.

Il fit voler ses doigts vers les boucles se trouvant à la jonction des jambes d'Elene, avant de les plonger dans des parties plus intimes qu'il se mit à caresser. D'abord doucement puis avec une férocité grandissante jusqu'à ce qu'elle ne connaisse plus que ces doigts cherchant et interrogeant.

— Prenez-moi en vous ainsi que vous le désirez, dit-il d'une voix rauque, tandis qu'il lui agaçait l'oreille de son souffle. Je sens que vous êtes humide. Vous êtes prête et je le suis aussi.

Elene hocha la tête et écarta les jambes. La bousculant, il la pénétra profondément, l'emplissant complètement sans provoquer en elle le moindre soupçon de douleur. Doucement, elle se mit à bouger en même temps que lui. Autour d'elle, le monde explosait tandis qu'ils allaient et venaient. Hafual finit par libérer un cri et s'abattre sur elle. Refermant les bras sur lui, Elene le serra fort. À présent, elle comprenait pour quelle raison ses sœurs appréciaient de faire cela. Ce qui venait de se passer entre Hafual et elle se trouvait à une distance infinie de l'expérience qu'elle avait vécue avec Nerian. Celui-ci s'était montré frénétique à son égard, se saisissant de ses vêtements avec une maladresse inexprimable et se précipitant en elle à lui donner envie de pleurer de douleur. Et il avait pris ses cris de souffrance pour des cris de plaisir ! En silence, elle pria pour que Hafual ne se détournât pas d'elle ainsi que Nerian l'avait fait, car elle se savait déjà désireuse de renouveler l'expérience qu'ils venaient de connaître.

Hafual redescendit doucement sur terre. Ce qu'il venait de vivre le bouleversait dans son être même. Et à aucun moment il n'avait imaginé qu'il en serait ainsi. À cause des ragots qui avaient circulé sur le compte d'Elene, il avait deviné qu'elle n'était pas vierge. De la même façon, c'était en découvrant les premières réactions d'Elene qu'il avait soupçonné Nerian de l'avoir brutalisée. À présent, il avait envie de tuer cet homme pour avoir induit chez elle une telle déception, et d'effacer jusqu'au dernier souvenir qu'il pouvait lui avoir laissé. La férocité de ses propres sentiments ne fut pas sans le surprendre.

Il refit glisser la petite mèche de cheveux contre la tempe d'Elene et roula sur le côté, vers elle, tout en contemplant les branches noires qui se découpaient contre le ciel. Puis il prit plusieurs longues respirations de suite. Ce mariage ne deviendrait pas comme celui qu'il avait vécu avec Svala. Cette fois, il n'allait pas répéter encore et encore à sa femme qu'il l'aimait jusqu'à ce que les mots perdent toute signification. Il entendait encore Svala se moquer : « Si vous m'aimez vraiment, c'est *moi* que vous devez choisir et non le chanjon », avant de se précipiter hors de la maison, escortée par les cris de terreur de Narfi qui titubait vers les braises incandescentes. C'était à ce moment que Hafual avait fait le choix de sauver son fils du mal plutôt que de suivre Svala. Mais, plus tard, il avait retrouvé le corps brisé de sa femme au pied de la falaise. Tous avaient dit qu'elle avait glissé et il les avait laissés le penser au point de finir parfois par y croire lui-même. Vite, il enferma profondément ces pensées à l'intérieur de lui. Il épargnerait à Elene le choc avec son propre passé.

— Nous devrions rentrer, dit-il.

— Le devons-nous vraiment ?

— Je ne veux pas que vous attrapiez froid.

L'excuse était pathétique. Pour se racheter, il posa une main sur son bras. Mais il ne fut pas long à apercevoir de longues traînées qui commençaient à blanchir le ciel. Bientôt, l'aube serait levée. Il fallait qu'ils rentrent.

— La prochaine fois, sachez qu'un lit doux remplacera ces feuilles à même le sol. Ce sera plus agréable. J'en fais la promesse.

Comme Elene se soulevait sur un coude, ses cheveux se libérèrent, cachant l'expression de son visage lorsqu'elle remarqua :

— Personne ne pourra dire que ce mariage n'a pas été consommé comme il se devait.

Hafual pencha la tête sur le côté. Quelque chose, en lui, réagissait mal. Était-ce donc tout ce que cette union représentait pour Elene ? La consommation du mariage ? Le poignard de la jalousie le traversa. Elene abritait encore en elle des sentiments pour son ancien amant, Nerian, et il eut envie d'effacer jusqu'au dernier souvenir qu'elle gardait de lui. Qu'allait-il se passer quand elle le rencontrerait à Ludenwic ? Hafual n'en savait rien. Fronçant les sourcils, il se força à chasser ces pensées. Ce qu'il venait d'accomplir avec Elene n'était, en effet, que la simple rencontre de deux corps. Non, cela représentait quelque chose de plus ! Il baissa les yeux, détestant la sensation de vulnérabilité qui l'habitait soudain.

— Quelqu'un aurait-il pu dire cela un jour ? Et l'aurais-je permis ?

Elle remonta les genoux contre son buste. Ses longs cheveux blonds s'étaient libérés de la tresse qui les avait retenus et s'étalaient autour d'elle comme un rideau scintillant.

— Je suppose que non. C'est une peur irrationnelle. Je dois me raisonner.

Lui glissant un doigt sous le menton, Hafual lui fit relever la tête pour qu'elle le voie mieux à la lueur pâle du ciel.

— Je ne laisserai pas ma femme se faire humilier. Jamais.

— Je comprends.

Elle détourna la tête et lissa sa robe vers le bas avant de s'enrouler dans sa cape.

— Nous devons y aller, dit-elle. Narfi va bientôt se réveiller.

Hafual sentait qu'elle s'éloignait, mais savait en même temps qu'il en avait déjà trop dit. Tout était tellement récent et sensible. La seule chose qu'il savait était qu'il appréciait Elene et voulait passer davantage de temps avec elle. Mais son engagement ne pourrait dépasser cela. Car il savait aussi où menait le fait de s'investir à outrance.

Le visage pâle de Svala apparut soudain devant lui, et l'accusation qu'elle lui adressa de lui gâcher l'existence résonna à ses oreilles. Il eut envie d'expliquer. Les mots se trouvaient même sur le bout de sa langue, et il voulait penser qu'Elene comprendrait que Svala avait détruit en lui une grande partie de ce qu'il avait de bon ou d'attentionné, et qu'il lui restait aujourd'hui peu à donner.

— Oui. Narfi va bientôt se réveiller.

Ni l'un ni l'autre ne bougèrent.

Un aboiement bien distinct retentit alors dans l'air, vite suivi d'un hurlement. Hafual saisit son épée en se demandant s'il devait laisser Elene sur place. Dans cette clairière, elle serait suffisamment en sécurité.

— Bugge… Pile au bon moment, déclara Elene.

Elle se mit à rire.

— Quelque chose a dû le contrarier. À mon avis, Narfi s'est réveillé et cela inquiète le chien. Il prend ses responsabilités très au sérieux !

Hafual posa une main sur la manche d'Elene en se maudissant en silence d'avoir autorisé à son désir de se substituer à son devoir envers ses hommes. Il connaissait le risque de tomber sur des bandits. Mais il avait pensé que, s'ils avaient dû attaquer, ils l'auraient fait plus tôt.

— Quelque chose ne va pas, Hafual ? l'interrogea Elene

en posant la main sur la joue de son compagnon. Vous avez l'air bien sérieux, soudain. Je vous jure qu'il s'agit de Bugge en train de m'appeler pour que j'aille m'occuper de Narfi.

— Je n'aime pas ce son, répondit-il tout en décidant de lui transmettre une version écourtée de ses craintes.

Et il ajouta :

— La prudence est nécessaire en de telles circonstances.

Les yeux d'Elene devinrent grands dans la lumière grise de l'aube. Il aurait souhaité qu'il existât une manière plus simple de s'exprimer. Il aurait voulu ne pas avoir écarté les craintes d'Elene, un peu plus tôt.

Un autre hurlement emplit l'air du petit matin. Quelque chose allait de travers au camp. Et tout cela était sa faute. S'ils s'étaient dépêchés, ils auraient pu arriver à l'abbaye à la tombée de la nuit et courir la chance que les portes s'ouvrent pour un Viking et sa famille. En fin de compte, il aurait dû écouter le conseil d'Elene, quand elle lui avait dit que Narfi était un bien meilleur voyageur que lui-même semblait l'être.

— Que dites-vous ? demanda-t-elle en portant une main à sa gorge.

— Je pense qu'il pourrait être en train de se produire un problème qui réclamera alors toute mon attention…

Chapitre 12

Le son de voix dures et inconnues, exigeant de savoir à quel endroit le trésor se trouvait caché, résonna aux oreilles d'Elene à mesure qu'ils approchaient de la clairière où Hafual avait insisté pour qu'ils dressent leur camp. Les nœuds à l'intérieur de son ventre se resserraient. Ses pires craintes s'avéraient : le garde de nuit s'était fait maîtriser d'une manière ou d'une autre, et les hommes de Hafual faisaient l'objet d'une attaque. Ou même, à bien écouter les voix fortes des Merciens, après s'être fait vaincre au combat, les hommes de Hafual étaient en train de se faire voler.

« Les bandits s'attaquent rarement aux groupes de guerriers. » L'exagération de Hafual, un peu plus tôt, semblait si creuse à présent… Et puis, pour avoir connu la force de la troupe de soldats que Nerian avait dirigée des années plus tôt, ne savait-elle pas tout cela mieux que lui ?

Cela dit, c'était elle seule qui avait éloigné Hafual alors que le bras armé qu'il représentait aurait été indispensable au sein de ses hommes.

Pour quelle raison avait-elle fait cela ? Par désir de consommer leur mariage. Si Hafual s'était trouvé sur place, les bandits seraient morts, à présent, et Narfi serait resté en sécurité. Elle avait déjà vu Hafual se battre et n'ignorait pas qu'il était l'un des meilleurs guerriers de Mercie. Tout le monde le disait. Elle portait une partie du blâme de la débâcle qu'il venait de subir car elle s'était montrée d'accord pour l'accompagner, négligeant le fait que son premier devoir aurait dû être de veiller sur Narfi. À présent, elle voulait rectifier son erreur en commençant par s'assurer que le petit garçon allait bien.

Un fort craquement de métal heurtant de la chair, vite suivi par un hurlement de Bugge, lui fit froid dans le dos. Elle sentit ses jambes se faire molles et eut envie de partir en courant dans la direction opposée. Sauf qu'elle savait qu'elle devait trouver Narfi. Oui, il fallait qu'elle veille à ce que l'enfant demeure en sécurité. Elle fit un pas en avant mais Hafual secoua la tête tout en lui faisant signe de demeurer à l'endroit où elle se trouvait.

— Que se passe-t-il ? l'interrogea-t-elle dans un chuchotement.

Il haussa les épaules.

— Des bandits, je pense. Une attaque quelconque. Il semblerait que mes hommes se soient fait surprendre dans leur sommeil. Une erreur de débutant…

— Mais vous aviez réveillé un garde et avez dit ensuite…

— Il se trouve qu'il m'arrive de faire des erreurs, my lady, répondit-il.

Et il ajouta en inclinant la tête :

— À présent, vous allez devoir me pardonner car je vais attendre, pour la suite, d'avoir d'abord assuré la sécurité de mon fils.

Elle était redevenue une lady et elle chercha, dans les traits de Hafual, un signe quelconque d'adoucissement ou de chaleur.

— Votre homme était censé être un bon guerrier, n'est-ce pas ?

— Avant la fin de la nuit, il pourrait regretter de ne pas avoir obéi à mon ordre de rester l'esprit bien en éveil. Autre possibilité, il pourrait être mort, avoir été abattu lors de la première attaque.

Sourcils froncés, Hafual ajouta :

— Mais nous n'en savons rien, my lady. Et faire des spéculations serait inutile.

Un frisson traversa Elene. Combien d'autres étaient peut-être morts ? Ou blessés ? Ou pire ? Et tous parce qu'elle avait voulu se coucher entre les bras de Hafual.

— Ne dites pas cela.

— Je pensais que vous vouliez la vérité, my lady. Toujours.

La lèvre de Hafual se retroussa légèrement.

— Ou bien n'est-ce valable que lorsque je murmure de jolies choses ?

Elene remarqua le formalisme du discours. L'intimité qu'ils avaient connue à peine quelques souffles plus tôt avait disparu, exactement comme avec Nerian, même si cela s'était passé de manière différente. Elle ferma les yeux, avec la volonté que cette déception s'éloigne.

— La vérité est préférable mais je suis surprise par ce qui se passe. J'avais pensé…

— Les bandits sont bien connus pour opérer dans cette région, mais j'avais pris un risque calculé dans la mesure où je n'avais jamais eu d'ennuis avec eux auparavant.

Hafual se tut et tendit de nouveau l'oreille :

— Le garde de nuit n'entendra jamais la fin de cette histoire. Ces bandits sont des amateurs.

Des « amateurs » ? Il essayait de la rassurer.

— Nous aurions pu atteindre l'abbaye si nous avions essayé, répliqua-t-elle.

Détestant la manière dont sa voix était montée sur son dernier mot, Elene ajouta :

— Ne le niez pas.

— Précédemment, des abbayes m'ont refusé l'asile alors que j'étais arrivé après la nuit tombée. Et je n'avais aucune envie que cela se reproduise quand je me présenterais avec ma femme et mon enfant.

— Pourquoi m'avoir fait sortir du camp, alors ?

Il posa une main sur le bras d'Elene.

— Pour vous séduire parce que vos baisers m'enivraient.

Et parce que c'était plus facile dans un bois vert qu'entouré d'hommes d'Église en train de fouiner pour en savoir plus.

— Je vois, rétorqua Elene en tâchant d'ignorer le nœud dur de la peur qui se formait au creux de son ventre.

— Vous aviez mon bras armé d'une épée. Vous n'étiez pas en danger. Vous ne l'êtes toujours pas. Et vous serez en sécurité tant que vous m'obéirez.

— Mais votre fils pourrait être en péril, et c'est ce qui compte.

Hafual resta immobile pendant un long moment.

— Merci de me le rappeler. Défaire le temps dépasse mes capacités, my lady. S'il vous plaît, comprenez cela.

Elene entendit la lourde ironie contenue dans la voix de Hafual, qui échouait à cacher sa douleur et sa peur. Bien qu'il fût aussi inquiet qu'elle, il essayait tout de même de la réconforter.

À son tour, elle lui posa une main sur le bras.

— Nous allons le sauver, Hafual.

Il haussa les épaules.

— Ne commencez pas à me prédire l'avenir. Je vous en prie.

— Nous devons avoir les idées claires. C'est ce qu'Ansithe disait toujours avant que nous affrontions des raids.

Elle tenta un faible rire :

— Sans doute préféreriez-vous l'avoir ici en ce moment au lieu d'Elene l'Inutile. C'est ainsi que, avec Cynehild, elles avaient pris l'habitude de me surnommer.

— Ansithe jouit d'une réputation de bonne combattante, mais vous avez d'autres talents.

— La seule arme que j'aie avec moi est mon couteau à repas, répondit Elene, le ventre toujours noué.

— C'est une bonne chose, donc, que j'aie emporté mon épée.

— Vous pensiez que cela arriverait ?

— Je n'aime pas me faire surprendre. Et j'ai appris mes leçons, my lady. Cependant que mes hommes les ont, à l'évidence, oubliées.

Hafual s'accroupit et dessina, dans la terre, un plan approximatif du campement.

— Heureusement, les bandits ne savent pas que nous sommes là. Nous bénéficierons donc de l'effet de surprise. En fonction de ce que nous allons voir, nous nous séparerons. Ce qui signifie que vous porterez secours à ceux de mes hommes que vous trouverez ligotés tandis que je ferai diversion pour tenter de m'attaquer à leur chef.

Elene déglutit.

— La dernière fois… J'ai dû prendre la fuite en courant.

— La dernière fois, vos opposants étaient des guerriers déguisés en hors-la-loi, envoyés de manière délibérée pour vous stopper dans votre avancée. Cette nuit, il s'agit de quelque chose de différent.

Il tendit le doigt vers elle pour lui soulever le menton, la forçant à le regarder au fond des puits profonds qu'étaient ses yeux bleu nuit.

Elle se troubla. Hafual lui demandait de lui accorder sa confiance. Or c'était quelque chose qu'elle trouvait difficile, même après ce qu'ils avaient partagé un peu plus tôt.

— Vous en semblez très sûr.

— Arrêtez de nous créer de l'inquiétude. Mes hommes sont d'excellents combattants dont l'habileté s'est encore aiguisée, cet été, dans notre intention de combattre les Hwicce si l'occasion s'en présentait. La clé du succès est de leur donner une chance.

Hafual eut un geste vers son dessin dans la terre.

— Voudrez-vous aider ou préférez-vous demeurer ici en sécurité ?

De nouveau, il lui donnait le choix. En restant ici, elle ne saurait pas ce qui se passait pour Narfi. Or elle avait un devoir envers ce petit garçon. Ce n'était pas le moment de se mettre à songer à Hafual.

— La notion de sécurité est une question de perception,

dit-elle en venant s'agenouiller près de lui pour regarder l'ébauche de carte qu'il avait dessinée.

— Une fois que vous aurez libéré les guerriers, vous n'aurez qu'à les laisser finir le travail.

Elle secoua la tête.

— Une fois que je les aurai délivrés de leurs liens, j'irai voir Narfi. Votre garçon compte. Je ne veux pas qu'il soit confronté à une grande peur ni retenu en otage. Même si j'imagine que, avec tous ses aboiements, Bugge tient les assaillants à distance.

— Ils ne veulent pas avoir affaire à ses dents.

Elene fit la prière silencieuse que personne n'ait fait de mal à Bugge.

— C'est un brave chien, déclara-t-elle. Il va être inquiet, mais il connaît son devoir. Comme moi, le mien. Ner…

Elle s'interrompit brusquement en songeant que parler de Nerian serait gênant.

— J'ai peur.

Hafual serra la main d'Elene et remarqua à quel point ses doigts étaient froids. L'estime qu'il avait pour elle grimpa.

— Vous me faites confiance ?

— C'est ce que je souhaite.

— Ayez au moins foi en mon épée.

Les coins des lèvres d'Elene remontèrent :

— Cela, je peux le faire.

Hafual résista à l'urgence de l'embrasser. Un peu plus tôt, il s'était senti beaucoup trop déterminé à la séduire. Maintenant, son fils était en danger. Après avoir abandonné la mère, il continuait aujourd'hui avec l'enfant. Et cette prise de conscience lui laissait un goût d'amertume. Il offrit une prière à n'importe quel saint, n'importe quel dieu capables d'entendre qu'il fallait que Narfi soit épargné et qu'Elene aussi échappe à la souffrance. Ses sentiments grandissants pour elle l'effrayaient beaucoup plus que la poignée de hors-la-loi qui s'étaient débrouillés pour maîtriser ses hommes.

— Merci, lui dit-il. Baissez-vous, demeurez au niveau du sol et hors de vue. Ne vous rendez pas au chariot couvert jusqu'à ce qu'une trêve soit annoncée.

Il poursuivit avec d'autres conseils, qu'à son avis, elle connaissait déjà, sur la façon de se protéger en particulier pendant un combat à l'épée, avant de reprendre vraiment son souffle.

Une fois encore, le coin des lèvres d'Elene s'étira de charmante manière.

— J'ai peu de risques de me retrouver au milieu d'un combat à l'épée, mais merci de prendre soin de moi.

— Narfi serait bouleversé si quelque chose vous arrivait, déclara-t-il avec précaution.

Elene pencha la tête.

— À propos de quoi sont-ils en train de crier, à présent ?

Hafual libéra un soupir de soulagement. Elene avait changé de sujet délibérément. Ce qu'il ressentait à son égard allait donc pouvoir demeurer dissimulé pendant un certain temps et, peut-être, pour toujours… Il savait à quel point Svala avait essayé de le manipuler avec ses appels au grand amour qu'il était censé lui porter, jusqu'à ce que les sentiments qu'il avait effectivement éprouvés pour elle se transforment en autre chose.

— Les bandits demandent de l'or et réclament à mes hommes de retirer le loup sauvage qui se trouve devant la porte du chariot. Ils disent qu'autrement, ils le feront à leur place.

— Ils gardent donc toujours le contrôle sur votre groupe, Hafual. Soyez prudent.

Le sourire que Hafual lui adressa lui rendit, de nouveau, les jambes toutes molles.

— Et vous, allez-y progressivement, Elene. Votre discrétion comptera beaucoup dans le résultat.

Elle essaya de se déplacer dans le périmètre extérieur du site sans faire craquer de brindilles, ni trébucher sur une pierre, sans rien faire de tout ce qui révélerait aux bandits qu'ils n'avaient plus le dessus. Elle avait mal au ventre, mais s'efforçait de se concentrer sur la tâche qu'elle devait accomplir plutôt que de penser qu'elle avait abandonné Narfi ou, d'une manière générale, tout le monde, et que c'était elle qui avait soustrait Hafual à son devoir.

Son pied brisa une brindille. Sourcils froncés, elle jeta un regard en direction de Hafual lui fit signe de continuer à avancer.

Elene se rapprocha doucement du campement. Bras attachés, les hommes de Hafual étaient rassemblés en petits groupes sur un côté. L'un d'eux était celui à qui Hafual avait demandé d'assurer la garde. Il gisait à présent à terre, manifestement blessé, peut-être mort. Quant aux cinq bandits, ils considéraient Bugge, qui gardait le chariot couvert en dirigeant ses grondements et ses charges vers le groupe hétéroclite d'hommes dès que l'un d'eux tentait d'approcher la seule ouverture menant à l'intérieur du chariot.

Dans la lumière blanche qui se teintait maintenant de rose, Elene, toujours baissée, distingua, derrière le chien, la servante qui portait Narfi. Elle délivra un long soupir de soulagement – le petit garçon ne semblait pas blessé – et sourit. Ses bras lui faisaient mal tant elle aurait voulu le prendre contre elle.

— Du calme, à présent, déclara soudain le chef des bandits en tournant vers le chariot son visage barré d'une longue cicatrice violette qui lui courait de la mâchoire à la tempe. Faites ce que je dis et il n'y aura personne de blessé. Donnez-moi l'or et nous serons aussi gentils que faciles.

Il essaya ensuite de contourner Bugge qui s'élança en claquant des mâchoires comme s'il était directement raccordé aux jambes de l'homme. Elene l'encouragea en silence.

— Je veux voir ce loup mort ! annonça l'homme. Dois-je le cribler de flèches moi-même ?

Les membres du gang des bandits se mirent à glousser tandis que quelqu'un tendait un arc au chef. Serrant les dents, Elene reprit discrètement son chemin vers l'endroit où se trouvaient les hommes de Hafual plutôt que de se diriger vers Narfi ou vers Bugge. Il fallait qu'elle fasse confiance à Hafual.

Entendant soudain craquer une brindille sous ses pieds, elle s'arrêta net dans le sous-bois, les sourcils froncés, en retenant son souffle. L'un des hommes de Hafual se tourna à moitié vers elle. Se posant un doigt sur les lèvres pour intimer au soldat le silence, elle sortit son couteau à repas et s'approcha de lui. Le guerrier hocha la tête et lui tendit ses poignets ligotés. Elle commença alors à couper, sans cesser de prier pour que Hafual puisse se porter à sa rescousse avant qu'il soit trop tard.

— Donnez-moi une autre flèche. Ce satané loup ne veut pas rester tranquille, grogna le chef au visage balafré. Nous avons perdu assez de temps ici. Nous allons prendre tout de suite ce que le chariot contient d'or.

Ce fut alors que, poussant un rugissement, Hafual émergea des broussailles en brandissant son épée au-dessus de sa tête. Le chef des bandits fronça les sourcils tandis que Hafual continuait sa course en agitant toujours son épée. L'instant d'après, Hafual arrachait l'arc des mains de l'homme avant d'envoyer lui-même la flèche s'envoler vers les frondaisons où elle se ficha dans une branche tandis qu'il annonçait :

— Non, vous ne ferez pas cela.

L'homme resta bouche bée.

— Qui ? Quoi ?

Le frappant aux jambes, Hafual l'envoya s'étaler sur le sol :

— Vous me facilitez trop la tâche…

— C'est un Viking ! cria alors quelqu'un avant de se mettre à courir. On s'est fait avoir ! Je vous avais bien dit que quelque chose sonnait faux dans cette suite d'événements. C'était comme s'ils cherchaient à ce qu'on les attaque. C'était un piège ! Combien de fois je vous ai répété d'attaquer et de faire retraite aussitôt !

— Oui, mais cet homme est tout seul, rétorqua le chef, de l'endroit où il se trouvait à terre. Ses comparses sont déjà neutralisés ! On est plus nombreux ! Tenez bon, les gars !

— La prochaine fois, je vous conseille de demander avant de tenter de voler l'un des hommes du roi Ceolwulf ! s'écria alors Hafual.

Et, chargeant de nouveau, il attaqua le chef, l'obligeant à s'allonger complètement sur le sol et lui pointant la lame de son épée contre le cou.

— Qui me défiera de t'achever ?

Ce fut à cet instant que, aboyant bruyamment, Bugge bondit en avant, prêt à l'attaque.

Le chef roula légèrement vers la droite et s'empara d'une épée tandis que Hafual perdait sa concentration le temps d'un battement de paupières.

— Il semblerait que ce chien vienne de me faire une faveur, déclara le chef des bandits.

— Bats-toi, alors, repartit Hafual en balançant son épée dans sa main.

Coupant maintenant les nœuds de plus en plus vite, Elene délia les bras du premier homme. Sans perdre de temps, celui-ci l'imita auprès des autres soldats, tandis que, continuant à ne pas les voir, les hors-la-loi portaient toute leur attention sur Hafual et sur son combat avec leur chef. Les yeux fixés sur lui, Elene comprenait pourquoi il était si respecté à la cour : Hafual était magnifique à regarder.

Il pivota sur lui-même, bloqua la charge d'un nouvel assaillant et lui fit sauter sa hache de la main… Mais pas avant que celle-ci ne l'ait d'abord frappé à l'épaule…

— Deux contre un, c'est à peine sportif ! lança-t-il.

Sans attendre, il frappa le bras du chef, dont l'épée tomba à terre, avec la poignée de la sienne, puis poussa l'homme vers l'un de ses propres guerriers à présent tous libérés de leurs liens.

Le chef se recroquevilla sur lui-même.

— Je ne voulais pas… Je ne savais pas… Tout cela était censé n'être qu'un simple vol. Un seul chariot couvert… Presque pas de gardes…

— Tu devrais mieux étudier le terrain avant de te risquer dans des histoires pareilles, rétorqua Hafual.

Dans un long rugissement, ses hommes se joignirent alors à la rixe. Les hors-la-loi ne paraissaient pas comprendre ce qui leur arrivait. Ils commencèrent par tenter de fouiller tout autour d'eux avant de se rendre rapidement.

De son côté, Elene s'était dirigée vers le chariot couvert, où Bugge vint lui lécher la main. Malgré son aventure, le chien ne paraissait pas mal en point. Elle rejoignit la servante qui tenait Narfi contre elle et approcha son visage de l'enfant, s'arrêtant contre la peau du petit pour en humer l'odeur.

— Ton *Far* fait de l'excellent travail, lui murmura-t-elle.

Narfi frappa dans ses mains et se mit à chantonner avec ravissement.

Hafual se livrait à un rapide combat, avec les assaillants qui restaient, pour les obliger à se rendre.

Puis il envoya trois de ses hommes au repaire des bandits en leur disant qu'il s'agissait là pour eux d'une chance de se racheter après leur performance pitoyable.

Les trois hommes s'inclinèrent très bas et partirent en emmenant le plus jeune des hors-la-loi pour leur ouvrir le chemin. Avant leur départ, Elene avait remarqué la volonté dans leur regard et entendu l'engagement qu'ils avaient pris, avant de s'éloigner, de revenir victorieux. De manière étonnante, le jeune bandit se montra pressé de coopérer, proclamant d'une voix forte qu'on l'avait retenu contre sa volonté.

Quant à l'infortuné garde de nuit, il paraissait se trouver maintenant aux confins de la mort. Elene tendit Narfi à la servante et alla récupérer ses fournitures médicales afin d'apporter son aide.

— My lady, dit la servante en la saisissant par la manche, j'ai été si inquiète, à mon réveil, de m'apercevoir que vous n'étiez pas là.

— Lord Hafual et moi étions partis faire une petite promenade.

Elene plissa les yeux. Hafual, en train de distribuer ses ordres pour que l'on nettoie l'endroit, tenait son épaule d'étrange manière. Le chef des hors-la-loi, pour sa part, gisait à terre près du garde de nuit. Lorsque Elene eut légèrement soulevé son sac de médicaments à l'intention de Hafual, celui-ci lui fit signe de le rejoindre.

— Aucun d'eux ne semble bien aller…, constata-t-il.

— Voulez-vous que je sauve l'homme qui a essayé de vous tuer ?

— Il devra affronter la justice, mais d'abord, voyez ce que vous pouvez faire pour mon soldat.

Elle s'agenouilla près de l'infortuné garde de nuit. Celui-ci avait perdu beaucoup de sang, mais respirait encore. Tirant parti de son entraînement, Elene commença à panser ses plaies.

Quand elle eut fini, elle bascula sur ses talons vers l'arrière et remarqua tout haut :

— Si nous parvenons à le mener jusqu'à une abbaye qui est équipée d'un hôpital, il a une chance de guérir.

— C'est plus que je mérite, grogna alors l'homme avant de s'excuser de nouveau de s'être endormi et d'avoir ainsi mis tout le monde en danger.

Hafual posa la main sur l'épaule de son guerrier :

— C'est une erreur que vous ne commettrez plus.

Comme l'homme lui jurait une fois encore sa loyauté, Hafual lui expliqua qu'il devait d'abord songer à guérir.

Elene regardait Hafual, impressionnée qu'il sût continuer à parler d'une voix mesurée et sur un ton raisonnable. Le visage du garde de nuit se couvrit de larmes tandis qu'il appelait à ce que Hafual soit béni.

Elle avait pourtant à moitié cru que Hafual laisserait exploser sa colère sur l'homme et sur son manquement dont les conséquences avaient failli leur être fatales. D'autant plus qu'elle se rappelait combien Hafual s'était montré furieux lorsqu'ils avaient dû partir en courant pour sauver leur vie. Mais à quoi bon mentionner tout cela ? Ce ne serait pas une bonne idée. Il était possible que Hafual ait pensé qu'elle le comparait à Nerian. Mais, même si celui-ci était un guerrier compétent, Elene savait que Hafual avait été le seul susceptible de sauver la situation ce jour-là.

Une partie de sa confusion dut se lire sur son visage car Hafual sourit :

— Pourquoi punirais-je cet homme alors même qu'il va revivre les événements de cette nuit, tous les jours de son existence ? Mon fils est sain et sauf, et nous avons éliminé une bande de criminels dangereux. Quand on s'arrête pour y réfléchir un peu, on peut considérer que nous avons accompli du bon travail, ce matin.

— Je suis surprise. Je connais votre réputation de dur guerrier.

— La miséricorde est quelque chose d'important, Elene, repartit Hafual à voix basse. J'ai appris cela à la dure. Cet homme, qui a reçu des soins comme il le fallait, aura à cœur de rembourser sa dette envers la vie, et j'ai l'intention de lui offrir cette possibilité.

Il fit un geste vers le chef des bandits, qui était maintenant allongé et ne bougeait plus.

— Je n'éprouve pas de pitié pour le véritable coupable mais veillerai pour autant à ce que l'on s'occupe de son corps.

Après que les hommes de Hafual furent revenus chargés de l'argent, des bijoux et des épées trouvés dans le repaire des hors-la-loi, et que les bandits restants furent maîtrisés, Elene amena Narfi à Hafual. Celui-ci s'était finalement assis sur un rocher et contemplait la scène au lieu de s'adresser à ses hommes.

— J'ai ici quelqu'un qui voudrait vous dire merci, déclara-t-elle. Il a répété votre nom sans fin.

Narfi frappa dans ses mains et se mit à gigoter des jambes, vantant Hafual qui avait « battu les hommes mauvais ».

— Amenez-le là, Elene. Je veux le voir.

Comme Hafual tendait les bras, Elene lui passa l'enfant. Prenant aussitôt l'une des broches que le chef des bandits portait sur lui, Hafual la fixa sur la tunique du petit garçon.

— Parce que tu t'es montré courageux, mon fils.

Narfi entoura le cou de son père de ses petits bras et lui parsema le visage de baisers désordonnés :

— *Far* tue homme mauvais.

— C'est ce que j'ai fait, mon fils… C'est ce que j'ai fait…

Clignant des yeux rapidement, il étreignit son fils contre sa poitrine pour une respiration hors du temps avant de le rendre à Elene :

— Reprenez-le avant que je le laisse tomber. Il gigote, et je ne voudrais pas qu'il se blesse à cause de moi.

— Les petits garçons aiment beaucoup leur liberté.

Elene reprit l'enfant. Celui-ci se remit à se débattre pour se libérer puis trottina vers l'endroit où Bugge était assis. Là, il montra avec fierté la broche à la servante qui frappa dans ses mains.

Bugge accompagna Narfi de son aboiement pendant que celui-ci chantait, ajoutant son joyeux contrepoint sonore à la voix de l'enfant. Immédiatement, Elene se sentit aller beaucoup mieux et regarda Hafual :

— Il adore cette broche. C'est si gentil d'avoir fait cela.

— Mon sang s'est glacé dans mes veines quand j'ai pensé à ce qui aurait pu lui arriver.

Comme il se passait la main dans les cheveux, Elene remarqua, une fois encore, qu'il avait l'épaule droite beaucoup plus relevée que la gauche. Mais il croisa aussitôt les bras comme s'il la défiait de dire qu'il s'était peut-être blessé l'épaule au cours de la rixe.

— Peut-être Asida avait-elle raison, et que je n'aurais pas dû l'emmener, déclara-t-il.

— Se trouver à Wulfhere's Clearing n'est en rien la garantie de ne pas être victime d'un raid, dit Elene sur un ton tranquille avant qu'il puisse avoir le temps de suggérer de rentrer à Wulfhere's Clearing pour y laisser son fils et Elene.

S'il agissait ainsi, ils se retrouveraient en effet dans la même situation problématique due à l'influence possible que Pybba exerçait sur le roi Ceolwulf.

— C'est vrai.

— Si nous nous étions trouvés ici plutôt qu'en dehors du campement en train de nous promener…

Hafual posa une main sur la bouche d'Elene.

— Nous aurions pu nous faire capturer. Mais on ne peut dire avec certitude ce qui serait arrivé. En revanche vous pouvez perdre la raison si vous commencez à vous interroger sur ce qui aurait pu se passer si… Regardez vers l'avenir et arrêtez de vous perdre en conjectures à propos d'événements qui ne sont pas advenus. Nous avons sauvé des personnes parce que nous étions partis nous promener ensemble. Voilà.

Elene s'efforça de sourire. Ce que disait Hafual n'était pas faux, mais elle continuait cependant à éprouver le sentiment qu'elle aurait dû se trouver là, tant elle savait à quelle vitesse ce genre de situation pouvait dégénérer.

— Et maintenant, vous tentez de me réconforter…

— Avoir une position de responsable oblige à savoir déléguer. L'homme qui a failli dans sa garde a payé le prix fort pour son échec.

Sur ces mots, Hafual fit rouler son épaule droite, geste qui lui arracha une petite grimace. Dans la clarté rose de l'aurore qui avait succédé à l'aube, Elene remarqua qu'il avait les lèvres pâles. Quoi qu'il fût arrivé pendant la rixe contre le chef des bandits, Hafual exigeait trop de son épaule.

— Nous allons emmener cet homme vers l'abbaye la plus proche où il pourra recevoir plus d'attention sur le plan médical, suggéra-t-elle.

— Le représentant du comté aura quelques explications à fournir, remarqua Hafual en fronçant les sourcils. Ceolwulf considère mal l'existence d'un banditisme sur la Watling Road et, avant mon départ, il m'a juré que c'était grâce à Pybba que le problème avait été résolu.

D'un signe, Elene commanda à la servante de surveiller Narfi et Bugge. Interrompant sa discussion avec les hommes, celle-ci rejoignit le bambin.

Avec un geste en direction du chariot, Elene déclara alors :

— Avant toute chose, je vais regarder votre épaule.

Hafual fit la moue, mais ses lèvres étaient bleues.

— D'autres personnes requièrent qu'on leur porte une attention particulière. Je sais ce que je fais avec mon épaule. J'ai déjà dû m'occuper de telles blessures dans le passé.

— Peut-être, mais il faut tout de même s'en soucier, repartit-elle.

Joignant le geste à la parole, elle fit un pas vers lui pour l'empêcher de s'éloigner.

— Vous avez une manière curieuse de la tenir, cette épaule. Aussi dois-je insister en tant que… votre femme.

— J'apprécie vraiment les femmes magistrales, déclara Hafual en lui glissant son bras gauche autour de la taille avant de lui déposer un baiser sur les lèvres.

Elene remarqua alors que tout le monde les regardait, tout en faisant semblant de nettoyer le campement avant le départ.

— Que faites-vous ? demanda-t-elle.

Et elle posa une main à plat sur le torse de Hafual.

— Je vous obéis, mais en prenant une petite récompense supplémentaire.

Elle écarquilla les yeux.

— Vous, vous êtes en train d'essayer de détourner mon

attention… Mais cela ne marche pas. Je suis bien résolue à vous examiner et cela, avant toute autre chose.

— Je refuse de m'excuser, rétorqua Hafual.

Un peu calmé, pourtant, il retira son bras.

— Ce que nous avons partagé ne devra pas l'avoir été pendant une seule nuit. La prochaine fois, nous disposerons d'un lit, et il n'y aura pas de bandits pour nous interrompre.

Elene pencha la tête, les joues cramoisies.

— Vous agissez ainsi exprès.

— Exprès ? Désirez-vous un autre baiser, douce Elene ?

— Vos tentatives ne m'arrêteront pas. J'examinerai votre épaule. Vous ne me ferez pas oublier cela par un petit batifolage.

Elle ouvrit la voie vers le chariot et y fit asseoir Hafual.

Sous la cape dont elle le débarrassa, une tache de sang perçait à travers la tunique et le vêtement lui collait, par endroits, dans le dos. Elene commença par nettoyer la blessure avec le traitement aux herbes que le père Oswald et elle avaient développé. La plaie paraissait suffisamment claire et peu profonde. Mais elle se trouvait sur l'épaule droite, la même que celle dont Hafual s'était plaint auparavant. À l'évidence, il avait besoin de quelques semaines de repos.

Il fit la grimace alors qu'elle poursuivait ses soins.

— Cela brûle.

— Alors, cela signifie que le traitement remplit son office. Cela dit, je crains qu'une nouvelle cicatrice n'apparaisse sur votre peau. Quoi qu'il en soit, ni entraînement ni combats à l'épée au cours des prochaines semaines. Vous devez donner à la plaie une chance de guérir comme il faut.

— J'essaierai de me souvenir de votre instruction la prochaine fois que les bandits passeront nous voir. « Désolé, les gars », leur dirai-je, « mais ma femme a décrété que je ne me battrais pas aujourd'hui. »

— Nous ne devrions plus tomber sur des bandits. Pas à Ludenwic. Le roi Ceolwulf exerce un meilleur contrôle que cela sur le territoire.

— Un roi ne peut valoir plus que son *comitatus*.

— Raison pour laquelle vous devez ménager cette épaule.

Hafual tendit la main vers la tunique propre qu'Elene avait extraite de l'un des coffres, et s'en revêtit. Grâce au soin et au nouveau vêtement, son épaule ne paraissait plus aussi étrangement positionnée qu'un peu plus tôt. Mais elle n'en restait pas moins blessée…

— Maintenant que vous avez arrêté de vous agiter, pouvez-vous me laisser partir ? demanda-t-il. Il faut que nous emmenions mon homme à l'abbaye.

— Vous avez perdu du sang, Hafual. Or, à votre manière de vous comporter, on pourrait vous croire à peine plus âgé que Narfi. Ignorer un problème ne l'a jamais fait disparaître. Et celui-ci aurait dû être réglé en amont.

Il leva les yeux au ciel.

— Il y a trop à faire. Ces bandits ne sont pas tout à fait des amateurs. Je les ai bien regardés, un peu plus tôt.

Elene reposa l'onguent.

— Vous pensez qu'on les aurait envoyés nous attaquer ?

Hafual haussa les épaules.

— Même Pybba n'aurait pu savoir où nous ferions halte.

— Nous aurions dû nous dépêcher de rallier l'abbaye et, de là, demeurer dans la maison d'hôtes.

— C'était trop tard en ce qui concernait Narfi. Et puis, si nous avions été suivis, ils auraient tiré avantage de la route sombre qui se trouve à côté de l'abbaye et nous aurions trouvé les grilles fermées.

Il lui prit la main et la porta à ses lèvres :

— Reconnaissez-le… Vous avez apprécié notre nuit sous les étoiles.

Un élan de colère traversa Elene. Hafual semblait avoir réponse à tout.

— Nous sommes mariés. Ce sont donc des choses que nous sommes censés partager.

Des lumières dansèrent dans les yeux bleu nuit.

— Nous les avons faites. Et elles ont, de plus, été très satisfaisantes.

— Ce n'est pas ce que je voulais dire. Vous essayez encore de me faire perdre le fil de mes pensées. Pour nous, l'abbé les aurait ouvertes, ses grilles.

Et elle envoya tomber les bandages à terre sans douceur.

Hafual la traitait vraiment comme une simple d'esprit.

— Je mérite la vérité, pas un badinage pareil.

Il pivota sur ses talons.

— J'attends de la part de ma femme une loyauté inconditionnelle en tout, Elene.

— Et moi, j'attends, de la part de mon mari, qu'il me fasse confiance.

— La confiance doit parfois se gagner.

Préférant se concentrer sur ses réserves de médicaments, Elene les rangea tout en tâchant d'ignorer le puits de colère qui se faisait de plus en plus profond au fond de son ventre.

La loyauté était une chose. Mais, dans la mesure où elle n'avait parfois aucune idée de l'endroit où se situait la vérité, cette « loyauté inconditionnelle » que Hafual exigeait d'elle devenait de l'obéissance aveugle. Or, si elle pouvait adopter le premier comportement, il lui était impossible de choisir le second.

Chapitre 13

— Vous avez vaincu les bandits qui semaient la terreur dans cette région ? Vraiment ?

Les yeux de l'abbé Wilfrid saillaient, et ses doigts s'étaient arrêtés d'égrener son rosaire. Comme un hibou inquisiteur, il était posé sur une chaise bien rembourrée de l'antichambre de l'abbaye.

— Et comment ? demanda-t-il.

— Les bandits sont rarement à la hauteur de guerriers entraînés, déclara Hafual en se tendant quand il commença à expliquer ce qui s'était passé.

Il était en effet évident que l'abbé allait repousser sa requête. Et, bien qu'Elene l'ait conseillé sur ce qu'il devait dire à l'homme d'Église, elle ne se montrait présentement d'aucune aide, ayant annoncé son intention de rester dans le chariot avec Narfi jusqu'au moment où Hafual aurait exposé la situation à l'abbé. De plus, le prêtre chargé de l'infirmerie avait refusé de la laisser s'y rendre avant d'avoir obtenu l'autorisation de l'abbé Wilfrid.

« Cela prendrait moins de temps s'il y allait seul » était la réponse qu'elle avait faite quand il lui avait envoyé un de ses hommes avec, pour instruction, qu'Elene se présente avec lui dans l'antichambre de l'abbé.

Cette femme entêtée l'avait donc contraint à se rendre seul à l'entretien pendant qu'elle patientait dans le chariot et veillait sur Narfi. Elle le punissait. Attendant de lui qu'il se mette à genoux et la supplie de lui apporter son aide au moment où il gâcherait tout, ainsi qu'il le faisait d'habitude avec les prêtres. Car il n'arrivait jamais à trouver ses mots, malgré l'aide que frère Palni lui avait offerte à maintes reprises. *Demander pardon.* Mais qu'avait-il fait, cette fois, qui réclamât le pardon ?

D'habitude, Hafual se serait fait arracher les yeux plutôt que discuter affaires de cette nature avec un abbé. Ces hommes, estimait-il, étaient condescendants et le traitaient chaque fois comme s'il n'était qu'une masse de muscles sans l'ombre d'un cerveau repérable. Vraiment, il lui semblait qu'on ne le tolérait que pour sa proximité avec le roi Ceolwulf. Dans le passé, il avait toujours envoyé frère Palni ou le père Oswald lorsqu'il fallait demander un hébergement ou une assistance à une abbaye ou bien à un monastère. Mais, cette fois, il n'avait personne d'autre qu'Elene. Raison de plus pour se sentir agacé par l'entêtement de cette dernière. Il y avait un certain ordre à appliquer aux choses.

— Une petite affaire, abbé, poursuivit-il. Bouclée en une journée ou, dans ce cas précis, en une nuit de travail.

Et il libéra un rire qui sonna très forcé à ses oreilles. Être ainsi obligé de traiter avec des prêtres difficiles qui le jugeaient et le trouvaient exigeant lui arracha un juron silencieux.

— Vous pouvez bien sûr estimer qu'il s'agit d'une « petite affaire », Lord Hafual, répondit l'abbé Wilfrid par-delà le bruit de succion venant de ses dents et le cliquetis infernal des grains de son rosaire, mais ici, à l'abbaye, nous l'estimons de haute importance. Pour ma part, j'aimerais d'ailleurs inspecter les corps afin d'en être bien certain.

— Nous les avons apportés pour l'enterrement. Ils se trouvent dans la cour. Dès que vous serez prêt…, ajouta vite Hafual avant que l'abbé Wilfrid commence à lui faire la leçon sur la manière chrétienne d'agir.

Ces bandits avaient eu l'intention de voler, associée à celle de tuer.

— Je…, reprit-il. C'est que ma femme m'a expliqué que, bien qu'ils soient des êtres imparfaits, ils devaient avoir un enterrement chrétien.

— Votre Seigneurie me comprend mal, dit l'abbé en éclatant de rire. Nous avons des intérêts croisés. Mes frères et moi avons prié pendant des mois pour qu'on nous libère de ceux qui s'attaquent aux hommes d'Église. Quant à notre représentant de comté, il fait des promesses, mais il est beaucoup trop occupé à la cour de Ludenwic pour faire quoi que ce soit. Je veux néanmoins être certain que ces hommes-là sont bien ceux auxquels je pense. Leur chef est un gars défiguré par une longue cicatrice qui lui traverse la joue. Il adore prélever aux églises les offrandes qui leur ont été faites ainsi que leur eau bénite.

— Le cadavre en question a en effet une longue cicatrice qui lui barre le visage. Vous êtes donc plus que bienvenu pour confirmer son identité.

Hafual ouvrit la voie vers l'endroit où les corps étaient exposés. L'abbé Wilfrid se signa et récita, à haute voix, une prière pour le repos de l'âme du bandit.

— Mais je soupçonne qu'il ira brûler en enfer…, conclut le bon abbé avec un air exagérément pieux sur le visage.

Avant de cligner de l'œil…

Hafual remarqua alors Elene qui le regardait depuis le chariot, et s'efforça de contrôler sa propre expression. Comme les devins, les prêtres étaient des êtres à part. Jamais il ne parviendrait à les comprendre. Ni eux ni leur humour.

— Il s'est passé quelque chose, déclara Hafual en désignant les cadavres. Ils ont besoin d'avoir une sépulture car je n'étais pas enclin à les abandonner aux corbeaux. Je ne voulais pas non plus que quiconque eût le moindre doute sur ce qui s'était passé dans cette clairière.

L'abbé fit reposer son menton contre ses doigts serrés les uns contre les autres.

— Nous vous sommes très reconnaissants, Lord Hafual,

mais je dois confesser que je n'en attendais pas moins de vous. Nous avons suivi vos exploits, en particulier cet été contre les Hwicce.

— Je n'avais pas idée que vous saviez qui j'étais.

— Le roi Ceolwulf vous a mentionné la dernière fois qu'il nous a fait la grâce de sa présence. Et votre prêtre, frère Palni, est également un de mes grands amis. Il s'arrête toujours ici au cours de ses voyages, et je détesterais que vous puissiez croire que cette maison vous est inhospitalière, car je crois pouvoir conclure que vous vous êtes mis en danger, ainsi que votre famille, pour nous sauver d'un fléau. Le Seigneur travaille de manière bien mystérieuse, Lord Hafual.

— D'une manière bien mystérieuse, en effet, répondit-il en serrant les mâchoires.

Quel idiot il avait été ! Avoir fait courir des risques à tout le monde parce qu'il avait considéré que l'abbé lui refuserait le gîte et le couvert, comme d'autres l'avaient fait lorsqu'il s'était présenté tard, le corps fatigué et les pieds douloureux. Lui, qui avait toujours demandé qu'on le traite comme un individu à part entière, ne l'avait pas fait vis-à-vis de cet abbé. Jamais, en effet, il ne lui avait donné l'opportunité de dire oui et de le faire entrer, de nuit, dans son abbaye.

— Si je pouvais laisser mon homme ici, à l'infirmerie…, dit-il en faisant un geste vers son soldat blessé, avant de tendre à l'abbé une poignée de pièces d'argent. Je suis heureux de payer. Je n'ai aucune envie de représenter une charge pour l'abbaye.

L'abbé Wilfrid leva les mains :

— Nous sommes ravis de faire notre devoir vis-à-vis de votre homme. Le guerrier mercien dans le besoin va être pris en charge ici. Et tout le plaisir sera pour nous.

Hafual sortit un étui de sa poche et y versa l'argent.

— Quoi qu'il en soit, je laisserai cela à l'église avant de partir. Considérez-le comme un don à votre Église. Utilisez-le à prier pour l'âme de mon fils.

L'homme le considéra longuement.

— Vous et votre compagnie devez rester ici cette nuit. Frère Palni dit que, de ce côté du Danelaw, nous avons des moutons parmi les meilleurs. Il semble aussi penser que personne ne fait la cuisine comme on la fait dans le Nord.

— Toujours blagueur, le frère Palni…

— Mon mari et moi serions enchantés de rester, abbé Wilfrid, déclara soudain Elene en se matérialisant à son côté.

Et elle lui adressa un sourire éclatant tandis que Hafual serrait les dents. À l'évidence, elle avait suivi tout l'entretien en attendant le moment opportun.

— La journée a été riche en émotions, poursuivit-elle, et votre hospitalité est légendaire.

— Vous êtes beaucoup trop gentille, my lady.

L'abbé Wilfrid et Elene discutèrent ensuite quelques minutes du père Oswald et de la communauté de Baelle Heale, avant qu'Elene demande que l'on veuille bien lui montrer l'infirmerie. De cette manière, expliqua-t-elle, elle pourrait échanger avec le moine responsable et lui laisser des instructions spécifiques concernant les soins à apporter au garde de nuit blessé.

Comme l'abbé Wilfrid exprimait une certaine surprise qu'elle voulût s'impliquer, elle lui détailla l'entraînement qu'elle avait suivi auprès du père Oswald. Avant de s'éloigner avec l'abbé, elle regarda Hafual comme si elle le mettait au défi de le lui interdire.

Hafual considéra d'un air affamé la robe qui bougeait au rythme des pas d'Elene en révélant la douce courbe des fesses rondes, et sut qu'il devait y avoir une manière de combler la faille existant entre Elene et lui. Le moyen qu'il avait toujours employé avec Svala était de lui offrir des babioles envers lesquelles elle ne cachait pas son attirance. Avec Elene, il allait falloir en trouver un autre.

— Merci pour le délicieux repas, dit Elene en se levant de la table, fort chargée, de l'abbé.

La combinaison de la suie du feu et du repas bien servi lui rendait les paupières lourdes. Mais elle repoussa sa fatigue. Son devoir envers ses patients passait avant tout.

— Je vais vous laisser, à présent, messieurs, pour que vous puissiez échanger les dernières nouvelles tandis que je vais retourner à l'infirmerie pour voir comment vont les hommes.

L'abbé frappa la table de son gobelet et délivra une toux bien audible.

— Lord Hafual, nous avons discuté de cela…

Hafual s'éclaircit la gorge.

— Le prêtre qui supervise l'infirmerie a demandé à être autorisé à soigner les patients de la manière qu'il utilise d'habitude, plutôt que de devoir subir des interventions extérieures.

L'abbé ponctua la phrase de tout petits bruits qui confirmèrent cette déclaration. Il était certain qu'Elene comprendrait la délicatesse du processus envers le prêtre de l'infirmerie. Elle appuya ses mains sur la table et lutta pour contenir le poids oppressant qui s'était installé dans son âme. C'était avant le souper que Hafual aurait dû lui apprendre cela.

— Les hommes blessés appartiennent à ma maison, déclara-t-elle. J'ai là une responsabilité.

Le léger tremblement contenu au fond de sa voix lui fut insupportable. N'importe quelle personne la connaissant bien aurait immédiatement réalisé à quel point elle se trouvait proche de l'effondrement. Mais Hafual et l'abbé restaient apparemment indifférents.

— Êtes-vous en train de me demander de ne pas accomplir mon devoir ? insista-t-elle.

— Je suis désolé.

L'abbé baissa la tête en refusant de la regarder et dit :

— Dans cette maison, nous devons préserver la discipline.

— Dois-je y aller moi-même ? interrogea alors Hafual. Je pourrai vous faire un rapport, my lady. N'ayez pas d'inquiétude.

Il tourna la tête vers l'abbé :

— Qu'en dites-vous, abbé Wilfrid ?

Celui-ci leva une main.

— Lord Hafual peut y aller. Il s'agit de ses hommes.

— Vous voulez dire que le prêtre chargé de l'infirmerie n'a mentionné que les visiteuses ?

L'abbé sourit.

— Elles se sont révélées être une gêne dans le passé.

— En tout cas, certaines personnes ont la vue courte, déclara Hafual sur un ton ferme. En ce qui me concerne, je connais l'importance de la contribution de ma femme, aujourd'hui par exemple.

Elene ravala le cri qu'elle avait dans la gorge et s'efforça de se détendre. Hafual essayait de se montrer gentil face à l'obstination. Un jour, l'abbé devrait réaliser que les femmes savaient agir.

— Je vais voir comment Narfi et la servante se sont installés.

— Excellente suggestion, repartit Hafual. Mais vous semblez très fatiguée. Vous devez dormir, Elene.

— Vous ployez sous le poids de l'épuisement, Lady Elene, ajouta l'abbé en se servant un nouveau verre d'hydromel. Vous devez être fière de la façon dont votre mari a secouru tout le monde à lui seul.

Au lieu de la défendre, Hafual se contenta de boire une nouvelle gorgée de son hydromel.

J'ai aidé ! Elle aurait voulu crier, mais, forte de ses années d'entraînement, se retint et quitta la pièce sans un mot. Les oreilles de l'abbé étaient fermées à la vérité.

Elle maîtrisa sa colère jusqu'au moment où elle quitta Narfi et la servante, après s'être assurée qu'ils étaient bien installés dans la chambre mise à leur disposition par l'abbé. À cette occasion, elle remarqua que, même dans son sommeil, Narfi s'accrochait à la broche que Hafual lui avait donnée.

Quand elle revint dans la chambre d'hôtes qu'elle était censée partager avec Hafual, elle donna enfin libre cours à sa colère et lança son chapeau sur le lit avant de s'asseoir avec rudesse et de se débarrasser de ses bottes sans douceur. En tombant, l'une d'elles manqua de peu l'aiguière. Cela ramena Elene à la raison.

Qu'est-ce qui n'allait pas avec elle ? Pourquoi s'obstinait-elle à vouloir des choses qu'elle n'obtiendrait jamais ? Pourquoi était-ce mal de sa part d'espérer un soutien ?

Elle se mit à faire les cent pas dans la chambre où régnaient un froid humide et une odeur de moisi. Sans doute, soupçonna-t-elle, que la pièce n'avait pas été utilisée depuis longtemps. Elle en voulait pour preuve le mobilier raffiné mais couvert de poussière.

— J'ai aidé, répéta-t-elle dans un murmure en retirant sa robe avant de la poser avec précaution sur le tabouret.

Le nœud, en elle, grossissait. Et elle savait maintenant où était le vrai problème : Hafual se comportait de la même manière que Nerian. Était-elle donc si atroce pendant l'acte physique que les hommes ne voulaient d'elle qu'une fois ? En fin de compte, l'union entre elle et Hafual n'avait-elle eu lieu que pour mieux s'assurer qu'ils étaient vraiment mariés ? Pour elle, pourtant, cet acte avait signifié davantage. Bien davantage.

La pièce s'inclina puis se redressa lorsqu'une nouvelle vague d'épuisement s'abattit sur elle. Se pressant légèrement le front avec la paume de sa main, Elene essaya de se concentrer mais ses pensées ne faisaient plus sens. Elle n'ignorait pas qu'aucun sentiment plus délicat ne s'était glissé dans l'expression de son mariage et que le cœur de Hafual était enterré avec l'épouse qu'il avait perdue. De ce fait, le comportement qu'il avait n'aurait pas dû la blesser. Et pourtant… Tout ce qu'elle savait était qu'elle voulait se retrouver entre ses bras et qu'elle n'osait pas le lui demander. Elle avait sa fierté.

Elle marcha jusqu'au lit d'un pas chancelant, se recroquevilla dessus et attendit.

Hafual se tenait sur le seuil de la chambre d'ami de l'abbaye, celle réservée, en temps normal, à l'évêque ou aux dignitaires en visite. Profondément endormie sur le lit, Elene avait remonté ses genoux contre sa poitrine.

Le sommeil était le plus souvent réparateur. Or Hafual n'ignorait pas combien la journée avait dû être difficile pour elle et à quel point elle avait bien fait face.

Depuis leur désaccord du matin, il avait évité de lui parler en tête à tête, se concentrant plutôt pour trouver le moyen d'éviter de répéter la même scène, ou pire, devant tout le monde. Lui qui avait désiré que tout se passât en douceur à l'abbaye, voilà qu'Elene s'y montrait encore plus en colère contre lui parce que l'abbé avait pris un décret idiot contre les femmes à l'infirmerie. Elle aurait pourtant dû comprendre qu'il avait été impossible pour Hafual de contredire l'abbé dans l'établissement que celui-ci dirigeait. Et cela même s'il estimait, pour sa part, que le règlement avait été édité par quelqu'un à la vue basse.

Pendant un petit moment, il regarda Elene dormir. Elle murmura quelque chose dans son sommeil qu'il ne parvint pas à saisir complètement mais qu'il craignit être le prénom de l'amant qu'elle avait eu auparavant. Il fronça les sourcils tandis que l'aiguillon de la jalousie le frappait de nouveau. Ce qu'il aurait voulu était qu'Elene fût en train de rêver de lui et de ce qu'ils avaient partagé tous les deux la nuit précédente.

Retourner à l'écurie et dormir là-bas eût été très facile. C'était le genre de choses qu'il avait faites avec Svala, vers la fin, dans l'intention d'éviter les accusations portées et les poings de la colère. Avec Elene, il voulait que ce soit différent.

Il ferma la porte qui fit un léger clic.

Les yeux d'Elene s'ouvrirent et elle se souleva sur un coude. Un petit pli apparut alors au milieu de l'arc parfait de ses sourcils.

— Vous êtes de retour. Comment vont les hommes ?

— Tout est sous contrôle à l'infirmerie. L'endroit a l'air

tranquille. Mais le prêtre qui en a la responsabilité a pris sur lui de me crier dessus alors que je partais. Il ne veut apparemment rien changer à ses habitudes.

Hafual avait les nerfs tendus en cherchant à répondre à la question qui se posait maintenant à lui : comment Elene allait-elle prendre les nouvelles qu'il devait lui annoncer ? Plus tôt, elle avait semblé sur le point de fondre en larmes sans motif clair. Svala aussi avait fait cela : passer du rire nerveux aux larmes sauvages tout en exigeant de lui de plus en plus de choses.

— Le bon prêtre avait déjà manifesté son objection à ma présence à l'infirmerie un peu avant, déclara-t-elle.

D'un geste, elle repoussa sa natte sur le côté. Même si la lumière vacillante du suif lui brûlait moins les yeux cette fois, il pouvait encore y lire la fragilité qu'il avait remarquée au cours du souper.

— On aurait dit que je ne faisais que gêner, poursuivit-elle, comme si ce n'était pas moi qui, en tout premier, avais retenu le sang et bandé les plaies. Oui, les mots font mal même si je sais qu'ils ne devraient pas. J'ai essayé si fort !

— Le moine qui s'occupe directement des patients a dit combien le travail de la personne qui avait apporté les premiers soins avait été bien exécuté ! Et que cette intervenante avait sans doute sauvé la vie du garde de nuit. Tous les gens différents ont des points de vue différents.

Il la considéra d'un œil prudent, s'attendant à une scène.

— Je ne suis pas totalement inutile, alors…

Elene s'était exprimée sur un ton qui se voulait léger et insouciant, mais Hafual y décela une douleur vive.

— Elene…, commença-t-il avec l'intention de lui dire qu'elle devait arrêter d'estimer sa propre valeur à l'aune des commentaires d'autrui.

Mais il s'interrompit et serra les mâchoires. *Moins on en dit, plus vite les choses se réparent.*

Voilà comment s'était déroulé son mariage avec Svala : en

laissant les crises de colère de sa femme s'apaiser et en allant de l'avant. Oui, il avait appris sans douceur que Svala avait surtout besoin qu'on lui manifeste de l'attention. Toutes les explications sur les raisons qui empêchent, dans la vie, les choses de se réaliser, ne la touchaient en revanche pas du tout.

— Le garde de nuit vivra, reprit-il. J'ai aussi de nouveau parlé à l'abbé Wilfrid. Sa gratitude semble ne pas connaître de bornes. En particulier, parce que je lui ai demandé de jeter un œil sur le trésor découvert dans le repaire des bandits, et qu'il semblerait que ceux-ci avaient pour habitude de voler les églises. Une bonne partie du trésor revient à l'abbaye.

— Le chef était donc un impie.

— Cela fait un temps interminable que l'abbé essayait de sensibiliser le représentant du comté à ce problème. Mais celui-ci avait toujours une bonne raison pour se prétendre occupé. Je vais voir si, de mon côté, j'arrive à intéresser suffisamment Ceolwulf pour qu'il fasse diligenter une enquête. Cela permettrait de déterminer si le représentant du comté a reçu des pots-de-vin.

Elene écarquilla les yeux.

— Avez-vous dit cela à l'abbé Wilfrid ? Vous ne voulez pas nous créer de nouveaux ennemis… En particulier avec Pybba qui est tellement à même de causer des problèmes.

— Des actes et non des mots, ai-je dit. Et, de toute façon, je ne suis pas allé au-delà.

Elene posa les mains sur ses genoux. Les cheveux de sa natte devenue lâche lui couvraient les épaules. Hafual mourait d'envie d'achever de défaire cette tresse pour, une fois encore, plonger ensuite les doigts dans la douceur soyeuse de la longue chevelure.

— Le représentant du comté aurait pu en faire un minimum, tout de même. Nous sommes tous les deux au courant en ce qui concerne votre prédécesseur à Wulfhere's Clearing et savons ce qu'il a fait. Nous devrions donner le trésor récupéré à l'abbé. Je pense qu'il connaît mieux que la plupart des gens la valeur d'une pièce de monnaie.

— C'est vous qui le dites. Non moi.

Hafual haussa les épaules avant de poursuivre :

— Mais je suis tout à fait d'accord avec vous. Je voulais vous dire aussi que le moine soignant de l'infirmerie a donné son accord pour s'occuper de mon homme jusqu'à ce qu'il ait guéri comme il faut. Le tout en échange, comme vous l'aviez suggéré, d'un menu don.

Un sourire trembla sur les lèvres généreuses d'Elene.

— Vous voyez, j'ai de vraies bonnes idées. De temps en temps.

Hafual eut envie de la serrer contre lui et de l'embrasser à l'endroit où ses sourcils se fronçaient et créaient un tout petit pli. Lorsqu'il serrait Svala contre lui, la scène se terminait toujours en soupirs interminables. Puis, entre deux gémissements, elle se plaignait de ce qu'il fît de sa vie une misère.

Tout en gardant les bras bien raides le long du corps, il répondit :

— Plus que « de temps en temps ». Vous êtes-vous reposée ? Ou bien dois-je partir ? Nous avons un long voyage à effectuer demain.

— Vous pouvez rester, répondit-elle d'une voix qui fut à peine un chuchotement. Je n'aimerais pas que l'abbé fasse des remarques sur notre mariage contraint si, par hasard, Pybba passait par là. Car il ne le mettrait alors pas sur le compte des manières étranges du représentant du comté du Nord. Il l'utiliserait pour vous nuire.

— Quelles sont les « manières étranges du représentant du comté du Nord » ? demanda Hafual.

Penchant la tête sur le côté, il précisa :

— Ma fierté peut supporter toutes les insultes que vous désirerez confier.

— Devez-vous vraiment transformer cela en plaisanterie ?

— Je suis habitué aux affronts. D'habitude, je préfère

que l'on m'insulte en face. Trouvez-vous ma façon de voir désespérée et brutale ?

— Vos manières sont différentes et non étranges. C'est ce que je continue à essayer de dire aux gens. Vous êtes un Mercien dans votre cœur et dans vos actes.

Venant vers elle, il prit les mains d'Elene dans les siennes et son cœur fit une embardée en constatant qu'elle ne les retirait pas.

— Suis-je pardonné ?

— Avez-vous fait quelque chose de mal ?

Il sut alors qu'il devait saisir sa chance en expliquant à Elene ce qui s'était vraiment passé plus tôt et la raison pour laquelle il avait insisté pour faire une halte.

— J'aurais dû vous dire que je craignais que nous nous fassions mal recevoir à l'abbaye et que c'était à cause de cela que j'ai fait marquer la halte de bonne heure au lieu de presser notre allure. Je ne voulais pas devoir supplier ma femme de tenter de faire ouvrir les portes de l'abbaye ! Je craignais la manière dont vous et mon fils considéreriez cela. Mais mon arrogance a failli me coûter cher. S'il vous plaît, ne la laissez pas me coûter votre personne et vos bras, ce soir. S'il vous plaît, pardonnez-moi, Elene.

Elene prêta l'oreille à la note d'humilité contenue au fond de la voix de Hafual. Il était en train de s'excuser et d'expliquer pourquoi il avait décidé de s'arrêter là où ils s'étaient arrêtés. Or il avait eu raison. Car poursuivre le voyage jusqu'à l'abbaye le soir précédent aurait, en effet, demandé trop de temps. De plus, ils auraient pu se faire attaquer dans le noir.

Elle sentit son corps se mettre à trembler et aussi que Hafual avait une envie intense de passer les bras autour d'elle. C'était donc qu'elle n'avait pas totalement échoué lorsqu'ils avaient fait l'amour. Il pensait qu'elle était en colère contre lui, mais ce n'était pas parce qu'il l'avait trouvée incapable au lit qu'il s'était détourné d'elle.

— Vous avez bien fait de décider de vous arrêter, reconnut-elle. Le voyage aurait été long pour Narfi, et des bandits auraient pu nous attaquer dans l'obscurité pendant notre passage sur la route. Le résultat aurait alors été bien pire.

— Arriver du Nord n'est pas toujours gage d'une réception agréable. À l'instar de Pybba, certains attendent de me voir échouer. Pour eux, mon serment vaut moins que celui d'un Mercien parce que je suis né dans le Nord. En conséquence de quoi je suis obligé de travailler plus dur pour prouver la valeur de ce serment.

Elene ne bougeait plus. Jusqu'à cet instant, il ne lui était même pas venu à l'esprit que Hafual pouvait se soucier de la façon dont il était perçu, en particulier en tant qu'homme « anciennement du Nord », en tant qu'étranger. Il avait même toujours semblé confiant et responsable. Et cela rendait ses mots de la veille plus poignants. Sauf qu'il s'était révélé être un homme de mérite.

— Alors vous allez devoir continuer à leur démontrer qu'ils se trompent. Par bonheur, c'est facile pour vous.

Il baissa la tête au-dessus de leurs mains entrelacées et dit :

— J'avais pensé que vous étiez peut-être furieuse contre moi.

Puis, après un instant, il reprit :

— Vous aviez raison : vous savez vous battre. Au lieu de prendre vos jambes à votre cou, vous avez porté secours à tout le monde.

Elene plaça les bras autour de sa taille en tentant de ne pas songer à l'immense frayeur qui l'avait alors saisie.

— Mais partir en courant est parfois la seule chose à faire, ajouta Hafual. Je suis sûr que Nerian a pris la bonne décision, la dernière fois que vous avez affronté des bandits.

Elle lui tendit la main. La dernière chose qu'elle voulait était parler de Nerian et de ce qui s'était passé cet été-là.

Les sentiments qu'elle avait éprouvés pour cet homme lui semblaient appartenir à un autre temps.

— Nous avons un lit, remarqua-t-elle. Et je doute très fort que nous soyons interrompus. Je pense aussi que nous devrions profiter de la situation.

Il pencha la tête sur le côté et lui adressa l'un de ces sourires qui la faisaient frissonner de la tête aux pieds.

— Est-ce une offre que vous me faites, my lady ? Comme je vous le disais, je pensais que vous étiez en colère contre moi.

— Il me semble qu'un lit sera plus doux qu'une cape étendue à même le sol. On ne peut se permettre d'abîmer davantage votre épaule.

Comblant l'espace qui les séparait encore, il lui prit les deux mains et les porta à ses lèvres.

— My lady devient exigeante. Et cela me plaît.

Elene sentit de la chaleur monter en bas de sa colonne vertébrale. Hafual la désirait.

— Il faudrait que je vous examine l'épaule, dit-elle seulement.

Il plissa le bout du nez.

— Ne faites-vous pas confiance à mon jugement ?

— Parfois, j'ai envie de voir par moi-même. Laissez-moi vous déshabiller.

Sans attendre la réponse, elle souleva sa tunique. Le bandage ressortait, sans tache, contre la peau de Hafual.

— Plus de sang. C'est bon signe. Je vous étalerai de l'onguent demain matin.

— Il me semblait vous avoir entendue dire que vous vouliez me déshabiller..., lui chuchota-t-il à l'oreille d'une voix rauque. Or cela signifie retirer plus de vêtements qu'une simple tunique. Quant à mon épaule, elle va beaucoup mieux.

Elene pressa les mains dans le dos de Hafual. Sous ses paumes, elle sentit qu'il avait la peau chaude.

— Je vous crois sur parole.

— Voulez-vous que je vous montre ?

— Je n'aimerais guère que vous la blessiez de nouveau.

Elle promena ses mains en les faisant descendre le long du torse viril, explorant les dénivellations et les crêtes que créaient les muscles sous la peau, jusqu'à ce qu'elle rencontre le haut du pantalon. De la main, elle effleura ensuite le renflement sous le tissu.

— Dois-je ? demanda-t-il.

— Quand j'aurai besoin de votre aide, je vous la demanderai.

— Femme autoritaire…

Elle œuvra sur le lien à la taille du pantalon, cafouilla un peu, mais parvint finalement à le défaire. Puis elle fit glisser le vêtement vers le bas, permettant à Hafual de s'en débarrasser et de se retrouver libre.

La vue de l'érection de Hafual la régala. Tendant le doigt, elle la caressa. À cet endroit, il avait la peau chaude et douce comme de la soie.

Cédant à une impulsion, elle se mit ensuite à genoux devant lui et le goûta. Sa langue tourna sur l'extrémité du membre, en en savourant la douceur salée. Puis elle ouvrit la bouche et le prit.

— Elene, fit-il d'une voix cassée, en enfouissant ses doigts dans les cheveux d'Elene.

Levant les yeux, elle vit qu'il avait à moitié fermé les siens d'extase. Une sensation de pouvoir la traversa. Elle avait fait cela. Par son contact, elle avait mis ce puissant guerrier en son pouvoir.

Dépliant les genoux, elle se remit debout et se mit à jouer avec le bout de sa tresse.

— Si nous essayions ce lit ?

— Vous êtes encore tout habillée.

L'instant d'après, Hafual lui retirait ses vêtements, jusqu'à ce qu'elle apparaisse devant lui complètement nue. Puis il tendit la main vers la tresse qu'il débarrassa du lien qui la retenait. Ses longs cheveux achevèrent de se défaire complètement, créant un rideau scintillant autour d'elle. Puis il la dirigea avec égards vers le lit qui l'accueillit en douceur. Debout au-dessus d'elle, il la dévorait des yeux.

De la main, Elene recouvrit alors son nid de boucles.

Un sourire très masculin étira les lèvres de Hafual. Il secoua la tête.

— Pas de cela entre nous. Pas de secret. Pas de cachettes. Laissez-moi vous savourer.

Elle acquiesça du menton. Avec lenteur, il approcha les lèvres de son corps, s'arrêtant pour musarder sur ses seins pendant que ses doigts s'attardaient dans la toison bouclée, entrant et ressortant, caressant ses parties intimes.

Elle arqua le dos, cherchant par lui le soulagement que, seul, il pouvait lui apporter.

— S'il vous plaît…, chuchota-t-elle.

Il descendit le long de son corps. Sa langue explora le bouton de rose entre les jambes entrouvertes. Le besoin qu'elle avait de le sentir en elle était si grand qu'il lui donnait la fièvre.

De sa langue, Hafual suivait le chemin de ses doigts et allait plus loin, inexorablement, léchant les endroits les plus cachés. L'intensité du plaisir monta en Elene jusqu'à ce qu'elle ait soudain l'impression de s'anéantir en des milliers de fragments.

— S'il vous plaît, j'ai besoin de vous avoir en moi…

Il se souleva, toujours avec lenteur, s'installa entre les cuisses d'Elene et la pénétra. Elle eut le corps qui soupira en enveloppant totalement celui d'Hafual.

L'intensité continua à monter jusqu'à ce que le corps d'Elene se convulse dans les vagues du plaisir.

Lentement, Hafual revint sur terre. Elene était maintenant profondément endormie dans ses bras, et ses longs cheveux s'étalaient sur leurs corps. Il passa l'extrémité d'une boucle autour de son doigt.

Un sentiment de tendresse, presque semblable à de l'amour,

monta en lui. Jamais il n'aurait pensé ressentir cette impression de contentement et de satiété quand son corps se joindrait de manière intime avec celui de la personne qui comptait dans sa vie.

Il devait presque lutter pour pouvoir respirer normalement. Oui, Elene comptait pour lui. Elle comptait d'une manière dont l'importance était à la fois aussi profondément réelle qu'inattendue. Il ne s'agissait pas du sentiment de devoir d'un mari envers une épouse à qui il devait loyauté, mais envers celle qui commandait de plus en plus son cœur. Et cette pensée le terrifiait. Avec Svala, il avait tout gâché, échouant à devenir le mari qu'il lui aurait fallu. Comment pourrait-il espérer être celui dont Elene avait besoin ?

Les saints et tous les anges du paradis savaient que Narfi méritait un meilleur père, même si l'idée de pouvoir perdre ce garçon lui était insupportable. La petite chanson de l'enfant et ces mains minuscules qu'il claquait quand Hafual avait « battu les hommes mauvais », libéraient encore leur écho dans son cœur.

— Peut-être y a-t-il de l'espoir pour moi ? murmura-t-il pour lui-même. Peut-être que, cette fois, je pourrais faire en sorte que cela marche…

Plongée dans le sommeil, Elene soupira et se rapprocha encore de lui, fondant les courbes douces du corps qu'il commençait à connaître contre les muscles endurcis du sien.

Il lui sembla à moitié qu'elle prononçait le mot « amour » dans les murmures oniriques qui montaient dans la pièce. La peur qui planait au bord de son esprit lui étreignait le cœur et le faisait souffrir.

Il fit glisser sa main sur le ventre d'Elene et se demanda s'il allait lui confier la vérité sur sa relation avec Svala et si cette vérité le rendrait indigne d'espérer conquérir une partie du cœur de sa nouvelle femme. Après ce qui s'était passé ce jour-là, il savait néanmoins qu'il éprouvait sans nul doute des sentiments de plus en plus forts pour elle.

Mais, même maintenant, il réalisait qu'elle n'avait pas complètement oublié Nerian. À plusieurs reprises, elle avait mentionné son nom lorsqu'ils avaient abordé le sujet des raids. Et il était évident que le mal qu'il avait causé était resté toujours à vif. Mieux que personne, il savait que la frontière était mince entre l'amour et la haine. Mais il était clair pour lui qu'il avait envie de mettre en pièces son ancien ami pour ce qu'il avait fait à Elene et pour la façon dont il avait détruit les rêves qu'elle se faisait de l'amour et du mariage.

Fermant les yeux, il s'efforça de faire apparaître le visage de Svala. Elle n'était plus qu'un fantôme pour lui. À la place de ses traits, c'étaient ceux, beaucoup plus sensuels, d'Elene qu'il voyait. Il poussa un grognement.

Elene tendit la main et lui caressa la joue :

— Parlez-moi d'elle.

— De Svala ? interrogea-t-il, tandis que sa voix montait dans les aigus de la surprise et qu'il s'efforçait, avec une frénésie inouïe, de se rappeler si, oui ou non, il venait de livrer tout haut une partie de ses pensées.

— Vous étiez en train de penser à elle. Je peux le dire, quand cela vous arrive : vous ne bougez alors plus du tout.

— Pourquoi penserais-je à elle ? Je viens de vous faire l'amour.

Elle lui toucha le visage.

— Parce que je vous ai entendu libérer le même soupir que lorsque vous êtes avec Narfi et que vous croyez que personne ne vous regarde.

— Je ne me rendais pas compte que je faisais cela.

La main d'Elene quitta son visage. Il fit une petite grimace. Il avait répliqué beaucoup trop vite.

— Vous pouvez me parler d'elle, répéta-t-elle. J'avais bien aimé ce que j'avais vu d'elle et souhaité que nous devenions de meilleures amies.

— Le problème est là, répondit-il avec honnêteté. Tout

le monde l'appréciait. Les gens voyaient d'elle ce qu'elle voulait qu'ils voient.

— Sauf vous ? Derrière les portes fermées, vous voyiez quelque chose de différent…

Hafual regarda la silhouette d'Elene se découpant dans l'obscurité et sut qu'il devait raconter la vérité. Après ce qu'ils avaient partagé, lui mentir était impossible.

— Svala était loin d'être facile. Elle donnait à voir au monde un côté d'elle-même tout en en réservant un autre beaucoup plus cruel à sa famille… À moi. Et cela a empiré après la naissance de Narfi.

Passant un bras autour d'Elene, il comprit qu'il fallait que les mots sortent. Qu'il devait lui expliquer pourquoi il ne pourrait jamais l'aimer de la façon qu'elle méritait et pourquoi il échouerait toujours à être un bon mari.

— Hafual ?

Avec lenteur et soin, il expliqua les choses à propos de Svala. Comment ils s'étaient mariés et comment le mariage s'était effiloché après que leur premier enfant était mort dans la mer. Comment Svala lui avait fait savoir qu'il l'avait obligée à avoir un nouvel enfant beaucoup trop vite et comment, à partir de là, elle avait pris l'habitude d'exiger de lui qu'il la rassure sur l'amour éternel qu'il lui portait. Jusqu'à ce qu'il ne sût plus que faire ni que dire, et cherchât refuge dans la mission qu'il effectuait alors pour le roi.

À son retour, il lui avait semblé que Svala était devenue une autre personne. Quelqu'un capable d'une cruauté inimaginable. Elle racontait des choses pour capter son attention, affirmant par exemple qu'elle avait jeté à la mer leur bébé qui criait parce qu'elle ne supportait ni les dieux de la tempête ni le bruit. Elle avait aussi dit que Narfi n'était pas leur enfant, mais un chanjon que les loups avaient posé là, et elle avait exigé de lui qu'il se lance à la recherche de leur vrai bébé.

— Un chanjon ? Mais… Narfi vous ressemble. Et il a les yeux de Svala…

Dans la voix d'Elene perçait la même intonation troublée que dans la sienne après que Svala lui avait raconté cela la première fois.

— Dans le Nord, certaines personnes diraient qu'une sorcière avait jeté un sort à Svala, reconnut Hafual. Mais je me demande si, en l'occurrence, il ne s'agissait pas de quelque chose de plus profond. En effet, quand nous arrivions enfin au moment où je pensais l'avoir apaisée, elle me fixait en disant que tout cela n'était qu'une plaisanterie destinée à voir comment je réagirais et que, si je lui portais un amour véritable, je comprendrais.

— Après avoir donné naissance à un enfant, il arrive qu'une femme ait parfois des réactions étranges, dit Elene sur un ton bas. Comme ma belle-mère. Mes sœurs et moi l'avons découverte un jour devant la porte ouverte, vêtue d'une robe trempée. À la suite de cela, elle a attrapé la fièvre et est décédée. Peu de temps après, c'est son bébé qui est mort à son tour.

— Le jour de sa mort, déclara-t-il en écho, Svala a jeté Narfi dans le foyer où couvaient les braises juste avant de se précipiter dehors en m'ordonnant de choisir la personne que j'aimais le plus entre elle et le chanjon. Le temps que je secoure Narfi, elle avait disparu. J'ai retrouvé son corps mais, encore aujourd'hui, j'ignore si elle est tombée ou si elle s'est jetée d'elle-même dans le vide.

Elene sortit du cercle de ses bras et il eut aussitôt l'impression que son cœur se déchirait. Elle l'avait déjà jugé…

— Si elle a fait quoi ? l'interrogea-t-elle avec gravité.

— Nous nous étions disputés parce que j'avais oublié de lui rapporter un petit quelque chose de mon séjour à la cour. À cause de cela, elle avait décrété que mon amour pour elle déclinait et que je devais prouver que je l'aimais toujours. J'ai échoué, Elene.

Ces mots tout simples parurent rester suspendus dans l'air et le damner pour tous les manquements dont il s'était rendu coupable ce jour-là. Baissant la tête, Hafual fit son possible pour recouvrer la force de poursuivre son histoire.

— Frère Palni a dit que la terre avait dû céder sous ses pas et la faire glisser. D'ailleurs, le père Oswald l'a enterrée dans la cour de l'église sans la moindre hésitation, remarqua Elene sur le même ton bas.

Hafual releva la tête au-dessus des mains d'Elene.

— Je préfère penser qu'elle a eu un accident.

— Je sais que c'est le cas, et je suis désolée de n'avoir jamais su… les autres choses.

Elle haussa les épaules d'un air impuissant :

— J'étais occupée… Cynehild n'était pas là… Je suis désolée. J'ignorais tout des troubles de Svala. Après ma belle-mère, pourtant, j'aurais pu y songer.

Avec le bon cœur qui la caractérisait, Elene avait totalement mécompris son explication. Il ne lui demandait ni aide ni absolution, il tentait juste d'expliquer pourquoi l'amour l'avait déserté.

Il lui lissa un cheveu sur la tempe.

— Vous n'avez aucun pardon à me demander, jamais. Vous n'avez rien fait de mal. Dans ses derniers jours, Svala n'avait aucun désir de compagnie.

— Mais…

Il lui posa un doigt sur les lèvres, réduisant au silence les manifestations de sa culpabilité. Il ne voulait ni ne demandait qu'elle s'accuse en rien de ce qui avait pu arriver.

— Très peu de personnes sont au courant. Je n'ai même jamais parlé de rien à Asida, ni lorsqu'elle est arrivée ce jour-là, ni plus tard.

— Vous n'avez jamais raconté à votre sœur ce qui s'était passé ? s'étonna Elene.

— Comment aurais-je pu en parler à quiconque ? Tout se passait comme si on avait enlevé Svala et que quelqu'un d'autre s'était glissé à sa place. J'ai continué à entretenir l'espoir que, d'une manière ou d'une autre, tout cela ne soit qu'un rêve horrible et que je finirais par me réveiller au contact de la famille que Svala et moi pensions avoir. D'autant plus qu'à une époque, je l'avais vraiment aimée.

Hafual avait achoppé sur les derniers mots et il sentait ses joues recouvertes de gouttes de sueur. Elene le tint longuement contre elle tandis qu'il avait le corps arraché de sanglots. À vrai dire, il ne savait plus pour quelle raison les larmes lui jaillissaient des yeux. Jusqu'à cet instant, jamais il n'avait été capable de pleurer sur Svala ni sur l'existence qu'ils avaient tous deux attendue, avec tant de hâte, de pouvoir vivre quand ils retourneraient dans le pays du Nord. C'était juste avant qu'il eût rejoint le *félag* et qu'elle eût attendu leur premier bébé. Hafual avait souvent pensé que son impuissance à verser des larmes était, chez lui, un manquement fondamental, un vide en lui, prouvant que toutes les accusations de Svala concernant son insensibilité extrême étaient exactes.

Finalement, la tempête passa. Il se détacha d'Elene et recouvra le contrôle de soi. C'était mal de sa part de chercher du réconfort auprès d'elle tout en essayant de lui expliquer pourquoi elle ne devrait jamais espérer qu'il l'aime comme Svala l'avait attendu. Il n'avait pas envie de la rendre malheureuse. La blesser, en lui faisant le même genre de promesses que celles qu'il avait faites à Svala, était vraiment la dernière chose qu'il voulait.

— Hafual, murmura-t-elle en lui tendant les bras. Je…

— À présent, vous voyez pourquoi je n'ai jamais souhaité me remarier, coupa-t-il avant qu'elle ait pu dire quoi que ce fût sur le fait qu'elle tenait à lui ou qu'elle voulait lui donner l'absolution pour ce qu'il avait fait. Je suis mauvais en amour, Elene, poursuivit-il, ne me demandez pas plus que je puis donner. Ni à vous ni à Narfi. Ne commettez pas la même erreur que Svala.

Les mains d'Elene retombèrent le long de son corps.

— Qu'êtes-vous en train de dire ?

— Que je ne veux pas que vous vous fassiez une fausse idée de ce que nous partageons.

Pendant qu'il parlait, il sentait son ventre se serrer et son cœur lui crier qu'il était en train de commettre une nouvelle erreur. Mais il l'ignora. En cet instant, il faisait ce qu'il fallait faire pour eux deux. Il était hors de question de donner la moindre promesse qu'il serait incapable de tenir.

— Promettez-le-moi.

— Je vous le promets, déclara-t-elle. Mon cœur demeure là où il a toujours été.

À peine prononcés, les mots s'abattirent sur Hafual, le blessant plus qu'il ne l'aurait cru possible. Elene tentait de lui dire avec gentillesse que Nerian dirigeait toujours son cœur. Il aurait dû en être content sauf que cet homme ne méritait la considération d'Elene en aucune façon.

— À présent, il faut que nous dormions. Le matin sera là beaucoup trop vite.

Ces mots qu'il prononça parurent durs et impitoyables à ses propres oreilles, mais nécessaires pour qu'il s'empêche de prendre Elene dans ses bras, de la serrer contre lui et d'exiger qu'elle prenne soin de lui.

Il roula sur le dos et fixa le plafond.

Dans le silence qui suivit, Elene leva les yeux vers le plafond et écouta la douce respiration de Hafual. Après la confession qu'il venait de lui faire, elle comprenait mieux ce qu'il ressentait, pourquoi, au début, il avait eu peur de nouer des liens avec son fils et pourquoi le fait de se tenir en retrait était devenu pour lui une habitude dont il s'efforçait maintenant de se défaire.

Le cœur de Hafual était-il trop blessé pour aimer de nouveau ? s'interrogea-t-elle dans l'obscurité. En lui disant de ne pas l'aimer, c'était son propre cœur que Hafual essayait de protéger plutôt qu'elle. Voilà ce que l'instinct d'Elene lui soufflait. Et, puisque le cœur de Hafual était perdu pour elle, quelle que fût la manière de considérer le problème, celui-ci pouvait tout aussi bien continuer à aimer son épouse défunte. Cette découverte lui fit plus mal qu'elle ne l'aurait voulu. Elle avait en outre conscience d'avoir émis une contre-vérité à propos de son propre cœur qui serait resté tel qu'il avait toujours été…

Oui, en cet instant précis, elle avait plutôt l'impression que son cœur avait éclaté en mille morceaux en même temps que les rêves inachevés qu'elle avait forgés à propos de leur future vie commune. Mais ce qu'elle n'avait pas réalisé était à quel point elle avait tenu à lui. Jusqu'au moment où il lui avait demandé de ne pas l'aimer.

— D'une façon ou d'une autre, je ferai en sorte que ce mariage fonctionne, murmura-t-elle. Et je m'assurerai que les choses ne se passent pas de la même manière qu'elles l'ont fait une fois. Je ne vous aimerai pas et ne vous demanderai pas de m'aimer ni de me prouver votre amour. Mais peut-être pourrai-je me tailler une place dans votre vie et que vous apprendrez ainsi à m'apprécier ?

Elene ignora son cœur qui criait qu'elle avait déjà commencé à l'aimer et que chaque jour qui passait donnait à Hafual un petit morceau supplémentaire du cœur qui battait en elle. Elle tenait à lui plus qu'elle ne le pensait. Les leçons qu'elle retirait de sa précédente expérience avec Nerian lui enseignaient en même temps que Hafual ne devrait jamais deviner ce qu'elle éprouvait pour lui. Elle allait demeurer indépendante. Elle n'était plus un « lierre grimpant ». Elle n'allait pas non plus lui demander des choses qu'il ne pouvait donner. Mais, déjà, son cœur lui chuchotait qu'elle mentait.

Chapitre 14

— Ludenwic vit à un rythme différent, déclara Hafual lorsqu'ils atteignirent la ville après deux jours de voyage supplémentaires. Ici, on a sans arrêt l'impression qu'il va se passer quelque chose.

Elene le fixa de sous ses cils, en essayant d'évaluer de quelle humeur il était. Depuis sa confession, quarante-huit heures plus tôt, leurs conversations avaient été banales et ordonnées jusqu'à atteindre une politesse extrême. Chacun de son côté évitait d'aborder le sujet de Svala et tout ce qui appartenait au passé.

La nuit, leur union était passionnée, même si, chaque fois, Elene se retrouvait avec le sentiment tenace qu'il pourrait exister là quelque chose de plus. Pour sa part, en effet, elle souhaitait ressentir davantage qu'un simple désir, parce qu'elle savait à quelle vitesse ce genre de choses pouvait se déliter.

— J'ai hâte d'aller me promener dans la ville. Ma dernière visite remonte à longtemps. Mon père préférait se rendre à la résidence royale de Tamworth.

Hafual arrêta le chariot couvert et lui fit signe de descendre.

— Il est plus facile de visiter Ludenwic à pied. Les rues sont de véritables dédales et regorgent d'ornières mais le commerce est l'élément vital de l'endroit, raison pour laquelle le Wessex et la Mercie le revendiquent tous les deux.

Maintenant que le soleil avait consumé la brume du matin, Ludenwic grouillait à la fois de Merciens et de gens du Wessex vaquant sous le beau soleil de cette fin d'après-midi. Avec cette lumière étincelante au large de la Tamise, la ville tout entière était animée par un but précis. Aux étals des marchés se pressait une foule de femmes d'intérieur accourues acheter de la nourriture, et de marchands venus commercer. La présence d'une quantité importante de soldats montrait que la cour du Wessex, tout autant que celle de la Mercie, se trouvait à Ludenwic.

Elene se concentra sur les ornières boueuses menant au centre animé qui entourait la plage de sable au bord de la Tamise. Les courtisans du Wessex demeureraient de l'autre côté de la rivière et utiliseraient les services des passeurs pour se faire chaque jour transporter sur l'autre rive si des négociations devaient s'y tenir. Une légende prétendait qu'ici, un pont avait existé, autrefois, mais qu'il s'était effondré des années auparavant. Quant à la voie d'eau, elle servait de frontière entre les deux pays.

Aucune raison, songea Elene, pour qu'elle se retrouve face à face avec Nerian de Wessex. Non qu'elle eût peur de le voir, mais il représenterait alors une complication supplémentaire dont elle n'avait pas besoin.

Les bateaux et leurs cargaisons, qu'il s'agît de bois, de laine ou d'autres produits plus exotiques comme l'ambre, se succédaient sur le rivage. Depuis la dernière visite d'Elene, la ville tout entière s'était démesurément étalée et, avec les nouvelles rues qui s'étaient ajoutées aux anciennes, la confusion que la Mercienne ressentait était facile à comprendre.

Elle avait profité du voyage avec Hafual et Narfi, tandis que la douleur qui sourdait au fond de son cœur s'était calmée. Chaque jour qui passait lui faisait découvrir une autre raison d'apprécier Hafual. Ils n'étaient peut-être pas amoureux, mais le désir était là. En elle, l'espoir grandissait de pouvoir trouver sa place et d'en éprouver de la satisfaction, au lieu d'espérer sans cesse la lune, comme elle le faisait toujours étant plus jeune, d'après ses sœurs.

— Allons-nous être en mesure de trouver un endroit où loger ? demanda-t-elle à Hafual.

— La dernière fois que j'ai échangé avec Ceolwulf, il a promis qu'un logement serait aisément disponible pour moi, répondit-il avant d'ajouter avec un signe de tête en direction du rivage :

— Et si tout le reste échoue, sachez que, en dernier recours, nous ferons tirer l'un de mes vaisseaux sur le rivage. Un parmi bien d'autres… Le sable est la principale raison pour laquelle Ludenwic continue à être un marché aussi florissant malgré la guerre. De plus, c'est un endroit facile pour décharger les cargaisons. Des navires arrivent de Frankia aussi bien que du Nord pour faire des affaires. Ceolwulf a jugé bon de me permettre de servir sous ses ordres aussi bien que de faire du commerce. En particulier ceux du bois et de la laine. Ils ont grand besoin de ces produits-là, dans le Nord.

— Mais sans doute disposent-ils de leurs propres troupeaux, remarqua Elene en secouant la tête. De quoi faites-vous exactement le négoce ?

— Quelle quantité de laine pensez-vous qu'il faille pour faire une voile ? demanda-t-il en guise de réponse. Quelle quantité de bois ? Dans le Nord, les sols sont pauvres, mais la soif de posséder des navires est grande. Pour ce genre de produits, je peux avoir de meilleurs prix à Birka ou à Hedeby qu'ici. J'exploite donc les navires pour cette raison tandis que, de son côté, Ceolwulf reçoit un pourcentage sur les bénéfices.

Elene pencha la tête sur le côté.

— Avez-vous l'intention de partir bientôt ?

— L'année touche à sa fin. Je ferai un voyage au printemps, si le roi le permet, avant que les Hwicce posent de nouveaux problèmes. En ce moment, j'achète les stocks. Il faut se préparer aux changements de saisons. Je dispose aussi de plusieurs entrepôts, plus loin, à quelque distance du rivage. Les marchés de printemps sont souvent ceux qui rapportent le plus d'or.

Elle le fixa, réalisant soudain qu'elle connaissait très peu de choses sur l'homme qui était devenu son mari. Certes, elle avait supposé que, comme son père, c'était un guerrier disposant en même temps de terres, mais, à présent, elle apprenait qu'il contrôlait des navires et était également négociant. Il était en train de bâtir un empire…

— Je n'avais jamais réfléchi à la quantité de laine dont le Nord pourrait avoir besoin, reconnut-elle en s'efforçant de sonder de quelle humeur était exactement Hafual à présent qu'il semblait s'être un peu assombri.

— Maintenant, vous savez qu'elle est importante. Je partirai au printemps prochain, Elene.

Elle leva la tête vers lui et l'observa pour tâcher de déchiffrer son expression, mais des ombres paraissaient lui recouvrir maintenant les yeux et il semblait plus proche du guerrier que de l'amoureux tendre qui l'avait tenue presque toute la nuit contre lui. Et, même s'il lui avait dit de ne pas se soucier de lui, elle le faisait quand même.

— Qu'est-ce qui ne va pas, Hafual ?

— Pourquoi est-ce que quelque chose n'irait pas, Elene ?

Elle haussa les épaules :

— Juste une impression.

Il plissa les yeux.

— Ne commencez pas à agir envers moi comme Asida. Le fait est simplement que les gens ne se rappellent que les moments où les sentiments sont vrais et non ceux où ils ne l'étaient pas.

— En fait, vous êtes en train de dire que j'ai appris à mieux lire en vous et que vous n'aimez pas cela.

Il pencha la tête sur le côté.

— Peut-être ai-je dans l'idée que vous n'apprécieriez pas ma réponse.

— Narfi et moi ne courons pas de danger ici mais nous n'avons toujours aucune idée de l'endroit où se trouve Pybba, déclara Elene. Est-il en ville ou attend-il à Tamworth, telle une araignée dans sa toile ? À mon avis, nous devrions nous rendre directement à la résidence royale pour voir le roi Ceolwulf, avant d'aller changer nos tenues de voyage pour des vêtements plus adaptés.

— Ce serait une violation du protocole.

— Je sens pourtant que ce serait la bonne chose à faire. Je n'ai vu personne arborant les insignes de Pybba. Peut-être que notre chance se poursuit.

— Si c'est le cas, c'est qu'elle perdurera jusqu'à ce que nous allions voir le roi.

Il prit Narfi des bras d'Elene et installa l'enfant sur ses épaules. Le petit garçon se mit à chanter et à lui tirer les cheveux.

— Regardez, Narfi me donne raison.

À la vue du plaisir simple que Hafual ressentait auprès de son fils, Elene refoula son envie de lui dire qu'elle était en train de tomber amoureuse de lui. Il était beaucoup trop tôt pour cela.

Hafual lui avait expliqué pour quelles raisons l'amour était hors de question entre eux et, de plus, elle refusait de lui autoriser ce genre de pouvoir sur elle. Elle se rappelait encore comment Nerian l'avait pressée contre lui pour lui faire des promesses faciles lorsqu'elle lui avait murmuré à l'oreille après leur union charnelle.

Certes, argua son cœur, *mais jamais Hafual n'a rompu sa promesse.*

Mais Elene n'écouta pas son cœur, tant l'expérience avait prouvé celui-ci indigne de confiance.

— Nous voilà arrivés à notre logement, dit-elle seulement en tâchant d'ignorer sa gorge nouée.

Après avoir installé Narfi dans le bâtiment, Elene et Hafual se rendirent à la résidence royale. Celle-ci avait été construite sur la pierre que les Romains avaient laissée, faisant de l'endroit un assortiment de nouvelles constructions de bois combinées à de la vieille pierre.

Le gardien secoua la tête. Le roi était parti peu de temps auparavant à la chasse au sanglier avec ses courtisans, et l'homme n'avait aucune idée du moment où Ceolwulf rentrerait. L'humeur du roi étant toujours incertaine à son retour de la chasse, le serviteur suggéra à Hafual de revenir le lendemain matin. Les deux hommes échangèrent un rire complice à une plaisanterie privée qu'Elene devina tourner autour des talents de chasseur de Hafual.

— Peut-être que votre instinct ne vous a pas trompée, dit son époux en lui frôlant le coude, et que nous aurions dû nous rendre directement ici au lieu d'installer Narfi dans notre logement. La prochaine fois, je me rallierai à ma femme qui sait comment agir à la cour.

Elene sentit ses joues s'enflammer. La louange était de qualité.

— Mes sœurs répètent que je fais régner la confusion là-bas chaque fois que je m'y rends. Cela fait partie des légendes familiales.

— On peut modifier des légendes. À vous de décider.

Il lui prit une main et la porta à ses lèvres.

— Je crois en vous, Elene.

Ce fut alors qu'un courtisan apparut et s'engagea dans une conversation avec Hafual sur la laine et ses débouchés. Elene recula de quelques pas pour laisser les deux connaissances discuter entre elles.

— Elene, c'est vous !

La voix profonde s'était élevée derrière elle et, l'instant d'après, une main s'abattait pesamment sur son épaule.

— Vous êtes un régal pour les yeux douloureux. Comment cela se passe-t-il à Baelle Heale ? L'endroit a-t-il toujours ce même vieux charme déglingué dont je me souviens avec tant d'affection ? Vous avez réussi à rester en dehors des histoires de la cour ? Bien sûr, que vous avez réussi. Vous n'avez pas encore eu le temps d'y entrer. Ne craignez rien. Je suis là.

Le ton mielleux de Nerian lui fit froncer les sourcils. Les mots qu'il employait étaient singulièrement blessants.

« Déglingué »... Bien sûr ! Lorsqu'il avait visité Baelle Heale, le lieu était plutôt en mauvais état, mais, depuis, on l'avait réhabilité.

Comme elle s'appliquait à respirer correctement, Elene réalisa, ce faisant, que l'homme exerçait à présent peu d'attrait sur elle. Sa voix, qu'elle avait reconnue tout de suite, ne faisait plus battre son cœur plus vite, et la tristesse de ce qui aurait pu exister entre eux ne montait pas en elle tel un grand désir. Nerian et tout ce qu'ils avaient partagé appartenaient à son passé et non à son avenir.

— Nerian de Wessex, voilà un plaisir inattendu... Je crois comprendre que les félicitations s'imposent. Votre femme se trouve-t-elle avec vous ?

Elle haussa légèrement l'épaule sur laquelle il avait posé la main dans l'espoir qu'il la retire. L'homme portait une tunique trop serrée et avait un regard désagréable. Aujourd'hui, elle voyait ce qu'elle n'avait pas vu auparavant : il était le genre d'homme avec un penchant pour les femmes et peu lui importait laquelle à partir du moment où celle-ci avait une jolie bouche et un corps avenant.

Par malheur, Hafual poursuivait, de son côté, la conversation entamée un peu plus tôt, inconscient de la situation inconfortable dans laquelle elle se trouvait.

Comme elle bougeait de nouveau légèrement l'épaule, Nerian finit par la lâcher.

— J'ai hâte de faire la connaissance de votre épouse, s'exclama-t-elle en employant un ton aussi clair que sa phrase.

Il inclina la tête tout en glissant en même temps une main autour de la taille d'Elene.

— Ma femme est malheureusement morte de la fièvre cet été. Le mauvais air des marécages... C'est arrivé peu de temps après notre mariage.

— Mes condoléances, dit-elle en recouvrant sa politesse

habituelle, mais tout en s'apprêtant à s'éloigner sans provoquer de scène. Je suis sûre que vous devez être affligé par cette perte.

Les yeux de Nerian distillaient un regard accablé dont la spéculation ne se trouvait pas absente, comme un faucon évaluant son prochain repas.

— Oui, oui, je le suis. C'était une créature timide. Il était rare que l'on se dispute. Votre père se porte-t-il bien ? Et puis, il faut que vous me parliez de Baelle Heale. J'ai souvent pensé à ses charmes rustiques et au temps que j'y ai passé.

Elene eut un battement rapide des paupières, doutant que Nerian ait jamais compris à quel point elle adorait cet endroit.

— Mon père continue à prospérer. Quant à Baelle Heale, vous la reconnaîtriez à peine avec ses nouvelles granges. Il est d'ailleurs étonnant de constater ce qui peut arriver quand on fournit l'effort nécessaire pour parvenir à ses fins. Notre production de laine a augmenté de manière considérable.

— Je dois prendre le temps de m'y rendre, déclara-t-il tout en lui saisissant la main sans transition et en la retenant trop longtemps dans la sienne.

Elle sentit qu'il lui caressait le poignet du bout du pouce, geste qu'elle avait autrefois pris pour un signal secret n'appartenant qu'à eux, mais qu'elle le soupçonnait maintenant d'effectuer sans même réfléchir.

— Vous êtes encore plus belle qu'avant, Elene, et je suis stupéfait de réaliser que votre père vous a autorisée à vous rendre à Ludenwic, cette ville célèbre…, non accompagnée.

Elene retira sa main de force de la patte de Nerian. L'homme la voyait déjà comme sa seconde épouse. Jamais de la vie. Autant qu'avant, elle refusait d'être le second choix de quelqu'un.

— Vous devez vous souvenir de Lord Hafual de Wulfhere's Clearing. Je crois que vous êtes amis.

Nerian avança légèrement la lèvre supérieure avec un hochement de tête péremptoire.

— Oui, c'est l'un des Vikings, l'un des membres du vieux

félag de Moir. Il a gagné son domaine pour avoir sauvé la vie du roi Ceolwulf. Ce jour-là, la chance lui a souri. Comme j'aurais aimé être celui ayant secouru un roi ! Dommage que sa femme soit morte.

Le menton toujours haut, Elene marqua une pause avant de laisser tomber avec emphase :

— Hafual est mon mari.

Nerian écarquilla les yeux.

— J'avais compris que vous demeuriez seule, Elene, en train d'attendre. Nous… C'est-à-dire… Ou plutôt, j'avais entendu dire qu'il y avait quelque chose entre vous mais je pensais que, pour les courtisans, c'était plutôt une manière de parler… Vous m'aviez donné votre parole, voyez-vous…

Elene plissa les yeux. Nerian arborait un sourire condescendant. Tout ce temps qu'elle avait perdu avec lui… Comme s'il lui suffisait de claquer des doigts pour qu'elle arrive en courant. Elle et sa dot.

— Pourquoi serais-je restée à attendre quoi que ce soit ?

Nerian eut un haussement d'épaules indifférent et un sourire calculé que l'on ne pouvait qualifier que de volontairement charmeur quand il se pencha vers elle :

— C'est un sentiment que j'avais. On était bien, ensemble. Il n'y a pas longtemps, je repensais justement au temps que nous avions passé tous les deux.

Elene serra les dents. Pas question, songea-t-elle, de créer une scène qui risquerait de confirmer chez le moindre courtisan, peut-être en train de les observer, qu'elle demeurait indisciplinée et incapable d'apprendre les bonnes manières.

— Il a fallu du travail pour convaincre mon père des mérites d'un mariage, mais, en fin de compte, il a approuvé mon choix.

— Hafual était votre choix ? On ne vous l'a pas imposé ? Ce n'était pas un mariage de raison et non consommé ?

— Très consommé.

Hafual venait de glisser les mains autour de la taille d'Elene et de l'attirer vers lui, contre ses angles les plus durs. Des lèvres, il lui effleura la racine des cheveux. Elle eut le corps qui se mit à vibrer d'impatience, même si elle savait que ce qu'il faisait s'adressait à Nerian et non à elle. Qu'est-ce que Hafual avait exactement saisi de la conversation ?

Nerian se passa la main dans les cheveux et recula en hâte de quelques pas.

— Je dois avoir la tête dans les nuages aujourd'hui, marmonna-t-il.

— Vous allez nous présenter vos meilleurs vœux, suggéra Hafual, le visage soudain tout en angles et en facettes.

— Oui, oui, bien sûr. Mes meilleurs vœux. Je suis ravi…

L'instant d'après, Nerian se précipitait dans la foule des courtisans et s'y fondait.

Hafual fit une moue plutôt vague, comme s'il ne parvenait pas à décider s'il fallait rire de cette scène ou pleurer.

— Une rencontre intéressante, déclara-t-il finalement.

— Cet homme…

Elene s'interrompit, s'efforça de reprendre le contrôle d'elle-même et reprit :

— Cet homme m'a utilisée et s'apprêtait à le faire de nouveau. Comme si, en le voyant juste plier le petit doigt, j'allais lui tomber dans les bras comme une prune trop mûre.

— S'il vous considère ainsi, c'est qu'il ne vous connaît pas bien. Certes, vous pouvez prétendre être agréable avec tout le monde, mais vous savez aussi vous montrer d'une détermination farouche lorsque cela se révèle nécessaire.

Elle sentit une douce chaleur monter en elle en le voyant sourire et plisser les yeux. Ils étaient amis, tous les deux. Or, dans un mariage, même si l'amitié n'était pas l'amour auquel son cœur aspirait, elle restait toujours précieuse à cultiver. L'espoir germa en elle. Elle était parvenue à se construire une place et à la trouver suffisante.

— Nous ne pouvons être sûrs que Pybba est, ou non, arrivé, dit-elle en changeant de sujet d'un air décidé et en cessant de parler de Nerian ou du comportement qu'il avait adopté avec elle. Je crois cependant que Pybba se serait assuré que tout le monde soit au courant de notre mariage.

— Comment le savez-vous ? Les remarques de Nerian à propos de notre mariage ont été étranges, et Pybba pouvait avoir intérêt à maintenir le secret autour de cette union jusqu'à ce qu'il trouve le temps de l'utiliser comme une arme.

Elene secoua la tête. Quelque chose d'essentiel lui manquait.

— Je pense que je me suis trompée quelque part. Ce n'est pas que Nerian n'était pas au courant, c'est plutôt que notre air heureux, à vous et à moi, l'a surpris.

— Nerian est davantage à sa place en tant que guerrier. Et il a commis une erreur vis-à-vis de vous en paraissant croire qu'il pourrait investir de nouveau votre existence. Mais vous l'avez remis sur le bon chemin. Comme vous l'avez dit, notre union représente en effet davantage qu'un mariage de raison. Oui, je suis d'accord avec cela.

Elle fit une petite révérence.

— J'essaie d'être à la hauteur.

Hafual se pencha assez près pour pouvoir lui effleurer l'oreille avec les lèvres et y murmurer :

— Vous faites mieux qu'essayer. Vous réussissez.

Le nœud qui serrait la gorge d'Elene se défit quelque peu. En fin de compte, peut-être que Hafual et elle pourraient s'arranger si elle se gardait de reconnaître l'amour qu'elle lui portait. Et à condition aussi de ne pas reproduire avec lui les erreurs qu'elle avait commises avec Nerian. Finalement, tout ce à quoi Nerian était parvenu avait été de raffermir la détermination qu'elle avait d'agir de manière différente avec Hafual qu'avec lui. Non, elle n'avait pas le cœur sur la main et elle n'accepterait pas d'excuses. Mais cela ne l'empêchait pas de réaliser que l'amour qu'elle portait à Hafual ne faisait que se déployer.

Elene fut contente de regagner leur habitation sans se tromper davantage.

Au cours de leur absence, la servante avait rendu le logement habitable et vidé les différentes malles. Narfi et Bugge semblaient parfaitement chez eux au milieu des épées et des petits navires en bois de l'enfant qui avaient surgi d'un de leurs bagages.

La veuve qui leur louait les lieux s'était trouvée à l'extérieur lorsqu'ils étaient arrivés, et elle se montra ravie de revoir Hafual et de déverser sur lui les plus belles pépites des cancans qui circulaient à la cour. Après la mort du mari de la logeuse, Hafual s'était apparemment montré gentil à son égard, s'assurant qu'elle pût hériter de ces logements et l'aidant à installer un étal au marché.

— Je vois que vous ne vous contentez pas de patrouiller aux confins de la Mercie…, observa Elene après le départ de la femme.

— En plus d'être un lien avec le Wessex, Ludenwic est un port important. Il est donc naturel que je reste un certain temps basé ici. Le défunt mari de cette dame faisait partie de mon groupe de guerriers.

— Et vous avez oublié de m'en parler ?

Le pétillement dans l'œil de Hafual s'intensifia.

— J'étais occupé à autre chose.

Elene leva les yeux au ciel. La tentative de Hafual pour contourner sa question par une allusion destinée à la séduire était aveuglante.

— Votre excuse ne tient pas. Vous gardez tant de secrets par-devers vous, Hafual… Je suis votre femme, pas une jeune fille sans cervelle.

Plus posément, il lui répondit :

— Je vais essayer de mieux faire.

Mais, avant qu'Elene eût le temps de rétorquer, quelqu'un cogna à la porte. Hafual fronça les sourcils.

— Il n'y a pas de secrets à Ludenwic, déclara-t-elle alors sur un ton léger. Notre arrivée a attiré l'attention.

Hafual ouvrit la porte, révélant les silhouettes de frère Palni et du père Oswald. Le père Oswald ressemblait à une poule mécontente. Quant au visage de frère Palni, son expression était particulièrement tendue ; celle qu'il avait quand on lui en demandait trop.

— Enfin, nous vous avons trouvé, Hafual ! s'écria le père Oswald. Il nous a fallu pour cela visiter une douzaine d'endroits, y compris les trois vaisseaux qui se trouvent sur le rivage !

— À quoi devons-nous le plaisir mitigé de vous voir ? demanda Hafual, le visage soudain fermé.

Le cœur d'Elene se serra. Elle se leva en hâte et se rapprocha de lui. Voir les deux hommes ensemble dans cet état était signe de problème. Quoi qu'il se fût passé, ils l'affronteraient ensemble, se dit-elle. Hafual bougea de telle sorte que leurs corps se touchèrent brièvement. Elle se pencha un instant vers lui avant de se redresser pour demander :

— Y a-t-il, à Baelle Heale, un problème inattendu ? Mon père se porte-t-il bien ?

S'éventant avec sa main, le père Oswald expliqua que tout se passait bien à Baelle Heale et, pour autant qu'il le sût, au-delà aussi, en ce qui concernait les sœurs d'Elene.

Quant à Ecgbert, il demeurait châtié, mais le père s'attendait à ce que l'intendant renouât bientôt avec ses manières rusées. Malgré cela, le père Oswald paraissait craindre la langue acérée de Lady Asida et son œil aiguisé encore davantage. Fait intéressant, Lord Wulfgar, quant à lui, ne voulait pas entendre un seul mot prononcé contre la même Lady Asida.

— Dans ce cas, pourquoi êtes-vous ici ? tonna Hafual. Quelle raison a bien pu vous inciter à venir nous trouver ?

Le père Oswald cligna des yeux.

— C'est votre sœur qui nous envoie. Elle semblait penser que l'on pourrait avoir besoin de nous. « J'étais épuisée à Baelle Heale, » a-t-elle dit, « et il a fallu que je parte immédiatement. »

Hafual mit la tête entre ses mains et grogna :

— Ma sœur voulait vous éloigner de là-bas. Je crains qu'elle ne cherche à capturer votre père, Elene.

Elene lui tapota l'épaule.

— Mon père et votre sœur ? Impossible. Il est assez âgé pour être son propre père.

Frère Palni secoua la tête.

— La dame poussait le père Oswald sur son âne quand je suis revenu et intervenu. Oswald est loin d'être un bon voyageur.

— Frère Palni m'a servi de garde, enchaîna ce dernier. Nous avons voyagé sans presque marquer de haltes. Asida pensait que je pourrais faire du bon travail ici.

Le visage du père Oswald se chiffonna.

— Je me mets à votre service, my lady, quoi que ce service puisse être.

— Votre service est hautement apprécié, mon père, dit Elene avant de les prier d'entrer et de demander à la logeuse d'apporter quelques rafraîchissements.

Quand les hommes se furent installés devant des boissons, Hafual se pencha en avant :

— J'espère que votre voyage vous a été profitable, Palni.

Le frère secoua la tête.

— Et moi j'espère qu'il y a une bonne explication à ce… votre mariage bien… embrouillé.

— Attention, Palni ! gronda alors Hafual, en essayant de se maîtriser du mieux qu'il put.

Palni avait le comportement typique d'un homme cherchant à prendre le pouvoir. Tout était sous contrôle chez lui.

— Moir et Ansithe ne seront pas contents en apprenant cette nouvelle, poursuivit-il. Ansithe a en effet toujours été déterminée à ce que sa jeune sœur conclue un mariage d'amour et non un mariage de raison.

Palni enchaîna avec sérénité comme si Hafual ne l'avait pas prévenu :

— Nous étions autrefois membres de la même fraternité,

Hafual. Pourquoi n'avez-vous pas attendu d'entendre un conseil réfléchi ? D'après le père Oswald, vous avez jeté de la poudre sur le feu de la colère de Wulfgar qui était ivre, et forcé le débat.

Un « conseil réfléchi » ? « Forcé le débat » ? Hafual s'obligea à respirer profondément et à se rappeler que Palni était à présent un homme d'Église.

— Vous avez toujours eu une haute opinion de vous-même, dit-il en abattant son poing sur la table.

Les chopes tressautèrent. Elene lui jeta un regard d'avertissement tandis que, roulé en boule auprès du chien, Narfi avait maintenant fermé les yeux.

Hafual hocha la tête pour montrer qu'il avait compris et baissa la voix, qui demeura néanmoins un murmure furieux :

— Êtes-vous en train de dire que mon mariage n'a pas de légitimité ? Que j'ai forcé, de la pointe de mon épée, Elene à m'épouser ?

— Si quelqu'un a essayé de passer en force, c'est mon père, dit Elene en passant le bras sous celui de Hafual.

— C'est moi qui les ai mariés, Palni, déclara à son tour le père Oswald, et, ce que je vous ai dit, je l'ai dit en confiance, d'homme d'Église à homme d'Église : il n'y a rien de faux dans ce mariage. Le rose est bien réapparu sur les joues de Lady Elene…

Après avoir poussé un grognement, frère Palni formula une phrase très impolie dans sa langue maternelle.

— Je croyais que les hommes de Dieu s'abstenaient de parler ainsi, remarqua Hafual.

— Je demanderai pardon plus tard.

— Nous sommes arrivés à Ludenwic aujourd'hui, lui déclara alors Elene avec un large sourire. Il faut que vous restiez ici avec nous. Plutôt que d'aller chercher un logement ailleurs…

Hafual réfléchit, émit un petit son et jeta à Elene un regard noir :

— Vraiment ? Ils peuvent sûrement demeurer dans une église.

— C'est votre sœur, Hafual, qui les envoie ici, repartit-elle. Ils sont fatigués. Et nous le sommes aussi.

— Ils doivent s'en aller, insista Hafual en fronçant les sourcils.

— Nous serons bientôt partis, dit frère Palni. Je n'aimerais vraiment pas diviser un homme fraîchement marié et son épouse.

Hafual le considéra d'un air furieux.

— Père Oswald, proposa alors Elene tout en saisissant Narfi, pourquoi vous et moi n'irions-nous pas discuter ensemble de sujets médicaux ? Nous laisserions frère Palni à Hafual pendant que je mettrais le petit au lit ? Je n'ai aucune envie d'ennuyer Hafual et, en même temps, je pourrais mettre à profit un peu de vos compétences, mon père. En effet, Hafual s'est blessé à l'épaule et il est un patient épouvantable.

Le père Oswald jeta à Elene un regard reconnaissant :

— Je crois que je peux prendre quelques instants avant de partir pour aller saluer certains de mes frères à l'église.

— Surtout, ne dites pas à frère Palni la vérité sur notre mariage, murmura Elene à Hafual en le dépassant. La dernière chose dont j'aie besoin est que l'une de mes sœurs me fasse une remontrance la prochaine fois que je les verrai.

— Entendu.

Hafual attendit d'être seul avec Palni :

— Vous et le père Oswald, vous feriez mieux de rentrer à Baelle Heale le plus tôt possible. Ma sœur a une propension certaine à faire des bêtises.

Palni tendit le bras et se servit un morceau de fromage.

— Vous êtes tout le temps grognon. Je crois que je vais rester à Ludenwic s'il en est de même pour vous. Quant à Lady Asida, elle peut très bien s'occuper d'elle-même.

Hafual serra les mâchoires. Il pouvait difficilement expliquer à Palni ce dont il avait été témoin, un peu plus tôt, entre Elene et Nerian. Encore moins qu'il eût dû faire appel à toute sa maîtrise pour ne pas s'en prendre physiquement à ce dernier afin de le punir d'avoir touché Elene de la façon dont il l'avait fait. Et que c'était dans l'intention absolue de séduire Elene et de lui faire oublier cet individu qu'il l'avait ramenée ici.

— Mais je ne veux pas de vous ici. Pourquoi est-ce aujourd'hui que je rencontre des gens que je ne souhaite justement pas voir, tels que vous ou Nerian de Wessex ?

Palni eut soudain un sourire impie.

— Ce n'est peut-être pas très sage de vous dire cela, vu l'humeur où vous êtes, mais, après vous avoir vus ensemble, vous et la lady, je pense que ce mariage est bon pour vous, meilleur que le premier, pourrait-on dire. Mais il ne faut jamais mal parler des morts.

Hafual fronça les sourcils. Jusqu'où Palni avait-il deviné à propos de Svala ?

— Bon pour moi ? demanda-t-il.

Palni se renversa légèrement en arrière et prit une énorme bouchée de pain :

— Ce mariage a amélioré votre caractère de manière infinie, et Svala porte une part de responsabilité dans ce qui est advenu au cours de votre premier mariage. Avant que vous ne commenciez à me faire des reproches, je dois vous dire que je connaissais déjà votre femme quand nous étions dans le Nord. Ce qui lui est arrivé a été la volonté de Dieu.

Hafual regarda son ancien compagnon d'armes d'un air stupéfait.

— Vous ne ménagez pas vos compliments aujourd'hui. Moi qui m'attendais à des insultes…

— Vous m'avez connu avant que je prenne les ordres. Maintenant, je vois les miracles qui arrivent dans la vie de tous les jours, et le changement intervenu en vous n'est rien moins qu'un petit miracle.

Palni emplit son gobelet de bière et poursuivit :

— Avez-vous dit à Elene qu'elle tenait votre cœur entre ses

mains ? Ou est-ce que votre jalousie vous a aveuglé au point de vous faire adopter une ligne de conduite trop attendue ?

Hafual croisa les mains derrière sa nuque. Il avait fait une erreur en mentionnant Nerian. Palni se montrait toujours trop intelligent et était, de plus, au courant de la relation qui avait existé entre Elene et Nerian.

— Qu'est-ce qui vous fait dire qu'elle tient mon cœur entre ses mains ?

— J'ai des yeux pour voir.

— Ils sont à l'évidence défaillants, alors.

Palni lui jeta l'un de ses regards perçants.

— Alors, montrez-le-lui vous-même de la manière la plus claire que vous pourrez, si vous voulez vous débarrasser du spectre de cet homme du Wessex. La réponse d'Elene pourrait d'ailleurs vous surprendre.

— Ils sont finalement partis, dit Hafual tandis qu'Elene rangeait le coffre dans leur chambre.

Elle était venue s'y réfugier après avoir mis Narfi au lit. Depuis que frère Palni était arrivé, Hafual semblait consacrer tout son temps à des problèmes et à des inquiétudes que soulevait, en se répandant, la rumeur de son arrivée. Quand l'heure du repas du soir avait sonné, il avait insisté pour que frère Palni et le père Oswald restent.

— Le père Oswald voulait examiner mon épaule avant leur départ pour le monastère.

— Oui, il voulait s'assurer qu'il n'y avait pas d'infection. Il se fait du souci.

Elene se concentra sur les robes à l'intérieur de sa malle. Était-ce de ce genre de conduite que Svala se plaignait ? Elle ne dépendait pourtant pas vraiment de Hafual.

— Vous êtes restée toute la soirée sans parler, remarqua-t-il.

Elle se détourna de la malle avec l'impression qu'il la

regardait vraiment comme un chat contemple une souris. Elle secoua la tête.

— Je pense encore à mes dernières visites à la cour et aux erreurs que j'ai faites.

— Vous n'en commettrez plus.

— Vous ne le savez pas, déclara-t-elle en commençant à ôter les épingles de la couronne de nattes qui lui ceignait la tête, mais, un peu plus tôt, le père Oswald m'a longuement parlé de mon père…

Hafual lui prit la main et en retira les épingles qu'elle retenait dans sa paume pour les poser sur la malle. Après quoi il défit chaque tresse avec soin jusqu'à ce que les cheveux d'Elene lui tombent sur les épaules.

— J'aime quand vos cheveux sont dénoués. J'y songe depuis que nous sommes arrivés.

— Vous étiez trop occupé avec vos hommes, avec tout le monde.

Elle leva le nez.

— Cela s'est mal agencé. Je doute que vous ayez même eu le temps de réfléchir. Et de mon côté aussi, j'ai été occupée.

Il lui souleva le menton du bout du doigt pour qu'elle remarque toute la force qu'il avait mise dans son regard.

— J'avais tout mon temps pour penser, et ce à quoi j'ai songé, cela a été de me régaler de vous.

Il baissa la tête vers elle et lui prit les lèvres. L'intensité du baiser qu'il lui donna enflamma les sens d'Elene dans l'instant. Elle enroula les bras autour du cou d'Hafual et oublia tout dans la sensualité du moment, alors que l'urgence de son désir réveillait sa passion. Avec un gémissement venu du fond de sa gorge, elle bascula les hanches vers lui et les pressa contre la dureté du sexe qu'elle sentait contre elle. En elle, le feu grandit.

— Je vous veux, dit-il dans un soupir. Comme ça, debout.

— Debout…

— Laissez-moi vous montrer à quel point cela peut être bon.

— Je vous fais confiance.

Il lui prit alors les mains et les lui retint au-dessus de la tête pendant qu'il détachait sa robe par le devant, exposant bientôt ses deux seins. Il prit chaque téton l'un après l'autre entre ses lèvres et les lécha jusqu'à ce qu'elle laisse échapper un nouveau gémissement.

Il retira alors son pantalon, la souleva et la plaça sur lui. D'instinct, elle referma les jambes autour de la taille d'Hafual. Elle savait qu'il se trouvait plus profondément en elle qu'il ne l'avait encore été. Ils se balancèrent ensemble jusqu'à ce qu'il se mette à frissonner et qu'elle se brise.

Il la porta ensuite sur le lit recouvert de fourrures. Plutôt que de plonger sous les couvertures, elle se souleva sur un coude pour le regarder se déshabiller. La lumière vacillante de la lampe de suif faisait briller la peau de Hafual comme de l'or et rendait ses cicatrices argentées.

— Avons-nous fini ? s'enquit-elle après qu'il eut soufflé la lampe.

— À peine, répondit-il.

Le rire doux qui accompagna cette réponse la fit sombrer dans des flammes de passion renouvelées.

Hafual se glissa entre ses jambes, dégageant les boucles pour que le cœur de sa féminité se trouve exposé.

— C'était simplement le premier plat. Maintenant, je veux le reste du festin.

Et, y posant les lèvres, il s'occupa de lui montrer ce qu'il voulait dire par ces mots. Chaque fois, Elene songeait que le pic ne pourrait pas monter plus haut, mais ce fut pourtant le cas. Jusqu'à ce qu'elle l'attire finalement par les épaules, qu'il la pénètre une fois encore et que, ensemble, ils atteignent le sommet.

— Le père Oswald a-t-il fait un autre commentaire sur votre blessure ? demanda-t-elle beaucoup plus tard, alors qu'elle était lovée dans ses bras.

Ils avaient trouvé, dans cette dernière étreinte physique, une intensité qu'elle n'avait, jusque-là, pas encore atteinte. C'était comme si Hafual avait essayé de la marquer comme sienne.

— Il s'imagine qu'avec du repos, répondit-il, je vais retrouver toute l'amplitude de mes mouvements. Je ne suis d'ailleurs pas censé pratiquer la moindre activité impliquant mon épaule pendant toutes les prochaines semaines.

Elle le frappa avec douceur.

— Pourquoi ne m'avez-vous pas dit cela plus tôt ? Je comprends seulement maintenant que vous n'auriez pas dû faire ce que vous avez fait.

— M'auriez-vous arrêté ?

— Sans doute.

Il se pencha vers elle jusqu'à lui effleurer l'oreille de ses lèvres :

— Êtes-vous sincère ?

— Je me sens coupable. Je n'aurais jamais…

— Mais avoir eu envie de faire cela avec vous m'a permis de ne pas me rendre à ces rencontres stupides sur la laine et les loyers. Dès que vous êtes concernée, je perds tout bon sens, Elene.

— Nous aurions pu trouver un autre moyen. J'aurais pu vous donner du plaisir.

Elle posa une main sur la joue d'Hafual et ajouta :

— Je ne veux pas être la raison pour laquelle vous devrez vous reposer plus longtemps.

— Il semblerait que j'aie épousé une femme ingénieuse.

— Je ne souhaite qu'une chose : que vous guérissiez, dit-elle sans rien oser ajouter à propos de Pybba, ni du poison que celui-ci avait peut-être déjà déversé dans l'oreille de Ceolwulf.

Il lui dégagea le front des petits cheveux décoiffés qui le recouvraient.

— Un guerrier doit toujours se tenir prêt à combattre. Et je le serai si je le dois.

— Soyez prudent parce que…

Elene étouffa les mots qui auraient appris à Hafual qu'elle

l'aimait. Il avait rendu très clair le fait qu'il ne voulait ni l'amour ni l'intérêt qu'elle lui portait. Elle devait donc espérer tenir une petite place dans la vie de son mari et se contenter de cela même si elle savait qu'elle désirait bien plus.

Il se figea.

— Parce que quoi ?

— Parce que Narfi a besoin d'un père, répondit-elle avant que l'amour qu'il ne voulait pas qu'elle lui porte ne jaillisse brusquement de lui-même.

— C'est utile, en effet, lui dit-il à l'oreille tout en resserrant le bras autour d'elle.

Elle se blottit dans le creux de son épaule indemne en s'efforçant de ne pas songer à la légère déception qu'elle croyait juste avoir décelée au fond de sa voix.

Cela s'appelait tisser des rêves. Et, de son côté à elle, ceux-ci contenaient un certain nombre de nuages.

Chapitre 15

Le lendemain matin, la cour qui, sans la reine et sa suite, manquait un peu de son habituelle sophistication, ronronnait non sans une certaine tension à peine réprimée. Hafual fronça les sourcils en écartant cette impression fantaisiste.

Aucun danger ne rôdait ici, à la cour, en particulier dans la mesure où Nerian semblait croire Pybba quelque part ailleurs. Avec Ceolwulf, Hafual entretenait une relation fondée autant sur la gratitude que sur la loyauté. Et il avait beau ne pas être né Mercien, il en était devenu un. Quant à Elene et Narfi, ils ne paraissaient pas concernés. Elene était occupée à faire remarquer un certain nombre de choses à Narfi qui, de son côté, continuait à demander pourquoi Bugge était resté avec le moine et le père Oswald.

Hafual se frotta la nuque. Devoir apprendre son mariage à Ceolwulf le rendait nerveux. Bien sûr, le roi approuverait, cela ne faisait aucun doute. N'avait-il pas laissé entendre que Hafual devrait se remarier ? Cette sensation de nervosité n'était donc que le fruit d'une réaction excessive de sa part. Il s'obligea à relâcher un peu ses épaules raidies tout en délivrant une petite grimace.

— Lord Hafual, je dois vous demander de me remettre vos armes, annonça le chef des gardes du corps en arrivant vers lui et en bloquant le chemin qu'ils s'apprêtaient à emprunter tous les trois pour parvenir au hall.

— Quel est ce non-sens ? Le roi Ceolwulf a demandé que je sois armé en sa présence.

— Ce sont les ordres, Lord Hafual, repartit le garde en passant d'un pied sur l'autre.

Incapable de se débarrasser de son minuscule picotement d'inquiétude, Hafual jeta un coup d'œil à Elene.

Comme elle hochait la tête, en apparence indifférente à l'évolution de la situation, il tendit son épée au garde à contrecœur.

— Je compte la récupérer sans la moindre éraflure, fit-il à voix haute.

Et, se tournant vers Elene, il ajouta :

— Nous allons régler cela, Elene. Jusque-là, Ceolwulf n'a jamais exigé mon épée ni celle de mes hommes.

Elene fit passer Narfi sur sa hanche gauche.

— Ils vont le demander à tout le monde, Hafual.

— Vous croyez ?

— Finissons-en avec cela, dit-elle en lui tapotant le bras. Narfi a hâte de rencontrer son parrain.

Au lieu de venir saluer Hafual comme il le faisait en temps normal, le roi demeura assis sur son trône.

— Hafual, vous êtes de retour.

— Je souhaite vous présenter ma femme, Lady Elene de Baelle Heale. Elle a dans les bras Narfi, qui est à la fois mon fils et votre filleul.

Les yeux du roi se plissèrent.

— Vous vous êtes marié sans demander ma permission.

— La lady était consentante, sire.

Elene fit la révérence tout en signifiant son accord, allant jusqu'à s'appuyer légèrement contre Hafual. Le temps d'un battement de cœur, Hafual songea que, la nuit précédente, il aurait dû lui dire combien il l'aimait au lieu de se contenter de lui faire l'amour. Et il décida que, dès qu'ils seraient rentrés dans leur demeure, il lui dirait la vérité et lui offrirait son cœur.

Ceolwulf se frotta lentement le menton.

— J'avais compris que votre femme était promise à un autre.

Ce fut sous la forme d'un long frisson qu'une alerte parcourut le dos de Hafual. Il s'était montré trop confiant. Pybba avait réussi à parler à Ceolwulf.

— C'est un malentendu. Lady Elene m'avait élu.

— Vous avez choisi d'attaquer des hommes pacifiques sur la Watling Road.

— Pacifiques ? Non. Ils ont attaqué mon campement et exigé de l'or. Mon fils était en danger.

Le roi joignit les mains du bout de ses doigts.

— Un homme a été tué, un homme épris de paix, qui n'avait rien fait de mal.

Hafual contempla un instant le roi avant de se tapoter l'oreille.

— J'ai tué un innocent ?

— Niez-vous avoir tué un homme ?

— L'homme que j'ai tué était un bandit. Il avait attaqué mon campement sans sommation. Il menaçait mon fils.

— C'est ce que vous dites, déclara Pybba avec un petit ricanement tout en arrivant près du roi. C'est ce que vous dites…

— Oui, c'est bien ce qu'il dit, lança Elene en avançant elle aussi d'un pas vers le roi, l'air décidé.

Toute sa personne semblait s'être hérissée.

— J'étais là. Pas vous. Et l'homme voulait nous voler.

Le roi regardait Elene.

— Lord Hafual, il semblerait que votre épouse ne soit pas capable de garder le silence. Peut-être devrait-elle apprendre l'intérêt de tenir sa langue ?

Deux taches rouges apparurent sur les joues d'Elene.

— J'aime assez ma femme telle qu'elle est, repartit Hafual en posant la main sur l'épaule d'Elene.

Et il ajouta en la soulageant de Narfi :

— Il me semble d'ailleurs que c'est à moi de faire ce choix.

Le visage de Pybba devint tout rouge.

— Je le sais de source sûre !

— Quoi, la même source que celle qui vous disait déterminé à essayer de gagner la main de Lady Elene ? Ce n'est ni plus ni moins qu'une volonté de vous venger parce que Lady Elene avait choisi quelqu'un d'autre. Voilà de quoi il s'agit. Lord Pybba a cherché à me compromettre et à me miner depuis que je vous ai juré allégeance, sire. Il voulait le domaine de manière à pouvoir porter un jour plainte contre moi. Tout cela en se moquant de Lady Elene.

Hafual avait accompagné sa déclaration d'un regard noir à Pybba. Il se tourna de nouveau vers le roi :

— J'espère que vous comprendrez mon explication concernant ce mariage ainsi que le pourquoi de la mort du bandit.

Le visage de Ceolwulf aurait pu avoir été taillé dans la pierre.

— Du reste, interrogea Hafual devant le silence du roi, quel homme ce bandit était-il censé être ?

— L'homme de Pybba, répondit le roi. Et vous l'avez attaqué à cause de votre guerre larvée contre ce dernier. Je ne vais pas amener le représentant de mon comté à partir en guerre contre chacun de vous. La boucherie doit cesser.

— Cet homme était un bandit !

— Possédez-vous une preuve concrète ? demanda le roi sur un ton sec. Pouvez-vous me démontrer que Lord Pybba fait un faux témoignage ?

— J'ai laissé les broches trouvées chez les bandits à l'abbé Wilfrid, répondit Hafual sur un ton calme. Nous pouvons les envoyer chercher. Je vous demande cela en retour du service que je vous ai rendu.

Le roi acquiesça de la tête.

— C'est faisable.

— Dans ce cas, je vais arranger cela tout de suite. Après quoi Pybba devra céder la place pour avoir tenté de dénaturer celui que je suis vraiment et de mentir sur mon compte.

— Pourquoi ne pas demander aux guerriers de Hafual qui était vraiment cet homme ? proposa alors Elene.

— Ils sont du Nord, my lady. Ils ont prêté serment à un Viking, dit Pybba en crachant presque le dernier mot. Ceolwulf est d'accord avec moi : la preuve doit être concrète.

— Je suis mercienne ! s'écria Elene. Ma parole vaut quelque chose, et j'étais là.

— Vous, ma chère, êtes sa femme…

Le sourire de Pybba était devenu mauvais.

— Et les épouses ne peuvent témoigner pour ou contre leur mari. Vous ne faites qu'un avec lui.

— Pourquoi dois-je être détenu ? demanda alors Hafual. Pourquoi ne puis-je aller moi-même, avec mon cheval, récupérer les broches à l'abbaye ?

Comme Pybba et Ceolwulf échangeaient des regards et que le roi faisait signe à Pybba de poursuivre, celui-ci secoua la tête.

— C'est mieux si cela vient de vous, sire.

Le ton suffisant de l'homme serra les entrailles de Hafual.

— Lord Pybba craint que vous ne preniez vos vaisseaux et partiez, déclara le roi. Il croit que vous tentez de créer une autre armée. Il m'a montré comment vous aviez stocké de la laine, Hafual.

Hafual dut lutter pour garder son sang-froid.

— J'ai expliqué dans quelle intention ce stock a été constitué : parce que je crois possible pour moi d'ouvrir de nouveaux marchés en Frankia et au-delà. Oui, nous avons déjà discuté de cela.

— Vous avez agi derrière le dos du roi Ceolwulf. La laine servira à lever plus de vaisseaux pour envahir ce pays ! Voilà comment se conduisent les hommes du Nord. Toujours en train d'essayer de tirer un maximum de parti des choses. Vous ne serez jamais mercien.

— Lord Pybba a bu beaucoup trop d'hydromel, établit alors Elene à voix basse au prétexte de reprendre Narfi à Hafual.

Hafual lui fit signe de garder le silence. Les accusations que portait Pybba à son encontre étaient sans fondement, mais la boue qu'elles laissaient pouvait adhérer.

Déglutissant avec difficulté, il reprit le contrôle de ses sens :

— Je cherche actuellement de nouveaux marchés pour la laine mercienne, sire. Et vous recevrez une part des bénéfices réalisés.

Ceolwulf hocha la tête.

— Vous l'avez dit, mais pour l'instant, vous comprendrez pourquoi je dois vous garder à proximité jusqu'à ce que tout soit examiné à fond.

— À proximité ?

— Je vous arrête. Dans l'attente de l'enquête. Si vous avez tué l'un des hommes de Pybba, celui-ci a formulé le souhait que la punition appropriée soit appliquée. Pour ma part, je vais bien sûr envoyer un mot à l'abbé Wilfrid et lui demander son trésor pour l'examiner.

— Et si je vous donne ma parole de rester à Ludenwic ? Cela doit sûrement être suffisant.

Ceolwulf eut l'air désolé :

— À l'heure actuelle, je dois montrer au Wessex que la Mercie demeure un pays de lois et non celui de bandes de guerriers sans foi ni loi.

Une brume rouge brouilla la vue de Hafual. Il fit un pas vers le roi.

— Je vous ai donné ma loyauté ! Est-ce que cela compte pour rien ? Je vous ai sauvé la vie ! J'ai sauvé votre pays et cela aussi compte pour rien ? Quelle sorte d'homme êtes-vous, Ceolwulf ?

— Hafual ?

La voix douce d'Elene coupa net sa fureur. Il s'éloigna d'un pas du roi, qui s'était replié sur son trône et répétait, l'air terrifié, à ses gardes, de le protéger du fou. À l'inverse, Hafual se concentrait sur sa personne, s'efforçant de respirer à fond et longuement, tout en ignorant le regard suffisant et triomphant de Pybba. Pour avoir sans doute passé un accord avec l'abbé Wilfrid, Pybba n'entretenait à l'évidence aucune crainte.

Ce fut alors que Hafual réalisa, un peu tard, à quel point la situation était grave, et il en fut frappé. Si l'on faisait appel à l'abbé Wilfrid, celui-ci se défilerait et pourrait même aller jusqu'à nier qu'il y eût des broches. Hafual serra les dents. Pybba l'avait bel et bien devancé.

— Elene, dit-il sur un ton mesuré, allez trouver Palni et dites-lui de vous emmener loin d'ici, vous et Narfi. Pybba est décidé à avoir ma peau d'une manière ou d'une autre, mais je ne vais pas lui faciliter la vie et je ne vais pas non plus vous mettre en danger.

— Votre épaule demeure blessée. Vous allez perdre tous les combats.

Il serra les mâchoires.

— Le problème de mon épaule me regarde.

— Je découvrirai le fin mot de l'histoire et trouverai le moyen de vous sortir de là, Hafual, déclara Elene.

Elle hésita :

— Je le promets.

Il aurait voulu la croire, mais l'engagement qu'elle venait de prendre n'était rien qu'un murmure dans le vent.

— Gardez mon fils sain et sauf. C'est tout ce que je demande.

Il s'empara de ce qui, il le savait, resterait le dernier regard qu'il aurait d'Elene et en fit un souvenir. Il y avait tellement de choses à dire, toutes celles qu'il aurait dû formuler alors qu'il la tenait dans ses bras.

Elle tressaillit comme s'il l'avait frappée.

— Pourquoi parler comme si c'était la fin ? Pourquoi ne me faites-vous pas confiance pour arranger les choses ? Je ne partirai pas en courant.

— Si. C'est ce que vous allez faire, vous et Narfi : partir en courant. Jusqu'à ce que vous vous trouviez hors d'atteinte.

Ce fut alors que les hommes de Pybba arrivèrent et lui

attachèrent des chaînes aux poignets ainsi qu'aux chevilles. Elene protesta bruyamment tandis qu'il rugissait :

— Je suis innocent !

Mais Ceolwulf tourna le dos.

— Elene, partez tout de suite. Veillez sur mon fils. Je prouverai mon innocence.

Serrant plus fort Narfi dans ses bras, Elene s'éloigna vers la porte avant qu'il ait pu lui expliquer qu'il l'aimait de tout son cœur et qu'elle était tout pour lui, mais qu'il était un mari défaillant. Juste avant de sortir, elle lui jeta un regard terrible qui se grava dans son âme.

— Bouge !

Quelqu'un venait de le frapper dans le dos. Il tomba à genoux. Le monde perdit ses couleurs. Il comprit qu'il avait perdu Elene, ainsi que l'existence qu'il avait espéré partager avec elle. Il savait ce dont Pybba était capable et, malgré cela, il l'avait exposée, avec sa famille, à cet homme.

— Avance, Viking.

L'un des sbires de Pybba venait de le frapper de nouveau dans le dos, mais plus fort cette fois, l'envoyant à terre.

Expliquer qu'il était mercien était trop compliqué. À la place, il se releva et les laissa le traîner vers une cellule humide de l'une des tours qui s'étaient effondrées. Quant à ses hommes, on les emmena pour les mettre en détention ailleurs. Hafual entendit le bruit de la clé qui verrouillait le cachot, tomba à terre et mit la tête dans ses mains. Le monde qu'il avait édifié avec tant de soin était en ruines, exactement comme Svala l'avait prédit avant de jeter Narfi au feu. Il avait tout perdu. Bien sûr, Palni lui aurait dit de s'évader et de repartir de zéro. Mais c'était ici, en Mercie, qu'il avait planté ses arbres et qu'il voulait les voir grandir avec Elene à son côté.

Aujourd'hui, ce beau rêve lui laissait dans la bouche un goût de cendres.

— Ils ont pris Hafual. Il nous faut l'aider. Avant que quelque chose de pire lui arrive.

Elene repoussa la nervosité qui la gagnait. En quittant la cour, elle avait couru d'une traite jusqu'à leur logement, sans se préoccuper de savoir où ils avaient emmené Hafual. Narfi avait pleuré et crié tout au long du chemin, réclamant son *Far* jusqu'à ce que, dehors, des gens se retournent vers elle, surpris. Un poissonnier l'avait même accusée d'avoir enlevé l'enfant, avant d'essayer de le lui prendre, en conséquence de quoi le petit s'était cramponné à elle de toutes ses forces.

Puis, Dieu merci, dès l'instant où Narfi avait vu Bugge, ses larmes s'étaient complètement taries. Il avait gigoté jusqu'à ce qu'Elene le repose à terre, et avait trottiné vers le chien.

Elle se dirigea, chancelante, vers un banc qui se trouvait devant l'âtre.

— Qu'est-ce qui ne va pas, Lady Elene ? s'enquit frère Palni. Où est Hafual ? Qui l'a pris ?

— Hafual est en danger, vraiment en danger. Ceolwulf l'a fait enfermer dans une cellule. Ainsi que ses hommes. Il faut que nous l'aidions. Mais je ne sais pas comment.

Elle plaqua les mains devant ses yeux :

— Je n'arrive plus à penser.

Frère Palni vint s'asseoir à côté d'elle et prit les mains d'Elene dans les siennes.

— Pourquoi le roi Ceolwulf a-t-il fait mettre Hafual sous les verrous ? Et ses hommes aussi ? Cela n'a aucun sens. Dites-moi lentement et clairement ce qui s'est passé, Lady Elene.

Elle retira ses mains et chercha un mouchoir pour essuyer ses larmes. Narfi avait cessé de jouer et la considérait avec de grands yeux.

— Pybba reproche à Hafual d'avoir tué ce bandit quand il nous a attaqués avec sa bande, allant jusqu'à mettre en doute le fait même que nous ayons été agressés.

— Est-ce tout ?

— Pybba prétend aussi que Hafual était en train de lever une armée de Vikings et que c'est pour cette raison qu'il avait besoin de beaucoup de laine. Or, Hafual ne cherche qu'à ouvrir de nouveaux marchés pour la laine, justement…

— Ouvrir de nouveaux marchés est une bonne idée. Pourquoi Ceolwulf émettrait-il une objection à cela ?

— Parce que Pybba lui a empoisonné le cerveau en affirmant que Hafual avait assassiné le bandit sans raison.

Frère Palni fronça les sourcils.

— Mais vous avez été attaqués. J'ai vu la blessure de Hafual. Et ses hommes en diront autant. Est-ce que Ceolwulf les a interrogés ?

Elene reprit son souffle. Bousculer frère Palni ne servirait qu'à faire empirer les choses au lieu de les faire avancer.

— Je sais bien que nous avons été attaqués. J'étais là et j'ai aidé à secourir les hommes. Simplement, Ceolwulf a écouté Pybba et l'a cru. De plus, comme il semblerait que tous les hommes de Hafual viennent du Nord, leur parole devient suspecte.

Frère Palni tambourina des doigts sur le meuble à côté de lui.

— Et vous ?

— Il paraît que ma parole ne compte pas dans la mesure où je suis mariée avec Hafual, répondit Elene en serrant les poings. Une bonne épouse ne témoignerait pas contre son mari.

— Quel est le sens profond des affirmations de Pybba ? demanda le père Oswald.

— Pybba affirme que les prétendus bandits étaient ses hommes. Pour cette raison, il demande un procès et la confiscation de tous les biens de Hafual si celui-ci est reconnu coupable. Pybba a bien tramé son piège.

— C'est une bonne chose, que vous croyiez Hafual.

Elene serra de nouveau les poings et compta jusqu'à dix. Doucement, le brouillard rouge qui s'étalait devant ses yeux se dissipa.

— Mon mari dit la vérité.

— Vous devez sûrement avoir connaissance de quelque chose qui pourrait prouver son innocence. Un fait vous viendrait-il en tête, Lady Elene ?

D'une voix calme, elle exposa toute la situation, y compris celle de la laine en Frankia et au-delà.

Frère Palni arqua les sourcils en découvrant l'intérêt de Hafual pour le marché de la laine, mais s'accorda à dire que la tentative de s'ouvrir à un nouveau marché ne constituait pas une tentative quelconque de lever une armée.

— Nous trouverons l'or et les différents objets chez l'abbé Wilfrid, déclara le père Oswald. Il faudrait aller le voir sans tarder pour les récupérer. Le roi Ceolwulf cédera une fois qu'il aura vu que les objets n'ont rien à voir avec ce que dit Pybba.

Frère Palni hocha la tête.

— Je n'ai jamais aimé l'abbé Wilfrid. Il garde pour lui et ses invités favoris les meilleurs morceaux de viande.

— Vous avez raison, Palni. Cet homme ne se montrerait pas aussi affirmatif s'il ne s'était pas d'abord assuré de détenir des preuves.

Le père Oswald adressa un sourire rayonnant à Palni.

Chaque mot s'abattait sur le cœur d'Elene comme un marteau, venant renforcer ce qu'elle avait déjà deviné : Pybba les avait tous manœuvrés, et Hafual était sur le point de devoir payer tout cela de sa vie. À moins qu'elle trouve quelque chose…

— Mais pourquoi l'abbé Wilfrid ferait-il une chose pareille ? demanda-t-elle.

— Pour une raison peut-être aussi simple que de ne pas apprécier les gens du Nord, répondit Palni.

— L'abbé vous aime bien, vous, déclara Elene en s'efforçant de reléguer au fond de sa gorge le courant de panique qui la traversait. Il a raconté à quel point il se réjouit lorsque vous venez lui rendre visite en lui rapportant tout à la fois cancans et nouvelles.

Frère Palni fit de nouveau tambouriner ses doigts sur la table.

— Eh bien, voyez-vous, c'est la raison pour laquelle je

me méfie de cette situation. En règle générale, quand je suis là, l'abbé a autre chose à faire.

— C'est un politique, Lady Elene, déclara à son tour le père Oswald sur un ton apaisant. Il souffle dans la même direction que le vent. La plupart des abbés sont comme lui, d'ailleurs. C'est leur fonction qui veut cela. Peut-être n'est-il même pas au courant de l'accusation de Pybba. Cela dit, je suis d'accord avec mon frère moine : nous devons nous attendre à ce que notre cause ne reçoive aucune aide de l'abbé Wilfrid.

Elene regarda la lourde bague passée à l'annulaire de sa main gauche. À peine quelques jours plus tôt, elle la remarquait encore sans arrêt. Aujourd'hui, le bijou faisait partie d'elle.

— En ce moment, c'est en direction de Pybba que le vent souffle, lança-t-elle. Il faut que j'arrive à le diriger dans le sens opposé. Personne d'autre que moi ne le peut.

— Vous êtes très optimiste, et il est vraisemblable que cela ne se passe pas aussi bien que vous l'espérez, Lady Elene, remarqua frère Palni. Attention… Rappelez-vous que vous voulez garder Hafual en vie. D'autant plus que j'ai entendu les histoires qui circulaient sur vos échecs à la cour.

Elene fixa les braises mourantes dans l'âtre. Frère Palni avait raison. Pybba avait pris le dessus. Quant à Hafual, il allait perdre tout ce pour quoi il avait travaillé si dur parce qu'elle avait insisté pour qu'ils laissent le trésor à l'abbaye. Quelle naïve… Il fallait toujours qu'elle trouve le moyen de commettre une erreur. Mais, soudain, elle entendit dans sa tête la voix de Hafual lui disant de cesser de se montrer injuste vis-à-vis de sa propre personne et de croire en elle. Elle fit tourner et tourner encore l'anneau autour de son doigt.

— Que suggérez-vous ? demanda-t-elle. Car rester assise ici à me tordre les mains n'est d'aucune utilité.

Frère Palni prit la parole :

— Je suggère que nous nous portions à sa rescousse et le fassions monter à bord d'un vaisseau en partance pour le Nord. Allez avec lui. Prenez un nouveau départ. Hafual a de l'or, my lady, et des contacts. Une nouvelle vie. Peut-être en Islande. La terre est bonne, là-bas, à ce que j'ai entendu. Et vos sœurs vous aideront à affronter le pire.

Un frissonnement glacé traversa Elene. Frère Palni lui recommandait donc de s'enfuir avec Hafual et qu'ils se mettent tous deux à la merci d'Ansithe et de Cynehild.

— Partir en laissant tout derrière moi ? Abandonner mon père ? Les gens qui travaillent ma terre ?

Frère Palni arqua les sourcils.

— Voulez-vous lui sauver la vie ou vous souciez-vous davantage de votre position ?

— Je me suis mariée avec lui pour sauver Baelle Heale, rétorqua-t-elle en refoulant ses larmes.

Frère Palni haussa les épaules.

— Bien piètre raison pour épouser quelqu'un. Mais qu'en sais-je finalement, moi, pauvre moine ?

Frère Palni laissait entendre qu'elle n'avait pas de cœur, se dit Elene, les yeux toujours fixés sur les braises. Mais c'était parce qu'il ne connaissait pas Hafual. Hafual était fier d'être mercien et de ce qu'il avait fait de la terre que le roi lui avait donnée. Dans ces conditions, elle doutait qu'il s'enfuie, même si on lui portait secours.

— Il aime Wulfhere's Clearing de toutes les fibres de son corps. En partirait-il lui-même ? Hafual n'est pas un lâche qui voudra disparaître dans la nuit.

— Qu'est-ce qui est le plus important pour vous : l'homme ou la terre ?

Elene fut surprise que le père Oswald lui pose cette question. Pas une seule de ses respirations ne se faisait sans qu'elle pense qu'elle aimait Hafual, mais elle savait aussi que c'était dans ce pays qu'il avait fait le choix de s'arrêter et qu'il y avait pris racine. Oui, Hafual avait beau ne pas être né mercien, elle savait aussi qu'il voulait mourir en en étant un. Partir le tuerait.

— Hafual est plus important, mais il aime profondément ce pays.

Elle ferma les yeux et revit le visage de Hafual au moment où il avait pointé le doigt vers l'endroit d'où il affirmait distinguer Wulfhere's Clearing.

— Il ne partira pas, reprit-elle, et ce serait une erreur de ma part de le lui proposer. Il va nous falloir trouver une autre idée, frère Palni. Fuir en Islande ne chassera pas le moindre démon.

— C'est votre tâche de lui faire réaliser qu'il n'a pas le choix.

Elene inclina la tête.

— Il doit y avoir un autre moyen.

Frère Palni frappa la table du plat de la main.

— Faites-moi savoir quand vous l'aurez trouvé. En attendant, je vais organiser les préparatifs pour sauver Hafual. Nous le mettrons sur un vaisseau, même si je dois, pour cela, lui ligoter bras et jambes, et le bâillonner.

— Et s'il veut se battre ? Il a bien gagné ce droit.

— Dans ce cas, il est encore plus fou que je ne le pensais. Il n'est pas en état d'affronter une quelconque bataille. Vous avez vu son épaule. Expliquez-lui, père Oswald. Pour ma part, je refuse de gaspiller mon souffle davantage.

Là-dessus, frère Palni quitta la pièce.

Elene se mit à arpenter l'endroit pendant que le père Oswald entonnait un rosaire. Partir était une réponse trop facile, et elle savait que, avec le temps, Hafual et elle le regretteraient tous deux. Il devait forcément exister un moyen de forcer la main à Pybba et de révéler au roi la vérité : Hafual était innocent. Hafual méritait d'être lord de Wulfhere's Clearing et conseiller du roi. Céder serait capituler.

— Bien fait. *Far* tué homme mauvais.

Elene tourna les yeux. Narfi trottinait vers elle, portant la broche que Hafual lui avait donnée.

— *Far*…

Elene souleva l'enfant contre elle.

— Toi, au moins, tu crois en ton père.

Le petit garçon lui fit un bisou sur la joue avant de lui tendre la broche. Et soudain, Elene considéra l'objet avec un regard neuf. La conception de la broche était, certes, unique, mais Elene connaissait ce motif depuis des années. Elle prit une profonde inspiration en s'étonnant d'être passée à côté de la signification du bijou. Cette broche était le symbole du ralliement de certains à l'ancien roi de Mercie. Or, pas un seul soutien de Pybba n'aurait osé la porter car celui-ci détestait notoirement l'ancien roi, à qui il reprochait d'avoir perdu la moitié de la Mercie.

— *Far* ? dit l'enfant. Où ?

— Il sera bientôt de retour, mon chéri.

Les doigts tremblants, Elene avait commencé à envelopper la broche dans un mouchoir tout en chargeant la servante de garder un œil vigilant sur Narfi pendant qu'elle partirait exécuter certaines tâches.

Frère Palni s'était trompé. Et elle avait d'autres options à proposer.

— Père Oswald, j'ai un travail pour vous.

— Pendant que vous vous en occupez, intervint alors frère Palni revenu raviver le feu, je vais déterminer par quel moyen nous allons exfiltrer votre mari de cet endroit et le faire embarquer sur un navire à destination d'un lieu sûr. Parfois, fuir est le seul moyen, my lady.

Elene secoua la tête.

— Parfois, une personne doit se battre pour ce en quoi elle croit et qu'elle sait être juste. C'est Hafual qui m'a enseigné cela…

Chapitre 16

— Lady Elene, vous avez souhaité me voir ?

Dans la chapelle personnelle et désertée de la résidence royale, le roi Ceolwulf venait de lever les yeux de son livre de prières.

— Mon confesseur m'a dit que vous aviez besoin de me parler, poursuivit-il. Ceci est on ne peut plus irrégulier, mais je n'ai aucune envie de mettre l'immortalité de mon âme en péril en ne tenant pas compte de ce qu'il m'a dit.

Elene risqua une respiration. Le père Oswald avait fait ce qu'elle lui avait demandé et même plus. L'âme immortelle… Bien sûr… Le prêtre savait ce qu'il faisait, c'était évident. Elle sortit la broche de l'intérieur de sa cape :

— Voici le bijou que le bandit portait sur lui au vu de tous. J'ai pensé que vous apprécieriez peut-être de l'examiner.

Ceolwulf sourit avec douceur.

— Pourquoi ? Va-t-elle mettre mon âme en danger ?

— Regardez-la. Je me rappelle avoir vu des broches comme celle-ci avant l'arrivée des Vikings. Et j'imagine que vous aussi. C'est un modèle qui n'est plus en faveur en Mercie.

Ceolwulf retourna l'objet entre ses doigts.

— Les soutiens du roi précédent l'arboraient, opina-t-il.

— Or Lord Pybba a juré de tuer tous les soutiens de cet ancien roi. Il leur reproche la mort de son propre père. Le bandit que Hafual a tué ne peut donc pas avoir été l'homme de Pybba !

La main de Ceolwulf se referma sur la broche.

— Pybba a tendance à l'exagération.

— C'est possible, mais le bandit portait bien cette broche quand mon mari l'a tué.

— Comment est-elle arrivée en votre possession ?

— Hafual l'a offerte à son fils. Sans avoir idée de ce qu'elle représentait.

— Pourquoi n'avez-vous pas dit tout cela le moment venu ?

— À l'époque où l'ancien roi régnait encore, j'étais une toute jeune fille. Aussi ai-je à peine reconnu la broche. Ce n'est qu'après avoir regagné notre logement et l'avoir revue que j'ai établi le rapport avec Pybba. Tout le reste du trésor est resté chez l'abbé Wilfrid. Mon mari estimait en effet que cette abbaye, qui avait beaucoup souffert, méritait cet hommage.

— Pourquoi l'abbé s'est-il rangé contre votre mari ?

— Peut-être n'aime-t-il pas les Vikings ? répondit-elle, le cœur battant.

Il fallait que Ceolwulf adopte cette supposition. Elene savait que toute la suite de son plan en dépendait.

— Quelqu'un peut l'avoir induit en erreur…

— Êtes-vous en train d'accuser Pybba d'avoir travesti la vérité ?

Elle battit des paupières.

— Je crois possible que Lord Pybba ait autorisé son sentiment d'injustice à vaincre sa prudence naturelle.

— Son « sentiment d'injustice ? »

— Il désire avant tout humilier mon mari. Depuis l'été dernier, du sang mauvais a été versé. Une histoire en rapport avec les Hwicce lorsqu'ils ont essayé de s'emparer de terres à la frontière. La loyauté de Pybba est alors devenue sujette à caution. Mon mari a mentionné cela en passant. Sans compter que c'est lui, un ancien Viking, que j'ai ensuite choisi d'épouser au lieu de Pybba.

Elene attendit en retenant son souffle. Là encore, Ceolwulf devait comprendre qu'elle avait raison.

— Vous ne vous trompez pas à propos du différend. Je l'avais cru réglé mais ce n'était peut-être pas le cas.

— Je dirais que ce n'était absolument pas le cas. Pybba a fait une offre pour obtenir ma main mais, ayant juré fidélité à Hafual, je l'ai refusée. Quand il a appris que Hafual avait tué le bandit et sauvé tout le groupe, il a pu être tenté de croire à un mensonge organisé. Une sorte de folie s'est développée à ce moment-là.

Ceolwulf sourit.

— Vous devriez être politicienne, Lady Elene. Lord Pybba peut s'être trompé. Il peut aussi avoir utilisé toute l'histoire pour porter un faux témoignage. J'accepte cette éventualité, mais, de son côté, jamais Hafual n'aurait dû essayer de m'attaquer.

— Il est venu vous soutenir et a seulement tenté de se défendre contre de fausses accusations.

Elene gardait la tête haute, sachant qu'elle se battait pour la vie de Hafual et ce qui restait de leur mariage.

— Il vous a sauvé la vie, roi Ceolwulf. Pourquoi voudrait-il la prendre maintenant, après vous avoir servi pendant si longtemps ?

Le roi fronça les sourcils.

— Je n'avais pas pensé à cela de cette manière.

— La question mérite pourtant d'être considérée. Lord Pybba vous a-t-il jamais sauvé la vie ? Vous a-t-il jamais offert le rempart de son corps pour vous protéger d'un animal sauvage ?

Le roi inclina la tête.

— Cette broche vient du bandit ?

— Je le jure sur mon âme immortelle.

Ceolwulf se mordilla la lèvre inférieure, et Elene put alors comprendre pourquoi ses beaux-frères avaient prédit qu'il se montrerait beaucoup trop indécis dans une bataille.

— Je ne sais vraiment que penser.

— Si tel est le cas, mon mari mérite d'avoir le droit de se défendre.

Ceolwulf eut un petit sourire.

— Dans un procès ? Pybba a exigé de pouvoir choisir les jurés. Il veut *de bons et vrais* Merciens.

— À Dieu ne plaise…, lança Elene en levant les yeux au ciel. Un homme dans cette situation a le droit d'avoir un jury impartial.

Deux points brillants apparurent sur les joues du roi.

— Le sarcasme est mal venu, my lady, dit-il.

Elene fit une petite révérence et s'excusa.

— Il faut régler cette question une fois pour toutes ou bien ce royaume ne connaîtra pas la paix. Lord Pybba a essayé de faire naître une dispute entre Hafual et lui. Il sait que Hafual est l'une des raisons pour lesquelles vous êtes en sécurité sur votre trône. Interrogez-vous. Qui a fait le plus pour sécuriser vos frontières avec les Hwicce ? Qui a tenté de restaurer la fortune du royaume en développant le commerce de la laine avec la Frankia ? La paix est pourvoyeuse de prospérité.

Ceolwulf retourna plusieurs fois la broche au creux de sa main.

— Je n'apprécie pas de voir mes nobles entrer en conflit les uns contre les autres. Dans le passé, je leur ai déjà demandé de se maintenir en paix.

— S'il s'avérait que vous ayez puni l'un de vos fidèles sujets, pourquoi d'autres feraient-ils ensuite acte d'allégeance envers votre personne ? Combien de temps avant que le Wessex tire profit d'une situation pareille ?

— Que dois-je faire alors ?

Elene prit une profonde inspiration. Elle savait ce que Hafual aurait voulu qu'elle demande, mais elle détestait l'idée de prononcer les mots nécessaires. Hafual n'était prêt à aucune espèce de bataille. Elle devait trouver un autre moyen.

— Écoutez mon mari et demandez-vous ensuite si ce qu'il réclame est si déraisonnable. Vous voyez bien que Pybba a tenté de vous induire en erreur.

Le roi referma sa main sur la broche.

— Vos paroles sont persuasives, my lady. Je vais donner à votre mari une chance de faire valoir son point de vue.

— À nous deux, nous pourrions être en mesure de négocier une paix.

— Hafual a bien choisi lorsqu'il vous a épousée.

Elene fit une révérence.

— Je préfère penser que j'ai bien choisi lorsque je l'ai épousé.

En entendant la clé déverrouiller la porte, Hafual leva la tête. La silhouette d'Elene se profila dans la lumière. Sans un mot ni même un signe, il avait déjà deviné que c'était elle. Il poussa un grognement, espérant qu'il s'agisse d'un mirage. Elle n'avait aucune raison de venir se mettre en danger ici.

— Vous avez un temps limité, lui déclara le geôlier.

— Ce que j'ai à dire ne prendra pas longtemps.

Hafual devinait quand même la raison pour laquelle elle était venue : lui remettre les plans que frère Palni avait dessinés pour qu'il puisse s'échapper. Oui, il connaissait suffisamment le moine pour imaginer que celui-ci suivrait cette piste. Hafual secoua la tête. Il refusait de s'enfuir.

— Je ne m'échapperai pas, dit-il avant qu'Elene ait dit un autre mot. Je refuse de passer mon existence en fuite. Je suis innocent.

Elle se hérissa comme un chat en colère :

— Avez-vous vraiment pensé que c'est cela que je vous demanderais ? Reconnaissez-moi la faculté de savoir à quel point vous pouvez être têtu. Nous allons nous battre et nous allons gagner. Pybba regrettera le jour où il s'est frotté à moi…

Elle n'était donc pas venue ici avec un plan farfelu établi par Palni. Elle voulait se battre pour lui. Son épouse, la femme qu'il aimait, voulait se battre pour lui. Il n'était pas seul. Il avait Elene à son côté. Même en sachant qu'il ne la méritait pas, il se sentait très heureux qu'elle fût là.

— Je n'ai aucune idée de ce à quoi vous avez pensé, dit-il en soulevant ses deux poignets enchaînés.

Elene commanda que l'on retirât les chaînes des poignets et des chevilles de Hafual. Le geôlier s'approcha de mauvaise grâce mais les ôta. Au geste qu'elle lui adressa ensuite, il quitta l'endroit. Le sang se remit aussitôt à circuler dans les bras et les jambes de Hafual.

Ce fut seulement alors qu'il put la prendre dans ses bras et la serrer contre lui. Il avait envie de lui murmurer tant de choses ! Au lieu de cela, il posa sa joue contre la naissance des longs cheveux nattés et garda ainsi Elene jusqu'à ce qu'il s'arrête de trembler. Elle se réfugia à l'intérieur de ses bras et lui offrit un sourire qui le réchauffa jusqu'à la moelle des os.

— C'est bon de vous voir. Frère Palni avait supposé que je n'y arriverais pas et a continué à travailler sur un autre plan.

Baissant les bras, Hafual s'éloigna d'elle.

— Que se passe-t-il ? l'interrogea-t-il. À quelle sorte de jeu jouez-vous ? Qu'avez-vous offert au roi ?

Puis il secoua la tête. Il était rare qu'Elene jouât à des jeux.

— Je ne m'échapperai pas comme un chien en fuite, Elene, même pour vous. Être secouru n'est pas ce que je demande.

— Êtes-vous toujours aussi têtu ?

— Quand c'est pour faire ce qui est juste, oui.

— Les circonstances ont changé, commença-t-elle.

Et elle lui résuma l'affaire de la broche ainsi que son entrevue avec le roi.

Hafual fixa sa femme.

— La broche était un objet en hommage à quelqu'un que Pybba haïssait ? Comment cela va-t-il pouvoir nous aider ?

— Le roi a été d'accord pour voir, dans cette information, une raison de douter du serment qu'a fait Pybba selon lequel le chef des bandits aurait été son homme. Car il n'aurait jamais permis à quiconque lui ayant prêté allégeance de porter, à la vue de tous, une broche créée en hommage à un ancien roi qu'il hait.

— Pybba a sûrement pensé à préparer une excuse, repartit Hafual en secouant la tête. Cette querelle ne se résoudra qu'à la mort de l'un de nous. Je refuse de quitter la Mercie et de tout recommencer, Elene.

— Personne ne vous demande de le faire, rétorqua-t-elle avec un geste en direction de la porte. Ceolwulf s'est rallié à moi pour convenir que c'est vous et Pybba qui devez résoudre le problème. Une cour divisée en son sein deviendrait un nid à intrigues. Il sait aussi à quel point le pouvoir du dernier roi s'était affaibli quand la cour avait laissé s'installer la guerre civile. D'après certaines personnes, c'est cette guerre qui aurait permis aux Vikings et aux Danois d'attaquer.

Hafual s'efforça immédiatement d'empêcher l'espoir de grandir en lui.

— Ceolwulf autorisera-t-il un duel entre Pybba et moi ? Cela fait des mois que j'essaie de l'en convaincre. Mais, chaque fois, le roi trouve une bonne excuse. Il est bien du côté de Pybba…

— Ceolwulf ne peut laisser Pybba et vous-même porter des accusations l'un contre l'autre. Lui et moi sommes aussi tombés d'accord pour dire qu'un procès devant des jurés ne fonctionnerait pas tant il est certain que Pybba les soudoierait avant. Vous devez donc aller discuter tous les deux dans la chambre du roi. Et moi, je dois vous y emmener.

— En quoi cela m'aidera-t-il ?

Hafual se passa une main dans les cheveux. Elene essayait de l'aider, mais elle était innocente et se mettait en grand danger.

— Pybba va déformer mes propos.

— Je soupçonne plutôt que Pybba vous proposera un duel. Il sait que vous êtes blessé.

Elle releva le menton.

— Tout ce que je demande est que vous me laissiez parler. Je sais me mettre dans la peau de Pybba. Je l'ai déjà fait.

Hafual posa une main sur l'épaule d'Elene.

— Le roi Ceolwulf a déjà décidé qui serait le vainqueur. Pybba est un beau parleur…

Elene préleva un flacon d'onguent dans le pochon suspendu à sa ceinture. Son sourire illumina la pièce plongée dans la semi-pénombre.

— Je crois en vous, Hafual. Essayez d'avoir foi en moi.

Essayer d'avoir foi en elle… Il sut, en un éclair, qu'il avait oublié de lui montrer combien il avait confiance en elle et en son jugement. En elle qui avait chaque fois eu raison.

— Me fier à vous est quelque chose qui m'est aussi naturel que respirer.

Le sourire qu'Elene lui adressa lui redonna du cœur. En silence, Hafual se fit la promesse que, si un miracle lui permettait de sortir d'ici, il s'assurerait qu'Elene découvre la profondeur de son amour impérissable pour elle.

— Que va-t-il se passer maintenant ?

— Nous allons voir Ceolwulf, mais je sais que cela ne mènera pas à une bataille car, quand nous rencontrerons Pybba, il se dévoilera, laissant voir que c'est lui, le personnage déloyal. J'ai confiance.

Hafual prit la main d'Elene et sa gorge se serra. Elle faisait de son mieux. Elle en avait fait plus que ce qu'il aurait rêvé possible. Elle lui donnait une seconde chance.

— Elene…

Elle lui posa deux doigts sur les lèvres.

— Chut. Mettons de l'ordre dans toute cette pagaille avant que vous fassiez la moindre déclaration. Il faut que vous entendiez mon plan dans son entièreté.

— Parce que je ne sais pas tout ?

— Nous savons l'un et l'autre comment devient Pybba lorsqu'il est contrarié. Il s'agit donc de lui faire perdre son sang-froid. C'est ce qui lui est arrivé, il y a quelques jours, avec mon père. Et il va recommencer. Mais, cette fois, vous serez à même d'agir.

— Voulez-vous que je lui fasse perdre son sang-froid ?

Elle secoua la tête.

— Non, c'est moi qui vais le faire. Je sais comment il faut s'y prendre.

Hafual lui embrassa le bout des doigts. Il était indigne d'avoir une femme pareille pour épouse. Oui, bien qu'il doutât encore qu'elle pût faire ce qu'elle disait, cela valait la peine d'essayer.

— Je suis heureux de m'être marié avec vous. Vous êtes vraiment la plus courageuse des trois sœurs.

Elle écarquilla les yeux dans la pénombre.

— Si je suis courageuse, c'est parce que je me bats pour quelque chose en quoi je crois : vous.

La gorge de Hafual se serra en l'entendant. Il voulut lui demander qu'elle lui donne la possibilité d'effacer Nerian de ce cœur où elle abritait son ancien amour, et de voir si leur propre mariage pourrait vraiment fonctionner. Mais les mots ne vinrent pas. Pour le moment, la foi qu'elle avait en lui suffirait.

Elene s'efforça d'oublier son cœur battant. « La plus courageuse des trois sœurs » ? Ses sœurs aînées auraient agi de manière complètement différente. Mais ce plan-ci était sa trouvaille *à elle*, et elle était bien déterminée à le faire fonctionner. Sans aucun doute, tout le monde allait la traiter d'insensée, mais c'était la meilleure solution…

Pybba se renfrogna quand il vit qui se tenait dans la chambre du roi.

— Pourquoi ce traître se trouve-t-il ici ? demanda-t-il en pointant Hafual du doigt.

— Pourquoi dites-vous que c'est un traître ? répliqua Elene avant que Hafual pût répondre. Quelles preuves détenez-vous en dehors de votre insinuation ?

— Le trésor. L'abbé me l'envoie.

— Aucun doute qu'il va disparaître de manière mystérieuse avant d'arriver ici, rétorqua Elene en croisant les bras.

— Les femmes devraient tenir leur langue lorsque les hommes discutent d'affaires importantes.

Pybba claqua des doigts.

— Hafual, contrôlez votre femme.

Une fossette creusa légèrement la joue de Hafual avant de disparaître presque aussitôt.

— La seule chose que je trouve impossible à contrôler est la langue de ma femme. J'aime entendre sa voix.

Pybba se tourna vers le roi :

— Vous entendez l'irrespect qu'il me porte ?

— Moi, je remarque l'irrespect dont vous venez de faire preuve vis-à-vis de Lady Elene, rétorqua le roi en caressant sa barbe d'un air pensif. La lady n'a rien fait d'autre que dire la vérité. Ses paroles sont réfléchies et pertinentes en ce qui concerne la question qui nous intéresse.

Pybba fronça davantage les sourcils.

— Vous qui étiez toujours douce, avec un joli visage…

Elene continua à regarder droit devant elle. Si elle tournait les yeux vers Hafual, elle savait qu'elle se dissoudrait dans ses propres éclats de rire. Pybba accomplissait un travail si excellent en creusant un grand trou pour lui. Dans sa nuque, elle sentit ses muscles se relâcher.

— Lady Elene est en effet une très jolie femme, et je crois que mon représentant de comté a bien fait de la choisir, déclara le roi Ceolwulf. C'est un mariage que j'aurais dû préconiser il y a longtemps.

— Elle tente de vous séduire. De vous faire croire que son mari est innocent quand son cœur de pierre est visible pour toute personne qui veut voir.

Elene battit des cils.

— De quoi mon mari est-il coupable ? Il a agi dans l'intention de sauver sa femme et son enfant de l'emprise des bandits qui exigeaient notre trésor et avaient déjà infligé une blessure sévère à l'un de ses guerriers.

— C'est un Viking. Tous les Vikings sont des scélérats à qui l'on ne peut faire confiance. Il a conspiré avec les Hwicce sur notre frontière ouest pour me faire mal voir cet été. Je me suis plaint de cette situation à de nombreuses reprises, sire, et vous n'avez rien fait. Rien. Et, finalement, il a tué un de mes hommes. J'exige ma vengeance.

Du coin de l'œil, Elene vit Hafual se raidir et fit la prière silencieuse qu'il garde son sang-froid. Pybba n'était pas loin de se laisser aller à une nouvelle crise de colère. Elle avait juste à le pousser encore un peu dans ses retranchements. Hafual lui fit un léger signe pour l'exhorter à poursuivre.

— Ce Viking a sauvé la vie du roi Ceolwulf.

Pybba tapa du pied.

— Un coup de chance.

— Il s'agissait d'un complot ourdi par les partisans de l'ancien roi, intervint Hafual. Je crois qu'ils ont également assassiné votre frère et votre père, Pybba.

— Et après ?

— Les hommes qui portaient cette sorte d'insigne ?

En même temps qu'elle posait sa question, Elene avait sorti la broche que le bandit tué portait ce jour-là.

— Le reconnaissez-vous, Lord Pybba ?

Celui-ci rougit, se rapprocha d'elle d'un pas et agita le poing.

— Je sais ce qu'il représente. Et n'essayez pas de prétendre qu'un seul de mes soldats se serait affiché avec une chose pareille ! Mon père est mort à cause d'hommes qui l'arboraient, cet insigne !

— Et pourtant, l'un des bandits le portait, rectifia Elene sur un ton mesuré.

Hafual lui adressa un petit geste alors qu'elle se rapprochait déjà de Ceolwulf :

— L'homme que Hafual a tué avait sur lui cet insigne. Sans saisir l'étendue de sa signification, mon époux l'a ensuite donné à porter à son fils, ce qui explique pourquoi l'abbé ne l'a jamais eu en sa possession. Je vous le remets aujourd'hui, sire, par précaution…

L'espace d'un instant, Pybba demeura bouche bée. Puis il serra les mâchoires. Mais sa bouche s'entrouvrit de nouveau. Le manège se reproduisit plusieurs fois.

— Y a-t-il une explication, Pybba ? demanda le roi en prenant la broche de la main tendue d'Elene. Est-ce que quelqu'un, parmi les personnes que vous employez, arborait une chose aussi infâme ?

Poussant un rugissement, Pybba chargea soudain en direction d'Elene et du roi tout en tirant son épée.

— Vous mentez ! hurla-t-il. Vous n'êtes rien d'autre qu'une femme qui s'est entichée du pays du Nord. Et toute votre famille est comme ça !

Hafual marcha droit vers lui.

— Personne ne menace ma femme.

Dans l'instant, il tourna vers Pybba l'épaule qui n'était pas blessée et le percuta avec force, lui faisant perdre immédiatement l'équilibre. Pybba lâcha son épée. Sans lui laisser le temps de la ramasser, Hafual la récupéra immédiatement, mais, extrayant un couteau de son étui, Pybba se rua sur lui. Hafual fit dévier l'arme, dirigea sa propre épée vers l'avant et toucha l'homme au ventre.

— Il m'a poignardé…

Pybba avait posé les deux mains sur son ventre. Le sang jaillit de sa bouche :

— Je veux que l'on sache que le Viking m'a poignardé. Je réclame vengeance. Il a rompu notre accord. Vous devez le bannir.

Il tomba à genoux, poussa un cri étouffé et s'écroula. Mort.

Ceolwulf s'essuya le front.

— J'ai vu ce qui s'est passé, Hafual. Il semblerait que vous m'ayez sauvé la vie une seconde fois. Cet homme était sur le point de me tuer.

Hafual inclina la tête.

— Je reçois bien votre éloge, sire.

— Vous êtes un vrai Mercien, Lord Hafual, poursuivit le roi Ceolwulf tout en frappant le bras de son trône avec son poing. Un vrai Mercien. Vous avez risqué votre vie pour votre roi. Cet homme m'aurait fait quitter mon trône. J'aurais dû vous écouter plus tôt.

— Je vais raccompagner ma femme à notre logement à présent. Et j'apprécierais, si mes hommes étaient libérés.

Le roi déglutit deux fois.

— Bien sûr ! Évidemment !

Et il fit immédiatement mander l'un de ses serviteurs qui partit en courant remplir son office.

— Êtes-vous indemne ? demanda Hafual à Elene lorsqu'ils eurent quitté la chambre du roi. J'ai été si inquiet.

— Le roi Ceolwulf est convaincu que vous vous êtes précipité pour *le* sauver, dit Elene.

Elle sourit :

— Je pense qu'il serait bienvenu de lui autoriser cette méprise.

— Oui, mais c'est bien vous que j'ai voulu secourir, déclara Hafual en la regardant et en refermant les mains sur les bras d'Elene. Quand Pybba s'est dirigé vers vous, il fallait que je vous sauve. Et tant pis si je n'étais pas armé. Sans vous, mon existence ne valait pas la peine d'être vécue.

Le cœur d'Elene eut un raté.

— Vous tenez à moi ?

— J'ai commencé à tenir à vous lorsque vous êtes tombée à mes pieds le jour où vous avez essayé d'échapper aux fiançailles. Une chose s'était remise en marche à l'intérieur de moi. Pour la première fois depuis la disparition de Svala, je sentais que mon existence reprenait des couleurs et quittait cette teinte de gris sans fin qui était devenue la sienne.

Il baissa vers elle un regard chaud comme un jour d'été.

— M'accorderez-vous une chance de vous faire oublier Nerian ? De m'autoriser à tenir une petite place dans votre vie ?

— Vous me connaissez très mal si vous me pensez capable d'éprouver le moindre sentiment pour un homme comme lui.

Les yeux bleu nuit s'écarquillèrent.

— Vous n'éprouvez plus aucun sentiment pour Nerian ?

— Une fantaisie de jeune fille qui n'a pas résisté à l'épreuve du temps. Oui, il m'a blessée quand il en a épousé une autre. Mais je ne pense pas qu'il ait jamais vraiment capturé mon âme dans la mesure où je ne l'ai jamais vraiment connu. Mon cœur avait déjà ressenti quelques doutes, mais j'ai réellement découvert la vérité lorsqu'il m'a cajolée jusqu'à ce que je m'unisse à lui, pour me dire ensuite que tout était ma faute.

Elle lui plaqua deux doigts sur les lèvres, arrêtant les mots qui allaient suivre. Elle les connaissait car il les avait dits, mais il fallait maintenant qu'elle les prononce elle-même, au risque, si elle les retenait, de le regretter toute sa vie. Dissimuler lui était impossible :

— J'ai grandi, Hafual. En tant que femme, j'ai découvert que j'avais besoin d'un homme stable, capable de résister aux tempêtes de la vie. Et je crois que vous êtes cet homme.

— Elene…, dit-il contre ses longs doigts.

— Je sais à quel point Svala vous a blessé et combien vous avez essayé de faire de votre mieux pendant que vous demeuriez à son côté. Je sais que vous êtes loyal et vrai. C'est d'ailleurs l'une des raisons pour lesquelles je vous aime. Oui, je parle d'amour, même si vous n'avez jamais voulu en recevoir de ma part. Mais je ne peux m'en empêcher. L'amour est ainsi. Mon cœur a décidé qui aimer et cette personne, c'est vous, Hafual.

— Allez-vous me laisser parler ?

— J'ai dit ce que j'avais à dire.

Il lui prit les mains, et ses yeux s'enrichirent d'une profondeur qu'elle ne connaissait pas. Des yeux qu'elle aurait pu regarder toujours sans jamais parvenir à en discerner toutes les nuances. Avait-elle jamais pensé qu'il avait le regard froid et inflexible ?

— À la mort de Svala, un mélange de chagrin et de soulagement a conduit mon cœur à se racornir et à se ratatiner jusqu'à l'anéantissement. J'étais soulagé de savoir que je n'aurais plus à affronter les exigences multiples de Svala, auxquelles je ne pouvais plus répondre, ni à me reprocher de ne pas avoir réussi à être le mari qu'elle voulait. Mon cœur s'était glacé, et je ne voyais plus assez loin devant moi pour trouver un ailleurs où il se dégèlerait. L'existence, non plus que mon fils, ne m'apportaient vraiment de plaisir. Et puis, vous m'avez posé un défi en me demandant de l'aide. Vous avez refusé mes excuses. Vous m'avez fait voir l'amour que mon enfant me portait. Vous m'avez montré que la vie était là pour être vécue. Alors, mon pauvre cœur glacé a complètement fondu. Et ce n'est pas une part minuscule qui vous revient, Elene, mais lui tout entier que vous tenez entre vos mains.

Elene secoua la tête pour se débarrasser du bourdonnement qui lui gagnait les oreilles.

Le cœur de Hafual était à elle ?

— Vous m'avez épousée à cause de l'insistance de mon père.

Il rit doucement.

— Quand ai-je fait quoi que ce soit pour votre père, Elene ? Même si, à l'époque, mon cerveau refusait de l'admettre, mon cœur savait que je vous épousais pour une seule raison : parce que j'avais besoin de vous dans mon existence.

Elle laissa aller la tête contre le torse puissant et écouta le son régulier du cœur qu'elle entendait battre à l'intérieur. Hafual caressa ses longs cheveux tandis qu'elle continuait à se ressourcer à la constance du rythme de ce cœur qui, elle le savait maintenant, ne battait que pour elle.

— Nous rentrons chez nous ?

— Il n'est nul endroit où je préférerais être.

Épilogue

Juillet 876, Baelle Heale

Un peu à l'écart de la grande maison, la prairie humide scintillait dans une brume de chaleur d'où s'élevaient des nuages de papillons. Au loin, une grive faisait des trilles et le ciel était d'un bleu particulièrement profond. Levant les yeux, Elene se fabriqua un souvenir. Ses sœurs et leurs familles avaient entrepris le voyage jusqu'à Baelle Heale afin d'être présentes lors du baptême de son premier enfant. Les hommes, eux, étaient restés à l'intérieur de la maison pour régler des questions d'héritage et décider de ce qu'il fallait faire face à l'inimitié grandissante entre les Cinq Bourgs, la Mercie et le Wessex. Dans ce pays, on avait décidément l'impression qu'il y avait toujours quelqu'un qui posait problème.

— La paix personnifiée, lança Ansithe.

Elle était assise sous le vieux chêne, avec, sur les genoux, son fils aîné, à l'évidence fatigué d'avoir essayé de suivre Wulfgar, le fils aîné de Cynehild.

— Dire que c'est là où tout a commencé…, poursuivit-elle. Là où j'ai scruté pour la première fois les Vikings qui allaient changer nos existences. En les voyant, j'ai songé que plus jamais nous ne connaîtrions la paix ici.

— C'est grâce à votre présence d'esprit que nous les avons battus, déclara Elene, toujours prête à rendre les hommages mérités.

— Ce jour-là, nous avons tous fait la différence, ajouta Ansithe en tendant les mains à ses sœurs. Cela fait du bien à mon cœur de vous voir toutes les deux. Mes sœurs…

— J'ai beaucoup trop chaud pour bouger. Sinon, je t'embrasserais, renchérit Cynehild en tamponnant son front luisant de sueur et en faisant signe à son fils aîné de venir s'asseoir près d'elle.

Narfi, qui idolâtrait Wulfgar, le suivit rapidement.

— Attendre un enfant pendant l'été est moins qu'amusant. Cette fois, Kal espère que ce sera une fille.

— Je commence à croire que la prochaine génération souffrira d'un manque de femmes, commenta Ansithe avec un rire. En ce qui me concerne, j'étais tellement sûre que mon prochain enfant serait une fille ! Mais nous avons eu un autre fils. À présent, Moir est bien déterminé à créer son propre *comitatus* de fils qui formera une bande de frères.

Elene berçait son fils de deux mois qui dormait dans ses bras d'un sommeil profond. Elle se sentait chaque jour aussi stupéfaite que la veille d'avoir créé, avec Hafual, un être aussi parfait. Hafual l'admirait tant, à présent ! Après avoir demandé au père Oswald son avis sur la question, ils l'avaient appelé Harold, prénom assez proche de Hafual mais possédant en même temps une consonance mercienne.

— Heureusement, nous avons très peu de choses à faire aujourd'hui… À part bien profiter du baptême.

— Je n'arrive pas à croire que père se soit marié avec Asida, déclara Cynehild.

— Ils paraissent bien assortis, remarqua alors Elene, et Asida se plaît à diriger Baelle Heale pendant que Wulfhere's Clearing et la maison de Ludenwic me prennent tout mon temps.

À la suggestion qu'avaient faite Asida et les trois sœurs réunies pour le baptême, il avait été décidé que Harold hériterait de Baelle Heale et Narfi de Wulfhere's Clearing. En même temps, le mari de Cynehild avait adopté Wulfgar de manière officielle, et ils avaient tout planifié pour que celui-ci puisse hériter des terres de son père. Quant à Cynehild et Ansithe, elles recevraient un paiement en contrepartie de la part d'héritage qui leur reviendrait à la mort de leur père.

— Ils semblent être heureux et, pour sa part, Asida paraît être une femme douée d'une grande sagesse, déclara Ansithe en plissant le front. Comment chose pareille a-t-elle pu se produire ? Ce mariage n'était vraiment pas de ceux que j'aurais prédits…

— Je crois qu'Asida était déterminée, dit Elene dans un rire. Ils jouent au *tafl* et c'est elle qui dirige le domaine à présent qu'Ecgbert et sa femme ont quitté la région.

— Avez-vous fini par découvrir si Ecgbert avait été soudoyé ? s'enquit Ansithe.

— Il l'a reconnu quand Hafual et moi sommes rentrés de Ludenwic. Hafual a affronté Ecgbert et révélé la traîtrise de Pybba.

— Où est l'ancien intendant, maintenant ? demanda Cynehild.

— Par bonheur, Ecgbert a convenu que la meilleure ligne de conduite à adopter serait de quitter la région pour ne plus jamais revenir. Le jour même, lui et sa femme ont rassemblé leurs affaires et s'en sont allés. De son côté, notre père n'a même pas protesté pour qu'on leur octroie une seconde chance.

— Je me demandais si Asida avait eu une quelconque influence sur notre père quant à cette décision, lâcha Cynehild.

— Je ne saurais l'affirmer ; mais, à notre retour, tout le monde nous a dit à quel point ils aimaient jouer au *tafl* ensemble !

— Oh ! je connais tout sur *ce* jeu de *tafl* ! intervint Ansithe. C'est un jeu très différent de celui auquel notre père jouait. Moir me l'a enseigné dans tous ses détails.

— Kal serait d'accord, repartit Cynehild.

— Je ne veux vraiment pas penser à notre père de cette

façon, dit Elene. Il vaut mieux que certaines choses gardent leur caractère privé.

Les sœurs exprimèrent leur accord par un joyeux éclat de rire.

— Où en sommes-nous à propos de frère Palni et du père Oswald ? demanda Cynehild. Vont-ils vraiment partir en pèlerinage ensemble ?

— Un peu plus tôt, Kal a en effet évoqué quelque chose d'approchant, mais je lui ai répondu qu'il devait se tromper. Le père Oswald déteste les voyages.

— Rome… Le bruit court que frère Palni y prendrait les ordres, confia Ansithe avec un hochement de tête approbateur. Mais Palni dit que c'est pour s'assurer que le père Oswald voie Rome et rentre ensuite sain et sauf. En apparence, ils sont « *anam-cara* », âmes-amies, maintenant.

— Âmes-amies… Quelle façon merveilleuse de dire les choses. Je crois que Kal est à moi, tout simplement, déclara Cynehild.

— Et Moir à moi.

Elene rapprocha d'elle son bébé endormi. En ce qui la concernait, elle pouvait sûrement appeler Hafual son « *anam-cara* ». L'un de ses moments préférés de la journée était celui, à la tombée du soir, où ils se racontaient ce qu'ils avaient fait. C'était un partenariat dans le sens le plus vrai du terme.

— Nous pouvons toutes tomber d'accord pour dire que nos maris respectifs sont nos âmes-amies. Nous nous sommes toutes trois débrouillées pour trouver l'homme qu'il nous fallait.

Bien qu'il eût encore des choses à faire à la cour, Hafual essayait de réduire au minimum les moments où il s'absentait. Il voulait être là pour voir ses enfants grandir et leur enseigner ce qu'il savait. Déjà, Narfi montrait des dispositions pour devenir un bon guerrier.

— Je vois nos maris, dit Cynehild en se levant et en agitant le bras. Asida et notre père ne sont pas loin derrière eux.

Épaule contre épaule, les trois Vikings venaient d'arriver

dans la prairie. Vivants et vibrants, mais aussi en paix avec le monde. Chacun se dirigea vers sa femme et lui donna un baiser.

— Tout est réglé ? demanda, dans un murmure, Elene contre l'oreille de Hafual.

— Tout est réglé. Kal et Moir vont tous les deux être contents de pouvoir envoyer leur laine à Ludenwic. Et je prévois de mon côté que, en temps voulu, la ville sera devenue un port important qui apportera paix et prospérité à ceux qui y passeront.

Hafual entoura les épaules d'Elene de son bras.

Elle tourna les yeux vers ses sœurs, occupées par leurs enfants et maris respectifs. Appuyé au bras d'Asida, même son père paraissait satisfait.

— Paix et prospérité sont tout ce que je demande.

NOTE DE L'AUTRICE

Bien qu'il soit tentant de considérer que l'Histoire est statique et linéaire, ce n'est pas vrai… En particulier dans le cas des Vikings. Il y a tant de choses que nous ne savons pas tandis qu'une certaine quantité de celles que nous croyons savoir pourrait bien se révéler fausse ou n'être que le résultat de mauvaises interprétations quand nous aurons considéré davantage de preuves archéologiques. Regarder à travers un prisme différent peut parfois aider, plutôt que considérer toujours celui de sources primaires plus familières.

Après avoir dernièrement lu le magistral *The Children of Ash and Elm : A History of the Vikings* (Penguin Books, 2020), de Neil Price, qui considère quelques-unes des toutes dernières recherches entreprises sur les Vikings, j'ai estimé que je devais ajuster certaines choses. En 2014, par exemple, la découverte d'une figurine a changé la perception de la façon dont on se vêtait à l'époque viking. En ce temps-là, les gens savaient comment s'habiller. Ce sont seulement ceux qui sont arrivés plus tard – à l'époque de l'âge d'or de Hollywood par exemple – qui ont trouvé des idées étranges et variées.

En ce qui concerne le pain, d'autres recherches récentes effectuées sur cette période montrent que le *hardtack*, y compris le trou rond et familier, et d'autres pains comme les bretzels que l'on mange encore aujourd'hui, se fabriquaient et s'appréciaient déjà à l'époque des Vikings. Quand j'étais petite, ma grand-mère me donnait du *hardtack* en guise de friandise. Et, pour les habitants du Royaume-Uni, le *hardtack* est une sorte de pain de seigle croustillant.

On pense maintenant que l'intérieur des maisons vikings contenait des pièces d'or et d'argent estampées, fixées à des colonnes de bois. On les utilisait presque pour réfléchir la lumière. Pour les Vikings, les estampilles auraient eu un sens et un contexte immédiats, mais, au XXIe siècle, le mieux que l'on puisse espérer est une vague compréhension des illustrations en relief.

Je n'ai jamais vraiment envisagé le temps nécessaire pour tisser une voile comme celles que les Vikings utilisaient sur leurs longs vaisseaux… Mais c'était l'équivalent de quatre ans du dur labeur d'une personne seule, et la voile durait environ cinq ans. Fournir au bateau de taille moyenne des voiles, des linges, des tapis, des tentes et des cordes réclamait une équipe de trente personnes pendant environ un an, depuis la filature jusqu'à l'achèvement.

Lorsque l'on considère certaines des flottes qui ont attaqué les côtes de Normandie – jusqu'à deux cents navires –, cela fait beaucoup de laine. Ce besoin croissant permet mieux d'expliquer pourquoi le Royaume-Uni, et en particulier le centre de l'Angleterre, a prospéré au cours de cette période. À Londres, le nom de « Woolwich », établi environ en 918, signifie littéralement « un endroit où se négocie la laine ».

On peut apprendre à peu près la même chose au sujet du bois. La construction et l'entretien des navires, ainsi que la création de boucliers et, bien sûr, d'objets du quotidien tels que les bols, nécessitaient différentes sortes de bois. Là encore, l'Angleterre en particulier était bien adaptée à ce type de négoce. Et les Vikings en ont profité.

Il peut être tentant de romantiser la piraterie. Pourtant, ce style de vie nécessitait une organisation monstruseuse, au niveau des provisions et du matériel tout d'abord, et au niveau du type de routes commerciales qui existaient à l'époque des Vikings ensuite. Grâce à des découvertes récentes, il est devenu clair que la route de la soie était opérationnelle, même si les gens avaient tendance à ne parcourir qu'une partie du chemin et que de nombreux échanges se révélaient indispensables pour qu'une perle, façonnée en Chine, échoue dans la tombe d'un Viking enterré en Angleterre.

Vous remarquerez peut-être que Londres s'appelait « Ludenwic » au lieu de « Londinium », son nom latin, ou de « Lundenbergh », sa version du Wessex. « Ludenwic » étant le mot mercien où le suffixe « *wic* » signifie « proto-marché ».

Comme toujours, toutes les erreurs, y compris celles d'inattention, sont dues au fait que je n'ai pas étudié les tout derniers rapports archéologiques.

Si cette période vous intéresse, je peux vous recommander les livres suivants, outre celui de Neil Price :

Adams, Max, *Aelfred's Britain : War and Peace in the Viking Age*, Head of Zeus Ltd, 2017.

Adams, Max, *The First Kingdom*, Head of Zeus Ltd, 2021.

Adams, Max, *In the Land of Giants : Journeys through the Dark Ages*, Head of Zeus Ltd, 2013.

Ferguson, Robert, *The Hammer and the Cross : A New History of the Vikings*, Penguin Books, 2010.

Jesch, Judith, *Women in the Viking Age*, The Boydell Press, 1991.

Magnusson, Magnus, *The Vikings*, Tempus Publishing, 2003.

Oliver, Neil, *Vikings : A History*, Orion Books, 2012.

Parker, Philip, *The Northmen's Fury : A History of the Viking World*, Jonathan Cape, 2014.

Williams, Gareth, éd., *Vikings : Life and Legend*, British Museum Press, 2014.

Williams, Thomas, *Viking Britain : A History*, William Collins, 2017.

Vous avez aimé ce livre ?
Découvrez également *La naufragée du Viking*,
le nouveau roman de Julia Malcombe,
dans votre collection Les Historiques.

Retrouvez prochainement, dans votre collection

Les Historiques

Cœur de guerrière, de Sarah Rodi - N°972

Pactiser avec les Saxons ? Une idée impensable pour Svea Ivarsson, une jeune guerrière viking qui préférerait les affronter sur le champ de bataille plutôt que de les fréquenter. Hélas, une alliance a été conclue entre son chef et le roi Eallesborough, et voilà Svea contrainte de voyager au côté de ses rivaux d'autrefois. Pire encore, l'un d'eux ne la laisse pas indifférente : Lord Ashford Stanton, ce colosse aux yeux sombres, fait battre son cœur beaucoup trop fort ! Svea manie le fer comme une valkyrie, mais aucun entraînement ne l'a préparée à désirer son plus grand ennemi…

Fiancée au Highlander, de Terri Brisbin - N°973

SÉRIE : ALLIANCES DANS LES HIGHLANDS - TOME 1

ÉCOSSE, XIVE SIÈCLE

Alors qu'il soulève le voile dissimulant le visage de sa future épouse, Ross reste interdit. La jeune femme qui se tient fièrement devant lui n'est pas celle qui lui était promise mais sa sœur, la mystérieuse Ilysa MacDonnell ! Furieux d'avoir été dupé, le Highlander doit pourtant contrôler sa rage : le sort des MacMillan repose sur son alliance avec le père d'Ilysa. Résolu à sceller l'accord qui l'a conduit devant l'autel, il passe donc la bague au doigt de la belle usurpatrice, tout en se jurant de ne jamais lui faire confiance…

La tentation d'un chevalier, d'Ella Matthews - N°974

SÉRIE : LES CHEVALIERS DU ROI - TOME 2

CHÂTEAU DE WINDSOR, XIVE SIÈCLE

Alors que la France et le royaume d'Angleterre se déchirent, le chevalier d'élite Theo Grenville cherche à découvrir qui conspire contre son roi. Et pour cela il n'hésite pas à se rapprocher de Medea, la fille d'un seigneur suspecté d'être un dangereux ennemi de la Couronne. Or rien ne l'avait préparé à tomber sous le charme de cette jeune femme sincère, dont la grâce n'a d'égal que l'intelligence. Dès lors, Theo voit son allégeance au roi mise à l'épreuve par le plus grand des adversaires : l'amour…

Les Historiques

L'éveil de la passion, d'Eva Shepherd - N°975

Cornouailles, 1890

Aux yeux de tous, Lady Iris Springfeld est un mystère. Partout où elle s rend, la même question bruisse derrière les gants de soie et les éventail Pourquoi n'est-elle pas mariée ? Son joli minois et sa cascade de cheveu dorés ne laissent pourtant personne indifférent… La réponse est simple : lass d'intéresser la gent masculine pour des futilités, Iris préfère rester célibataire Jusqu'à sa rencontre avec le comte de Greystone, un soir de tempête. Lui qu ne peut voir sa beauté est-il l'homme dont elle rêve, celui qui l'aimera pour c qu'elle est vraiment, dans le secret de son cœur ?

Fascinée par le lord, de Helen Dickson - N°976

Londres, 1745

Henrietta doit fuir Londres, seule et sans un sou. Certes, la situation es peu convenable pour une lady, mais sa survie est à ce prix. Car elle vien d'échapper à une tentative d'assassinat et sait que l'homme déterminé à mettre la main sur sa fortune cherche à la retrouver. Acculée, Henrietta s résout à partager, sous une fausse identité, le convoi de Lord Simon Tremain un fervent jacobin au regard brûlant. Une proximité d'autant plus troublante qu'elle nourrit une profonde aversion pour la cause que cet homme défend e qui a mené ses parents à leur perte…

Captive du Viking, de Michelle Styles - N°977

Scandinavie, 793 après J-C

Plutôt mourir que se soumettre à l'emprise de Haakon Haroldson, le che arrogant des barbares qui ont saccagé son existence ! Si Annis a dû renonce à sa liberté lorsque Haakon a fait d'elle sa prisonnière, elle n'ira pas jusqu'à lui abandonner sa dignité : jamais elle ne sera son esclave ! Mais alors que, dans un élan de désespoir, elle envisage une impossible tentative d'évasion, le ténébreux Viking lui propose un marché qu'elle n'attendait pas : si elle accepte de devenir sa maîtresse, il l'affranchira de sa condition de captive pour l'élever au rang de concubine. Une offre scandaleuse… qui laisse Annis face à son destin.